中公文庫

幽囚回顧録

今村　均

中央公論新社

目次

幽囚回顧録

幽囚回顧録概観

・昭和二十年八月十五日終戦後、ラバウル豪陸軍刑務所にはいり、昭和二十二年五月、十年の刑に処せられる。

・昭和二十三年五月、ジャワのオランダ軍軍事裁判に移され、ひとたび死刑を求刑されたが、のち無罪を判決され、昭和二十五年一月、米、豪、蘭の各軍当局の合議により、巣鴨拘置所にて服役を申しわたされ、東京に送還された。

・昭和二十五年二月、マヌス島服役を申しでて、同島の豪海軍刑務所に移された。

・昭和二十八年、マヌス島の豪海軍刑務所の廃止にともない、他の戦犯とともに東京巣鴨拘置所に移管された。

・昭和二十九年十月、刑期満了のため出所し、東京世田谷豪徳寺の自邸において、戦争犠牲者の援護につくした。

第一部　ラバウル幽囚録

昭和二十年八月から昭和二十三年四月まで

第一章　戦い終る

弁《い》い解《と》かん心はあらず国に負う大いなる罪おのずから覚《おぼ》え
八重汐《やえしお》やわだつみ遠き故郷《ふるさと》を幾度か見る夢にさそわれ

昭和二十年八月十四日の夜、ラバウル方面軍将兵一同（約七万）は、陸軍大臣から、次の電報を受けとった。

「明八月十五日正午、天皇陛下御自《おんみずか》ら、詔勅を放送あらせらる。同時これを謹聴すべし」

私は、日本本土に、敵の上陸を迎えての決戦態勢確立の要などにつき、ご激励の聖旨をくだされるのであろうと拝察した。数日前、阿南陸相から、

「……ソ連遂に皇国に寇《あだ》す。事茲に至る。また何をか言わん。〝断乎神州護持の聖戦を戦い抜かんのみ。断じて戦うところ、死中自《おのずか》ら活あるを信ず。是即ち七生報国〝われ一人生きてありせば〟の楠公救国の精神なると共に、時宗の〝莫妄想、驀直進前〟以て醜敵を撃滅せる闘魂なり……」の訓電に接しているので、直感的にそう思考したのである。

十五日正午、服装をととのえ、防空壕内の無線電信所にはいり、数人の幕僚とともに、謹んで詔勅を拝聴しようとした。が、天候のためか、受信機能の不整によるものか、何ら

の玉音も伝わらずに終った。

　午後三時ごろ、軍参謀の一人が、私の部屋にはいって来、黙って一通の文書を机の上にさしだした。方面艦隊司令部の受けた海軍大臣からの、詔勅伝達電報を浄書したものである。前年二月以来、敵の制空制海により、全く祖国との交通を断たれ、無線による公電のほか、なんら国内の事情を知り得ないでいた私としては、思いもかけぬことであり、驚きとともに、かような詔勅をくださなければならないようになられた陛下のご心慮をいたみ奉り、瞑目《めいもく》すると参謀の小さなすすり泣きが聞える。〝戦陣での武将は、決して涙など見せるものではない〟と深くいましめていたのに、不覚にも涙はあふれ出てしまった。

　やがて陸軍大臣からの、終戦に関する詔書の伝達電報が受信された。私は、ラバウル付近の全直轄部隊長約六十人を、方面軍司令部内に集め、詔書の伝達式を行うことに決し、翌十六日午前十一時に参集すべきことを指令した。

　十五日の夜は、どうしても眠れず起きて防空壕外に出た。終戦となったためか、雨天のときでも、欠かさずやって来た敵機は、一つもやってこない。仰ぐと星は、ヤシのこずえにまたたいている。

　私の防空壕内宿舎の周囲には、副官大田黒哲也大尉以下十人ほどが、やはり壕内生活をしており、炊事場は壕外竹林の中に建てられてい、いつものように、夜明け前から従兵たちは、食事の準備にかかりだした。きのうまでは朗らかな声で語り合っていたものが、けさはほとんど話し合わない。

「この若い人たちは、〝いくさは終った。もう会えまいと思っていた両親にも会えるかな〟と昨夜は思ったであろうに、それが何も言わない。やはり緊張のゆるんだ気抜けのがっかりかな」などと思いやった。

午前九時ごろから、次第に部隊長たちがやって来た。二、三人連れだって来たものもあるが、いつものようには語り合わず、黙々と歩んでいる。

午前十一時、壕外大竹林の中に建てられている、やや広い木造の会報所にはいって行った。もう全部の直轄部隊長は集合して起立している。私は大きな紙に浄書した詔書をささげて奉読した。

「……戦局必ずしも好転せず……敵は新たに残虐な爆弾を使用して、頻《しきり》に無辜《むこ》を殺傷し……我民族の滅亡を招来するのみならず、延《ひい》て人類の文明をも破却すべし……戦陣に死し、職域に殉じ、非命に斃《たお》れたる者、及びその遺族に想いを致せば、五内《ごだい》為《ため》に裂く……堪《た》え難きを堪え、忍び難きを忍び、万世の為に太平を開かんと欲す…」

中ごろまでゆくと、あちこちからすすり泣きの声がたち、谷田勇軍通信隊司令官（中将）は、とくに大きく悲しむので、私の声はのどにつかえ、しばらく奉読がとぎれてしまった。

やっとのことで詔書の伝達を終り、あらかじめ準備させておいた食堂に一同を導いた。統御上の指揮と隷属の縁から離れる、別盃をあげたかったからである。

軍内のある隊に、梅岡令一氏という伍長がいた。（中学時代から詩吟に凝り、東京で催された全国詩吟大会で首位を占め、優良賞を得たほどの青年）食事前、私はとくに来てもらい、梅岡氏を食堂の中央にまねき、乃木将軍作の〝山川草木転た荒涼〟や斎藤監物氏作の〝踏破る千山万岳の煙〟つづいて〝天勾践を空しうするなかれ〟の漢詩を吟じ、最後に、明治大帝御製の、

降りつもる深雪に堪へて色かへぬ松ぞ雄々しき人も斯くあれ

の和歌を朗詠してもらった。

この熱血二十四歳の青年が、自身の悶《もだ》える敗戦の悲憤を込めての吟声には、一同大きな感激を受け、涙ぐんでいるものが多かった。

ついで私は、次のような別辞を述べた。

別　辞

「諸君！　大東亜戦争は、遂に成らずして、きのうをもって終りました。

ラバウル付近七万の将兵が、この二年有半の間、一心同体となり、人力の限りを尽くして築城した、この難攻不落の地下要塞。敵の絶対な空海封鎖にあっても、飢えない現地自活。就中《なかんずく》、敵戦車に対する肉攻爆砕の、敢闘必勝の戦意におびえた敵は、ズンゲン（南岸）とトリウ（北岸）の前面まではやって来たが、それからは進出せず、遂に決戦に到らずし

て終戦になったことに対する将兵の悲憤は、私にはよくわかる。しかし、陛下が終戦の御決意あらせられたのは、これ以上の犠牲を重ね、根こそぎ日本民族を失わしめては、それこそ、祖国を恢興することを不可能にするとの大御心によるものと拝察する。

私は思う。人間は運命、すなわち四囲の環境による影響をのがれることは出来ない。同様に国家も、また運命作用から自由であり得ない。後世の歴史家は満州事変以来の、わが日本の歩みを、さまざまに批判するであろう。が、私は、これを民族的宿命と信じている。死中に活を得ようとして起《た》ったこの戦争も、事成らずして敗れた終戦も、また運命であると考える。

運命に対し、もっとも平静であり、かつ勇敢であるのは、きのうまでの敵（日華事変関係）漢民族である。彼らは四千年の間、いくたびか他民族に征服される悲運に遭ったが没法子《メイファーズ》（仕方がない）とつぶやくだけで、決して自暴自棄しないで、前以上の努力をつくし、復興にはげみ、いつの間《ま》にか、己らの文化をもって、征服者を征服し、政治的にこれを駆逐している。運命が如何《いかん》ともいたし難いものである以上、運命に執着したり、運命を考えたり、これを悔んだりしても仕方がない。ただ努力精励、再建復興につとめるべきである、〝艱難汝を玉にす〟の句は、個人同様、民族においてもそうである。

諸君よ、どうか部下の若人《わこうど》たちをして、失望させないように教えてくれたまえ。

七万の将兵は、ただ汗と膏《あぶら》とで、こんな地下要塞を建設し、万古斧鉞《ふえつ》を入れたことのない原始密林を開き、七千町歩からの自活農園を開拓までしている。この経験、この自信を終始忘れずに君国の復興、各自の発展に活用するよう促してもらいたい。

　われわれは、敵戦車爆砕のための肉攻精神と、その戦技を練りに練った。これを祖国復興、日本の光栄のための産業と科学との振興に振りかえ、あらゆる圧迫と障害との爆砕に応用するよう勧告してもらいたい。衆心の一致協力が、どんな大きな仕事を作りあげ得るかを、ここで体験した人々に、復員後、各地方ごとに、日光協会とか、ラバウル会とかいうような相互協力機関でも設けて助けあうようにすすめてほしい。以上で、私のあいさつを終りますにあたり……、謹んで、殉国の英霊に対し、ついに戦勝が得られずして終ったことを、心からおわび申し、そのご冥福をお祈りし、また、この二年有半の間、戦い通された七万の将兵に、私が心から感謝し、私の最後の日まで、決して忘れることがなく、これら戦友の健康とその発展を祈りつづけることを、諸君からお伝えねがいます」

　簡易の食事を終え、各直轄部隊長は、それぞれ部下に詔書を伝達するために帰って行った。これで、私の明治四十年以来、約四十年にわたる軍人生活が終ったのである。

　悲痛な終戦の詔書を拝し、それにともなう私の方面軍のあと始末に、暗い気持ちを鞭《むち》打ちながら、幾つも幾つもの指令を各部隊に下達したり、質疑に答えたりして、依然緊張の起居をつづけていた。

敵は、八月十六日、豪軍司令官の名をもって、英文の無線電報により、日本政府が、連合国に対し全面降伏を申し入れ、終戦が成立したことを通報し、私の軍の即時降伏を促して来た。私は、

「まだ大本営から、終戦についての具体的指令が発せられていないので、これに関する交渉に応ずることは致さない。従って当方から通電する以前に、貴軍がラバウル付近に上陸したり進攻したりすることは、戦闘を惹起《じゃっき》することと承知ありたい」と返電した。

八月二十日ごろ、終戦に関する詳細な大本営指令に接した。よって、それにもとづき、自発的に戦備と武装の解除、およびラバウル地区の豪軍への移管手順を計画し、九月にはいり、終戦についての交渉開始を通電した。

その結果、敵は、九月九日に、当方の指示した地区に、約一個師団の兵力を上陸せしめる旨を返電してきた。

全武装をといた私の部下、在ラバウル陸軍七万の将兵は、海軍の戦友三万とともに、おのおの約一万二千ぐらいを単位とし、八カ所に日本軍自身の手で築営する廠舎に集結した。

陸海軍将官三十三人は、他の将兵約五十人とともに、別の一画に設営のうえ、そこに起居することを豪進駐軍司令官イーサー少将は指示してきた。

天候の順調に恵まれ、昭和二十年の十二月には、みなその通りに集結することができた。

日本政府は海外部隊の引き揚げ順序の腹案を発表し、在ラバウル部隊は、最後尾が昭和二十四年の春になる予定とのことがラジオ・ニュースで伝わった。それでわが方面軍の各部隊は編成を解かず、帰還までの三年半に備えるため、さらに現地農耕に検討を加え、マラリア対策を強化のうえ、各自健康に留意して帰国の日を待つことにした。

ところが、ソ連邦の態度から在満洲部隊の帰還には手がつけられず、とくに米国側が約二百隻のＬＳＴを貸与したなどのことから、急に輸送船がラバウル方面に向けられることになり、昭和二十一年の二月から六月までの間に全部を乗船せしめることが可能となった。

将兵一同は、遂に成らなかった大東亜戦争の終戦に大きな気の引けは持ちながら、五年ぶりでその故郷に帰る喜びを胸にし、私としても、三年の間死生をともにと誓いあった七万の部下を、健康でまた規律心を持ちながら、祖国にお送り申し得ることになったことは、少なからず肩の荷を軽からしめられた。

第二章　豪陸軍刑務所

獄《ひとや》脱がす術《すべ》はあらざり慰《なぐさ》めの言葉もなくて掌《て》をにぎりしむ
窓外《そと》の足高蜘蛛《ぐも》の巣を編《あ》めり網のからくり飽《あ》かず眺《なが》むる

入所

進駐してきた豪軍は、当初日本軍の白人捕虜虐待の宣伝に興奮しており、とかくに疑惑の目でわれわれを憎視していたが、日がたつにつれ、日本軍の軍紀風紀が厳正にたもたれている実状を目にし、対日感情がだんだんとよくなり、司令官イーサー少将は戦争犯罪の存否について調査したのち「ラバウル方面には戦争犯罪をもって問うべきものはない」との報告を本国政府に致したという情報を弁護団から伝えてきた。

わが弁護団は矢嶋法務少将を長とし、法務将校二、陸海軍参謀六、大学の法科で学んだ経歴の召集将校数人、英語をよく解する将校の幾人など、合計二十五人をもって編成されてあった。

これは進駐直後、イーサー少将から「ポツダム宣言で戦争犯罪というものが裁判される予定につき、所要の弁護機関を組織しておかれたい」との要求があったためである。

しばらくするとまた、弁護団から内報があり、

「イーサー少将は本国政府から強い戦犯摘発の指令をうけ、その法務部のアスピリー、アランド両大尉は、日本軍中の労務隊内のインド人と中国人、それにインドネシア兵補たちを誘導し、どんな些細な事柄でも告訴するようにしむけだした」そう、知らせてきた。はたして十二月五日いらい戦犯容疑者として、私の部下を強制収容しはじめた。

　私は十二月三十日、イーサー少将に会見をもとめ、つぎのように述べた。

「戦争犯罪容疑者として刑務所にひかれた私の部下は、一人をのぞき他はことごとく中国人、インド人、インドネシア兵補、それに原住民など賃金労務者か、または間諜行為に対する不法取扱いを問われているのだが、これらは日本国法によってさばかるべきものであり、戦争犯罪をもって裁判さるべき者ではない」

「それは裁判の実施に大きな関係がある。詳細を書類とし連合軍総指揮官マッカーサー元帥あてのものを、私に提出してください」と少将は返事した。そこで〝戦争犯罪に関連するインド人らの身分に関する申告〟というものを記述のうえ、これを届け出た。要点は次のごとくである。
　一、インド人はチャンドラ・ボース氏の傘下《さんか》にはいり、インドの独立を目ざし日本軍に協力することを宣誓した者で、南方軍総司令官寺内大将はそれらを捕虜たる身分から解放し、ついで大本営の命令により、その一部をもって日本軍に対する協力労務

部隊を作り、ラバウルに輸送してきたものである。

二、インドネシア人は、蘭印方面で志願者中から試験のうえ採用し、兵補の名称下に準日本兵の待遇と階級とを与え、これまた南方総軍が輸送してよこしたものである。

三、中国人労務者は、南京政府主席、汪精衛氏の日本軍に対する協力により上海付近で集めた賃金労働者が大部分で、一部には宣誓のうえ解放された捕虜中の希望者から採用した者もある。支那総軍司令官畑大将が、これもまた大本営の命令により労務隊として編成のうえ、当方面に輸送してきたものである。

四、右の各労務隊員に対する、予の部下の取扱いが不当であったとするならば、日本の国法によりさばかるべきもので、一般捕虜に対する不法行為と同様に見なし連合軍の裁判に付することは適正でない。

五、それでも戦争犯罪者としてさばこうとするならば、監督指導の地位にある最高指揮官を責むべきで、個々の将兵をさばくべきではない。よってすみやかに予を裁判し、他は解放されたい。

かように申し入れた。十日ほどたちイーサー少将は、

「今村大将の申請書は受領された。適当の考慮が加えられるであろう」との公文を返書してきた。

私は非常な期待で、いかなる考慮が加えられるかを見まもっていたが、軍事裁判はどし

どしと進められ手軽に多くに極刑をくだしだした。私は再度、イーサー少将と交代した新軍管区司令官モーリス少将に対し「すみやかに今村を裁判し、当時の戦況とくに労務者の性格なりを明確にされたい」と申請したが、おそらくオーストラリア政府の干渉でもあってか、私の申し入れは受理されず、依然として私の部下に対し峻烈《しゅんれつ》な裁判が進められた。

容疑者として収容されている、私の直属部隊長の幾人かが二度にわたり連署の手紙をよこし、不安の衷情を訴えてきた。年齢の相当高い部隊長でさえ、こんな不安をおぼえている。

いわんや下級の若い将兵の苦悩は察するにあまりある。部下七万は、それぞれ乗船の日取りがきまり、久しぶりに家族と相まみえる張合いに慰められていよう。この人々は聖書にいう〝迷わざる九十九匹の羊〟に比すべきであるが、捕えられている百幾人は、これこそ迷える一匹の小羊と見なさなければならぬ。

「すぐに、収容所にはいろう。九十九匹から離れても、心さびしく悩んでいる一匹の小羊を見すててはならない」と思われたので、加藤参謀長と草鹿海軍長官の反対があり、また収容所に入れられている神田正種軍司令官からも、「依然収容所外にあって、軍管区との折衝に当たられたい」との書面もよこされたが、私は再度モーリス少将にあてて、つぎのように申し入れた。

「当方面最高指揮官である予を拘留のうえ、すみやかに裁判を行われたい。そうでなければ、全般の戦況がどうであり、予の部下はいかなる任務で、どう行動するを必要としたかの実際がわからず、自然、彼らに対して行われている裁判の公正は期し得ない」

しかるになんの回答をもよこさない。それで幼年時からアメリカで育ち、そこの中学をおえて、英語をよく話す私の副官、薄《すすき》大尉を豪軍参謀長のところにやり、私の意見と希望とを伝えさせやっとのことで、四月二十八日になり抑留を指示して来、所内の部下と合することができた。

裁判に対する申し入れ

戦争の惨害をなるべく軽減するため、国際条約である陸戦法規や、これにもとづく俘虜取扱条約などが作られており、これらを守ることは、たしかに必要のことであり、人道上からも、かくあらねばならぬと思う。このために、右に違反した行為を裁判し戦犯者を罰するということは、全人類に反省をうながすものとして肯定されなければならぬ。しかしながら今度、連合軍の行なった軍事裁判は、つぎの観点から私は合法正当のものとは認めていない。

一、敗者だけをさばき、戦勝者の行為にはいっさい触れようとしない。

たとえば帰還復員のため、武器をすてて日本船の来着を待機している日本軍に対し、各種強制労役を課したり、わが将兵にくわえた豪軍人の不法暴虐《ぼうぎゃく》はいっこうにさばこうとしない。私のなした数十回の抗議に対し、さすがにイーサー師団長は幾度も部下に訓戒を発し、ときには自身、自動車を駆って不法行為をやった部隊にかけつけ訓諭したこともある。が、一件として、これの軍事裁判をやったということを聞かなかった。

彼らのうちには「戦争犯罪は、終戦後の事犯にはおよばないものだ」などというものがあるとのことだが、日本軍人の終戦後の行為は、どしどし裁判にかけている。そんないいわけはたたない。第一、無警告に広島や長崎に原子爆弾を投じて、無辜《むこ》の老幼婦女子までも殺戮《さつりく》した命令者やそれを実行した者は、英雄をもって遇されている。連合軍の行なった裁判は、まったく勝者の権威をいっぽう的に拡張した残忍な報復手段であった、としか認められない。

二、この裁判は終戦の年（一九四五年）に、戦勝国間だけできめた戦争犯罪法を根拠としたもので、世界が認めた国際法にもとづいたものではない。

三、日本軍首脳部の責任である事項を無視して下級者を罰している。たとえばインド人、中国人らの捕虜を宣誓釈放のうえ、労務部隊を編成して輸送した大本営、支那や南方の総軍司令部を調査することもしないで、これを捕虜部隊だったと独断し、それらを取りあつかった日本軍人を罪としている。

四、一般の裁判、とくに証拠を尊ぶ英国法裁判では許していない聞き伝え証言を、この軍事裁判は有効としてとりあげ、罪状を決定する。

五、激烈な戦況下に行われた行為とか、戦場心理などは、いっさいこれを無視して考慮外におき、平常的観念でさばく。

六、日本軍での命令は絶対の権威であり、ことに、敵前でのものは断じて違反し得ないものであることを知っていながら、その責任を命令者だけにとどめず、実行にたずさわった下級者にまでおよぼしている。

それで私は七月二十二日、つぎの要旨の抗訴書を、軍管区司令部経由でオーストラリア総督に提出した。

予、もとラバウル方面日本陸軍最高指揮官今村大将は、この書をオーストラリア総督に致す。同情ある考慮を加えられんことを願ってやまない。

一、ラバウル方面で、戦争犯罪として取りあつかわれているほとんど全部の者は、日本軍内の構成分子である協力外人労務隊員に対し、または間諜行為をやった少数の原住民に対しての、行為をさばかれているのである。しかるに今日までの貴国軍事裁判と、確認当局の審議とにかんがみつぎの諸点につき、周密な考慮がはらわれんことを切願する。

①宣誓のうえ釈放され、一定の賃金契約のもとに日本軍に加わった労務者インド人

（多くはチャンドラ・ボース氏の独立インド軍に加わった者）同中国人（南京の汪新政権の協力により集められた者）、それに志願者中から試験のうえ採用したインドネシア兵補などが、捕虜と見なさるべきものかどうかを解決されたい。本件について、進駐師団長イーサー少将は予の申し入れに対し、

「右申し入れ文書はたしかに受領された。適当の考慮が加えられるであろう」

との回答をよせられた。が、裁判上にも確認当局の審議上にもなんらの考慮が加えられていない。

右の労務隊員たちは、終戦のとき、過去数年間日本軍と協力したことを、連合軍からとがめられ罰せられるであろうことを恐れ、虚偽、または針小棒大に事実を作為し（すべてが日本軍の強制によったもので、自分たちは捕虜だった）と言い、または日ごろ不快に思っていた日本軍人のある者に対する私怨《しえん》を、豪州軍の手で報復させようとこころみている事情を認識されたい。
②多くの事件は、陸海、なかんずく上空よりの熾烈《しれつ》な銃爆撃攻撃に対し、いかにして幾万将兵の生命と戦闘力とを保持すべきかの緊張下、そのうけている任務を、どうして達成するかの苦心を重ねている戦場心理の中で、なされたものであるのに、戦争の終った後、冷静な平常的観念で審判したのでは、適正な判断を得られないものであることを、十分考慮のうえで裁判し、確認されたい。

③わが方の弁護人はもとより、また通訳に当たっている者も、英語をよく語りうるものは少ない。ことに被告は、ほとんど全くこれを解しない。従って、書類上また法廷での応答中、裁判官の質意を理解しえないで終ったり、的確におのれの意思や当時の実状を発表しえないで、不利な結果を招いていることは争われない事実である。この点を認識のうえで審判されたい。
④わが方の弁護人は陸海軍の法務官だった者は二、三人にすぎず、その他の者は、法的知能、弁護識能が低い。しかもそのうえに、前述の英語の障害があり、被告の弁護に大きな不利となっていることを考慮されたい。

二、ラバウル方面のわれらは、四年にわたり、隔絶した大海の孤島に作戦し、他方面の事情を承知していない。が、当方面日本軍の実質は、イーサー師団長、モーリス軍管区司令官が十分に承知しているとおりのもので、他方面の事情から推断して、わが方面も同様だったと考えられないことを望む。

三、いまや戦争は終り、日本民族は過去をふりかえり、改むべきものは改め、信義を国際間に回復することを決心し、着々ポツダム宣言の条項を実行中である。このときに、無実の罪または誇大に作為された告訴によって、つぎつぎに極刑に処せられるようなことは、これより痛心の大きなものはなく、将来の国際親善上にも影響するところが少なくなかろうと思う。

刑場に消えてゆく幾多の青年が神を信じ、国際間の親善を祈りながら、この世を去っている数かずの実情は、貴国従軍牧師マッピン少佐より聴取されたいものである。

W・C・C

W・C・Cとは、豪軍が、われわれ戦犯者を収容している場所をいうのである。くわしくいえば、戦争犯罪者収容所という英語の頭文字を記したものだ。ジェイル、すなわち監獄という字を用いないのは、どういうわけかしらないが、耳に対するひびきはわるくない。

この収容所はラバウル湾を目の下にした高台にある。うしろは標高二百メートルくらいの山。西と南とは緩斜面で開けてい、景色はよい。台は二段となってい、各段とも、横二百メートル、縦百五十メートルぐらいの平面積。上段には幅七メートル、長さ三十メートルの木製バラック七つが並行して建てられ、そこに日本人が居住し、下段には同一面積のもの五つがならび、看守の土人兵約二百人が住み、収容所の周囲には、所長その他の職員、土人兵の家族などの住宅がある。いっさいの建物、付近の道路、畑地、花園、庭などは、われわれの手によって建設されたものである。

上段平地は、下段より四～五メートル高く、周囲は一重の鉄条網のみなので、眺望はさまたげられず住み心地はよい。全体が内地の演習廠舎の気分。通路をのぞき、敷地内はことごとく青芝草が植えこまれ、各棟の周囲は花畑にしてあり、ラバウルでは、ここにまさる美的情味を有するものはほかにはない。

が、こうするまでの六カ月間の作業で、教養の少ない二、三の豪軍職員のそそのかしによる、ハリアップとかカムオンとかの罵声とともにくだる土人兵の暴虐《ぼうぎゃく》の鞭《むち》は、大いに日本人の血をわかしめたものである。

豪軍幹部とW・C・C職員

W・C・Cは豪軍管区司令官の管轄に属し、所長以下四人の将校、五人の准尉以下の職員、それに二百人の土人兵により看守される。

初代の司令官はイーサー少将、この人は終戦処理以来十五、六回も会見しお互いに理解し、ことに礼儀の正しい紳士なので、気持ちよく交渉を重ね得た。私の部下七万の帰還についても、親身に骨折ってくれ、当初の六カ月の間、豪軍将兵の日本人に対する不法取りあつかい、五十数件の発生には、その都度行なった私の抗議に対し、いつも誠意ある回答と善処の策をとり、豪工兵隊将兵の暴行が、幾度かの私の抗議にもかかわらず、いっこうに改善が認められないことを指摘したときなどは、みずからジープを飛ばしてその隊に行き、一同を集め、直接訓戒をあたえたこともある。あまりによく日本軍を遇しすぎるとの不評が豪軍の新聞にかかげられたとのことであるが、アフリカ戦線では勇名をはせ、ラバウルでの処理は適正であったことが政府に認められ、その後ロンドンで行われた英帝国の凱旋観兵式に、豪軍代表将官として参列せしめられている。

イーサー少将が昭和二十一年三月転任の後、一年半の間に三人の少将、准将がつぎつぎに交代した。

私が大尉時代、英本国軍に隊付勤務したとき接した人々は大佐以下の階級のものであったため英軍将官の勤務ぶりは研究しえなかった。ただ第一次世界大戦直後、英陸軍クラブの名で（実は英陸軍省の意思により）「将来に於ける英軍軍備改善方策」という懸賞課題が出され、その当選者の論文中の一節に「将来の師団長以上の高級指揮官は、過去のように幕僚の研究やその意見具申を待ち、おのれの決心や処置をきめるようなことではならぬ。戦機をとらえ有利な態勢を作るためには、指揮官みずからの着想で、事を一瞬に判断する識能を所持しているものでなければならぬ。すなわち高級指揮官は参謀長の行う技術的、または事務的の処理をもなしうるにたる能力を兼ねそなえたものでなければならぬ」という文句があった。それはともかく、ラバウルで接した四人の豪軍管区司令官のやり口を見ると、日本軍将官のものとは、非常に大きな差異のあることを目撃した。もとよりやり口、すなわち執務だけのことであり、その戦略戦術上の能力とか統帥者の徳操、人格とかの問題ではない。

日本軍で、旅団長以上の将官が手軽にしばしば部下の軍隊に出て行き、小さなことまで口やかましく注意をあたえたり、または参謀や副官の起案したものに、こまかく手を入れて修正したりすれば、いっぺんに不評判になってしまう。「器宇小」とか「将軍たる威重を欠く」とかの陰口はまぬがれない。この批評はやがて中央の人事当局にひびき、不幸な人事に終る誘因ともなる。

私の知っている人では寺内正毅、上原勇作両元帥のみは例外であり、徹頭徹尾やかましくかつ細事にわたり干渉し、喧々《けんけん》たる悪評のうちにすべり棒のてっぺんまで昇りつめ得たが、その他の将軍の大方は、右の悪評を買わない程度に、ほどほどにやってゆくのが、通り相場になっていた。

しかるに前述四人の豪軍将官は週番下士官か、巡察将校ででもあるかのように、いっさいを自分で切りまわし、計画のごときもみずから立案、参謀とか副官とかは単なる書記長ぐらいに、はたらかせている。もっとも軍管区司令官と言うても、日本の旅団以下の小さな部隊の長である。だから、このようにしてもやっていけるのかも知れない。これが数師団、数個軍からなっている大きな軍とか、方面軍とかになれば、そんなに細部までを自分でやれるものではなく、やればかえって落ちがでる。これはどこの国軍でも同様のことと思う。しかし、われわれが参考にしなければならぬのは、将官になっても奥深くにはおらず、みずからひんぱんに第一線に乗りだし、軍隊を指導する気迫そのものである。わが軍でも、陣頭指揮ということは大いにとかれはしたが高級指揮官になればなるほど、その統帥は直属部隊長だけを指揮することに限られ、直接その内部の軍隊に干渉することを避けてきた。この長い伝統的――東洋的――やり口は、長いあいだ踏襲され改善を見なかった。この直属部隊長を通じて軍隊を統御するやり方は本則ではあるが、それればかりでは、下情にうとくもなる。戦争犯罪というものも、この下情不知に関係があったようである。かく反省することにより、私自身は、やはり戦犯に対し、最高の責任を負うべきものと考えている。

昭和二十一年六月、アービン准将に代った。はじめは神経過敏そうに見えたが、案外にもののわかった人だった。在職一年の間、十数回会見した。いつも副官か、憲兵隊長かを案内によこしことばも態度も礼儀正しかった。彼に対し、幾度も私に対する裁判を促したが、

「軍事裁判は私が管理はしていますが、あなたの裁判は、本国の方針により目下陸軍省で準備中であり、公判までには、なお時間がかかりましょう」と言い、

「将官の裁判には、日本内地から弁護人を呼ぶことになります」とつけ加えた。

「あなたもご存知のように、目下、この地にある日本人弁護人六人は、私の軍司令部の法務部長であった矢嶋少将を除き、軍の参謀または日本の大学で法律を学んだことのある一般将校の適任者を、私の命令で部下の裁判に対する弁護にあたらせたものであります。私ども将官は、現地で十分戦況を知り、またこれまでの軍事裁判の経験をつんできた右の人々による弁護を切望しており、戦争中の事情や、戦争犯罪の性格を承知していない、内

地からの新来者によることは、一同忌避しておる。このことについては、目下私と矢嶋少将との間に、論議をかわしていますが、日本から弁護人を呼ぶことはぜひとも取りやめ、一日も早く公判を開始するよう配慮を願います」と強く主張しておいた。

右の問題については、数回弁護団と言い争った。団の人々は、

「私どもは健康上、また素養上、高級者の責任裁判を弁護する自信を有しない」

などと主張してゆずらず、けっきょく現在の弁護団の顧問として、一人の法律家を日本政府にあおぐことに協定はできたが、豪軍当局は、

「当方では、その必要があると認めるので、矢嶋少将を東京に派遣し、弁護人三人と所要の飜訳者とを選定せしめることにした」

との通告をよこした。

こんないきさつのもとに、裁判はいよいよおくれ、日本からの新来弁護人は昭和二十二年の二月、やっとラバウルに到着した。

右の一行の内に、私の師団長時代からの部下であり、教育総監部本部長および、広東およびジャワ時代での軍司令官時代の専属副官であった、剣道五段、柔道三段の田中実少佐が、私の知己、前の鐘紡重役金子靖夫氏と協議のうえ、右弁護人以下の出張来航を物心両方面から援助し、しかも田中君自身はこれらの世話役を買い、はるばるやって来たのを知ったときは「鬼界ガ島で、有王丸に会った俊寛僧都《しゅんかんそうず》の思いはこんな気持ちであったのか

な」との感激を覚え、金子氏と、この旧戦友とに心からの感謝をささげた。

アービン准将は、収容所内の革新については熱心を示し、W・C・C職員大部の更迭、各種弊害の除去を配慮し、また未決者大部分の不起訴に尽力してくれ、三百人を釈放のうえ帰還せしめた厚意には、心を動かされた。この人は二十二年六月、日本進駐豪軍補給部長に転じた。

その後任のネイラン准将は、私に対する裁判のため、次席裁判長に任じられ、本国から派遣された人で、裁判の終了後、新職務に当てられた人である。いつもニコニコしており、好々爺《こうこうや》という形。話ずきで、日本人のいかなる人の敬礼にも、正しい答礼を返し、私が発熱と神経痛とのため三週間ほど臥床《がしょう》したときは、毎週一度は軍医を帯同して見舞に来、よく冗談《じょうだん》を口にして私を笑わそうとしていた。

この人の時代、ブーゲンビル島タロキナに残置の米軍爆弾処理作業に派遣されていた、収容所内からの四十人のうち、不慮の爆発で死者一人、重傷者三人をだしたときは、司令官自身軍医を帯同し、飛行機を飛ばせ、みずから手をかけて負傷者を機に乗せて帰り、私に会い、遺憾の意を表し、

「将来かくのごとき作業は、電気方法によらしめ再び事故を発生させないように注意します」と述べ、負傷者の全快まで、しばしば見舞にきては慰問していた。

収容所の戦犯者の一人に、かつて脳を病んだ者がおり、ときどき変った言行をやり、右

タロキナでの事故を生じたのは、豪軍当局の失態だと興奮し「ストライキをおこし、反抗の意思を表明すべきだ」と意気まき、被害者を多く出した台湾青年の多くを扇動したが、被害患者の一人から、いかにネイラン准将が現場で行動したかを聞き知っていた青年たちは、一人も右の勧誘に応じなかったことがある（右ネイラン准将は在任六カ月、軍管区司令部の廃止とともに他に転職した）。

収容所長アプソン少佐は、戦前にラバウル地方の警察署長であったが、志願して従軍し、ニューギニアとニューブリテン島とで日本軍と戦い、戦功により少佐に進み、行刑のことに通じているというので、抜擢されたのだとのことである。日本人の勇敢と、その能力上に相当の理解をもち、顔つきはきついが、心は案外にやさしく、ことに職務の精励は官吏の典型ともいえる。朝は日本人と同時に起床、作業の割出しと着手の監督はかならず自分でやらなければ気がすまず、それが一日も欠かすことがない。日本人はみな感心していた。また鷹揚《おうよう》でコセツカない。ただ部下職員の独断で行う暴虐を取りおさえる決断がにぶく、二度も、やや大きい事故を発生せしめたが、軍管区司令部の後援で昭和二十二年の五月、不法の職員全部を免職し、その後は思い通りにやり得るようになった。

食糧についての配慮、娯楽、たとえば蓄音機、ラジオ、運動器具の整備や心配、各人の勉学に対する便宜供与については、一同から感謝され、その他こちら側からの申し入れに対してては、たいてい親切に考えてくれた（註　私がラバウルから蘭印に移された後アプソン少佐の態度がわるくなり、一同が大いに弱らせられたとのことを、後に聞かせられてはいる）。

所長のつぎにH少佐とS中尉という二人の将校がいた。ともに警察官出身。岡っ引き根性が強く、宗教心も道徳心も持ちあわさず、日本人捕虜に言いつけては家具類などの私物品を作らせ、私腹をこやし、わずかのことに難くせをつけ、土人兵に言いつけ、また自身も手をくだして殴打足蹴《あしげ》の残忍性を発揮する。少佐は所長の方針に反対して免職となり、Sは所長の方針を順守するようにはなったが、その蛇《へび》的奸佞《かんねい》さはなおったわけではない。S中尉にくらべては陰険性は少ないが、その感化をうけ、とくに頭脳に欠陥があり、他人の言うことは少しも理解しえないS准尉というのがいた。最初は台湾青年五人の死刑を気の毒がり、これが執行延期に骨折ってくれたような良心的のものを示していたが、次第に嗜虐性を発揮し、日本人の苦しむのを見ては快感のえみを浮べ、大坪中尉というわが商科大学出身者が、かれの脚下で豪兵の操縦するブルドーザーの下敷きに圧死させられたときなど、ただ悪魔的笑いのもとに、これをマラリアによる死亡と所長に報告したとのことを、ずっとあとに聞かせられた。掠奪性が強く、日本人の所持品または食料、それに万国赤十字社送付の寄贈品までを白昼公然とうばって恥としない。その程度はついに限度を越え、H少佐と*s*准尉とは、日本人不法取扱いの罪科で免職された。

H少佐、S中尉、*s*准尉のような人を収容所の職員にし、戦犯以上の暴虐を行わしめたことは日本人のためにはもちろん、豪軍の名誉のためにも遺憾のことではあったが、しかし私の告訴により軍管区当局が断固としてこれを排除した公正の態度は多としたところである。

収容所職員大部の入れ替えで、いくらかは明朗さを加えた。

人格問答

十一月のある日。アービン司令官から会見を申し入れられ、司令部に行ってみると、カーミン参謀長の外に、も一人の少佐がい、豪陸軍省の課員マクベン少佐であるとの紹介であった。

私に対する三、四の質問からおし、この少佐は、私に対する軍事裁判について、軍管区司令官と打ち合わせのため、やってきたものと感じられた。帰り道での付きそいの憲兵の言によると、その人は豪陸軍省内で戦争犯罪に関する事務の主任将校であるとのことである。

右マクベン少佐は、その日から三日たったのち、収容所にやって来、会談をもとめた。弁護団にいる私の副官薄大尉を同伴していたので、自由に会話をかわし得た。握手の後、きれいな日本語で語りかけた。

「今日は、ご健康はいかがです」

「ありがとう。あなたはいかがです。あなたはどこで日本語をおぼえました」

「私は戦争中、日本軍の捕虜となり、泰緬《たいめん》鉄道の建設に従事させられていましたとき、いくらか日本語を習いました。ただ朝夕のあいさつ程度に過ぎませぬ」

　それだけ日本語で言い、あとは英語にかえった。

「あの鉄道は非常に困難なものであったそうですが、あなたも苦しまれたことでしょう」

「私は捕虜と日本軍幹部との連絡勤務にあてられていましたので、他のもののように苦労はありませんでした」

「食糧はどうでした」

「私どもの働いたのは、米産地のタイ方面でしたので、主食にはこまりませんでしたが、野菜には大分不自由しました。さいわい山手には唐辛子《とうがらし》が多く、あれの葉は大いに食料のたしになりました」

「あの方面では、いろいろの事故が発生したとのことですが、どのようなことでした」

「さいわいに私どもの隊はそれほどのことはありませんでした。収容所の軍人中には正しい人もあり、不良の人もありましたが、私個人としては、戦犯行為というものは、戦争の悲劇が生んだものと考えていますので、日本軍人をのろう気持ちはもっていませぬ。しかし国民の世論というものは感情の交感をまぬがれませんので、いまだ平静ではありませぬ。時の経過を待たなければなりますまい。私は、あなたとゆっくり個人的に懇談したいと思い、収容所職員に、近よらぬように申してあります。腹蔵ない意見を述べられることを望みます」

そう言い、一冊の英書を見せ、

「この書を読んだことがありますか」と聞く。

手にとって見ると、米国の哲学者デュラントの「哲学物語」である。

「読んだことはありませんが、これは日本語にも訳されており、有名な良書であるとのことは承知しております」

「そうでしょう。各国語に飜訳されているようです。私はここに来て、時間の余裕を多くもちましたので、熟読しました。本当に啓発されるところが多く有益でした。ここでは読み物が少ないでしょう。十日間ほど置いてゆきます、およみになったらいかがです」

「老眼鏡をこわしてしまい、細字の読書は出来ませぬ。英文をよく読む若い人がおりますから、それに読んでもらい、意味を聞くことなら出来ます」

「もちろん、それで結構です。ときに新聞で見ますと、今度日本は、婦人に男子と同等の参政権を認めることにしたようですが、それのおよぼす影響を、どうお考えですか」

「国家なり政府なりが、国民の家庭経済に対する関心を大きくする効果があり、よいことと思います。だいたい日本の女性は、家庭のクイーンたることは欲しますが、議政壇上の闘士となり、家をかえりみないようなことは好まないと思われるので、弊害は生じまいと思っています」

「それなら結構です。豪州では婦人が社会のすべての部門で男子と同格の進出を欲するものが、日ましに多くなる傾向をもち、もちろん良い効果もありましょうが、いま、あなたの言われた、家庭の整理とか育児とかを第二義的にするようになっては、これは大変なことで、この弊害を生ぜしめないようにする考慮が、十分払われなければならぬものと、私も案じています。それから戦後は婦人の貞操観念にいくらか変化をおよぼしているとは考えませぬか」

「ときどき手にする日本内地からの新聞雑誌を見ますと、大都会、とくに連合軍の進駐している土地では、窮乏している衣食の誘惑で、堕落してゆく一部の女性があるようで、これは残念に思っていますが、日本女性の絶対多数は、地方とくに農村にあるので、これらが堅実性を減じているとは考えられませぬ。もしあなたが日本女性を研究するのなら、都会地の女ではなく、農村婦人を対象として見なければ、本当のことは、わからないでしょう」

「私はいま、日本行きを上司に願い出ており、これが許されれば本年の夏には、そうなりましょう。日本のことは、出来るだけ多く研究してみたいと望んでいます」

このように言い、内地のことをいろいろ質問し、一時間以上にわたって話したのち辞去した。

一日おいて、また、薄大尉をつれてやって来、前回同様、青芝草の上にイスを出し、つぎのような会話をかわした。

「きょうもって来たこの本は、戦争直後、英国で出版されたものです。もちろんまだ手になされていないと思いますが、いま、内容の趣旨を申し述べます。これに対するあなたの見解をうけたまわりたいと思います」と前提とし、つぎのように語った。

「〝アジア、ヨーロッパ、アフリカの三大陸の連接部は、もう航空機時代、原子力時代にはいった今日、大観すれば、それはボルガ流域である。この流域を支配するものが、よく東方の大陸全部、すなわちアジアを制することが出来る。ヒトラーは、この見地から、これをドイツ民族の掌中に収めようとくわだてて失敗し、今や名実ともにスラブ民族の手に握られてしまっている〟と、この本は論説しているのです」

「私は青年時代、学校でまた書籍の上で、文明の北漸《ほくぜん》ということを教えられ、地中海とインドの線に発生した文化が、逐次に北方に推移したという歴史的事実は、そのまま肯定しています。ボルガ流域は北方圏のものであり、スラブ文化というものも、やはり北方地域に転移したものの一つと、観察されないこともありませぬが、とくに右の流域を、三大陸の連接部とする説は、本日はじめて耳にしたことです。飛行機が距離と時間とを短縮してしまった今日、ウラニウムの最大産地、ウラル山脈地帯を側面にしている流域地方に、目をつけたことは面白いと感じます。ただスラブ文化や共産思想の世界大部分の制覇《せいは》というものが、もはや議論ではなく、実際の事実であることは、何人も承認しなければならないものでしょう」

「あなたは、かくもすみやかなスラブ文化の浸潤を、なにによるとお考えですか」

「生活必需の物資が世界的に偏在し、しかも、これが独占されていることに原因しており、人類大部分の生活困難が、資本民主主義で救われるか、勤労者制覇主義で救われるかの問題を中心とし後者の方が人の耳にはいりやすい点にあるのではありますまいか。……ともかく、もっとも大きな足なみで進んでいるアジア赤化というものは、英米が、あまり多く東洋に干渉しすぎ、防共障壁を打ちくだいて、スラブ文化に道をつけてやったためと思います」

私はそう答えた。

マクベン少佐は、共産主義の進出をことごとく憂慮し、このことに談が多くなり、やはり一時間以上にわたった。

さらに三日たち、第三回の訪問があった。大きなかごに、たくさんに果物をつめて来、

「これを医務室に入院している患者と、あなたへの見舞にもって来ました」

とさしだし、また芝生の上の会話がはじまった。やはり薄大尉の通訳である。

「デュラントの哲学書、いくらかお読みでしたか」

「片山海軍大尉に読んでもらい、はじめのほう、三、四十ページほどの要旨は承知しました」

「あの哲学書に関連するのですが、あなたは、完成された教養ある人格とは、どういう人をいうものとお考えですか」

「さあ、突然に、そのようなむずかしい質問で、まとまった答えなどできませぬ。単なる感じだけのことですが〝真理、すなわち真、善、美を正しく認識する素養をもち、かつ認識したことを実践する勇気をもった人〟を言うのではないですか。しかし、完成された人格などというのは、釈尊、キリスト、孔子のような、ごくごくまれな人々が到達し得たにすぎないもので、われわれ凡人にとっては、教養の目標ではあり得ても、なかなかいたり得ないものと考えています」

彼は、しばらく考えていたが、やがて、

「大将の意見の通りかと考えられます。が、問題は、真理を認識する尺度は、なにによって得られるかに存するのではないですか。私はその尺度は、歴史と哲学との基礎にたって客観されたものでなければならぬと思うのですが、いかがでしょう」

「歴史と哲学の知識によっても、認識する人の主観というものの混入はまぬがれないものと思う。しかし、そのときどきの国際、国内の情勢、各個人の感情等に左右されることなしに、長い過去の歴史と、哲学とで、自己の主観を是正してゆくことは必要ですから、私は少佐の見解は正当のものであると同意します」

ひきつづいて彼の話す戦争観のごときも、多分に哲学的であり、まだ年も三十六、七かと見えるのに、かようにみずからの教養を高めようとつとめていることは、そう多くはありがたいことであり、将来ずっと伸びる将校であろうと、祝福された。

「私はあす乗船、オーストラリアに帰ります。この間の話では眼鏡をこわされたとのことですが、オーストラリアからお送りしてあげましょうか」

「ありがとう。さいわいに玉ではなくふちが切れただけで、いま、かざり職の人が修理してくれています。近く出来あがるでしょう。実はやはりあすの船で、ここにいる、私の部下の自動車廠長高屋大佐が、シンガポールの軍事裁判所に移されることになっています。ほとんど英語を解しませぬ。あなたが同じ船なら世話をみてはくれませぬか」

「承知しました。きっと面倒をみます。これでお別れします。ご健康を祈ります」

「隔意のない、数回の懇談をお礼申しあげます。三年半も、日本軍の捕虜になっていて苦労されたあなたから、このようにしむけられたことは、心に印象され、よい参考にもなりました。私はあなたのような人に、本当の日本をみてもらいたいと思い、せつにご希望の通りになることを欲し、ご健康を祈ります」

このように言い、あたたかい握手をかわして別れた。

二週間後に、直接文通は許されていないからと言い、アプソン所長を通じ「高屋大佐は、なんの変ったこともなく、無事オーストラリアに着き、さらにシンガポールにむかったので安心されたい」と申してきた。

万国赤十字社シドニー支部

昭和二十一年十月のある日、見知らぬ背広姿の白人が、アプソン所長と軍管区参謀長カーミン中佐とに案内され、収容所内の施設や日本人起居の有様、食事の状態、医務室患者の模様などをことこまかに視察していたが、やがて私に会見を求めて来た。片山海軍大尉が通訳の労をとってくれた。医学か神学かの名高いスイスの博士デスクーデル（DESCOEUDRE）氏で、ジュネーブに本部を有する万国赤十字社のオーストラリア支部長であると、カーミン中佐が紹介してくれた。その後二度、手紙のやりとりをし、とくに二度もわれわれ日本人一同を慰めるいろいろの品物を贈ってくれ、私の家庭に対してまで音信をやってくれたほどの厚誼に浴した。

「私は、ただいま紹介されたもので、目下オーストラリアのシドニーにある万国赤十字社支部長をしています」と、ていねいな英語で語り名刺をさしだした。

「こんど本部の指令により、この収容所の慰問に来ました。なにか困っているものがありましたなら、ご相談にのりたいと思います」

「アプソン少佐の理解ある管理で、そう大きく困っているものはありませぬ。が、各人の家庭との通信、修養上の書物、精神慰安の機材などの入手は、一同が希望しているものがあります」

「具体的には、どういう物でしょう」

「たとえば聖書をふくむ宗教上の書籍、日本の新聞、雑誌、野球その他の運動用具、蓄音機それにラジオセットのようなものです。またハガキとか切手とかがいただければ有難いことです」

「そのようなものなら、豪軍当局が同意さえすれば、容易にさしあげられます」

このように答え、カーミン中佐と語りあっていたが、

「豪軍のほうは、さしつかえないとのことです。私は明後日、オーストラリアにかえります。あす中に、希望の品目と、その数量を書面にし、当局をへて私にとどけていただければ、可能な範囲で配慮いたします」

との親切なことば。それから私自身の経歴とか健康とかを質問し、辞去のときは、さらに、ていねいなあいさつを述べ、握手をかわした。人柄はたしかに英知のある宗教人の感じであった。

その夜、一同の希望をあつめ、日本版の聖書は百部、蓄音機三、ラジオセット三組、タオル、歯磨粉、そのブラシなど七百人分、理髪用具四組分、野球用具五チーム分などを記入のうえ、申し入れたところ、その年のクリスマスの数日前、申し込みの品全部が寄贈された。

収容所一同の感激は多大であった。不自由な日用品を手にし得たばかりではなく、毎夜

東京からのニュースや音楽を耳にし、祖国のおとずれを知ることはなによりの慰安となり、明朗化は一段と進んだ。

祖国を遠く離れた、絶海孤島の刑務所で敗戦直後の日本政府が、いな、戦勝国政府でさえ、やってくれない救援や慰安のことを、この各国の赤十字社を会員としている万国赤十字社の活動により実現されているのを目の前に見、従来の無理解を恥じいるとともに、おたがいが、もし、出来得たなら、この赤十字社事業に協力することが報恩の道でもあり、また意義ある社会事業参加でもあると信念せしめられた。

第三章　散りたる若ざくら

〃左様なら逝《ゆ》きます〃と友は笑顔もて刑場に向かう細雨《そぼ》降る朝《あした》
友逝《ゆ》きて幾日か過ぎつその植えし宇宙《コスモス》の花開きそめたる

死刑の宣告

私の申し入れが、やっとモーリス軍管区司令官に受理され、ラバウル豪軍刑務所に収容された昭和二十一年四月前後の戦争犯罪裁判は、手軽に多くは死刑を宣告していた。戦犯容疑者として収容された私の部下の百人あまりのほとんど全部は、熾烈《しれつ》な戦況下の職務遂行に関係した行為を問われている。そして裁判は、なぜにかような行為にいでざるを得なかったかの動機は聞こうとせず、聞いてもこれは考慮外におき、その結果のみをとがめるのである。

たとえば、燃えさかる大火の家の中から家族や家財などを救いだそうとし、狂気のように興奮しているとき、通路にふさがっている者に夢中で突きあたり、これに死傷を生ぜしめたことがあると仮定し、火事のおさまったのち、それも長い時日ののち、火事という特殊な情況や、加害者の目的などはまったく問題にせず、人に注意して通路から避けしめないでこれにつきあたり、他人に害をこおむらしめたのは罪悪であり、重刑にあたいすると判決するようなものが多かったのである。これらの容疑者を、その父母からお預りしている私としては、実に憤慨にたえなかった。

刑務所長アプソン少佐は、軍管区司令部から指示をうけているとかで、私の所内の行動は相当思い通りにやれるようにしていた。従って私は部下であった百人以上の人々の裁判につき、また身上などについての相談相手ともなることができた。

私は六十歳になっていたが健康保持上、全員に課せられている労働時間には、刑務所の一側空地に百五十坪ほどの畑を耕し、疲れしだい、腰をおろしてやすめるように、畑のまん中に一坪ほどの休憩場をしつらえ、周囲にカンナや百日草を植えこみ、そとからは見えないようにしてあった。

六月のある日の午後、陸上勤務中隊に属していた酒井伍長という、若い柔和な顔つきの人が、農園の私のそばにやって来た。この青年は、一カ月ぐらい前の第一審裁判で死刑を判決され、豪本国で書類だけで行う第二審判決を待っているのであるが、獄中、新約聖書を読みふけり、いくつかの感想文をつづり、その都度私に見せてくれ、その中にあらわされている純情を、私はいかにもいじらしくながめたものである。

休憩場の中にみちびきいれた。

「もう、私に対する第二審の判決がやってきましょう」

「そう、やって来る時分だが、第二審にだしたきみの嘆願書がうけ入れられることを祈っている」

「一度ゆっくり、ひとのいないところで、夜でもいいのですが、お聞きしていただきたいことがあります。……一身上のことで……」

「ここでもいいのだが看守などが来ると話がとぎれよう。そうだね、夕方以後がよかろうね」。こう応諾したので、彼は立ち去った。

その日の暮れがた、酒井伍長が見えた。

囚舎の前庭、百五十坪ばかりの青芝地の一隅にさそって腰をおろした。午後九時の消灯ラッパまで庭地に出ることは自由にされていた。

「きみの裁判記録の告訴文には、衛生勤務者としてインド人労務隊の患者を虐待した、となっている。きみのようなおとなしい青年が患者をいじめることなどしていまい。インド人たちの誇張した作りごとと思うが……」

「インド人患者の大部分は、熱帯性潰瘍《かいよう》かマラリアにかかっているのです。軍医がしょっちゅう〝足をきれいに洗っておかないと、潰瘍は大きくひろがる〟と注意いたしましても、いつも不潔にしている者があり、血の一滴と言われるマラリアの予防薬キニーネやアテプリンを、にがいとか胃にわるいとか言って、飲むふりをして捨てたりする、そんな者を見つけましたときは、こらしめのため……ことばがよく通じませんので……平手でほおを打ったこともあります。憎しみの気持ちではなく、早く潰瘍をなおし、またマラリアにかからせないためのことでした。私は裁判のとき、少しもかくさず自分のやったことを述べ、そうしなければならなかった彼らのじだらくな有様を申しましたが、それは認められず、彼らが書面で私の取りあつかいのために死んだインド人病人もいたなどと告訴したのを、真実と判定され、極刑を宣告されました」

「労務隊のインド人や支那人は、捕虜ではあったが宣誓のうえ釈放され、あらためて賃金労務者として輸送されて来た者たちだが、二年以上も日本軍といっしょになり、連合軍に敵対したことをとがめられることを心配し〝自分たちは、マライ半島や南京方面で捕虜となり、無理にこっちに送られたのだ〟と言いはり、豪軍は私の抗議を無視し、彼らは捕虜であったのだとして、裁判をつづけている。きみのくやしい気持ちはよくわかる」

「私は裁判の前後には、ひどくインド人や裁判官をのろいつづけましたが、ご承知のように、ここに入所以来、聖書を手にし、いまは、はっきりと天なる父の愛とイエスのおみちびきとを信ずるようになり、〝なんじの敵を愛する〟気持ちにもなって、のろいの気持ちはなくなりました」

「きみが、そういう気分になっていることは、入所感想記中にも見えていた。ありがたいことと思う」

「そうでありますのに、東京にいる母のことを考えますたびに心が乱れます。昨晩は、私が刑死したのち、どうして、母が世をすごすだろうかと心配になり、一睡もせずに夜を明かしました。……鳥のように翼がありましたなら、ここを飛びだして母に会えるのですが……」

はきはきものを言っていた青年の声はふるえだし、ついにすすり泣きをはじめた。

人間というものは、達しようとするはり合いのある目的をもっているときは、それこそ命をまとにして真剣にぶちあたる。だが戦いは敗れ、職務上やむを得なかった行為をとがめられ、とがめられても罪悪を犯したという自覚のない、またはその少ない者が、死をもってさばかれ、前途の春秋を失う運命にあったとき、たとえ信仰にはいり得たとしても、なおその父母を恋いこがれることは、これこそ純真な本能である。敵弾にあたり、万歳をとなえ、莞爾《かんじ》として逝《ゆ》くあの心の裏側が、この母を呼ぶなげきだろうと思う。

私は、彼をすすり泣くままにしておいた。涙だけがいくらか彼の心をなぐさめるであろうから……。しばらくして、

「わかるよ、きみの気持ちは……。信仰で悲しみをも喜びに、思うようになると言われるが、イエスでも死の前夜は悲しみもだえ、きみがバイブルで見たように、

〝この苦杯を吾より去らしめ給え〟と三度もおなじ祈りを神にささげ、ゴルゴダの十字架上では、〝我が神、我が神、何ぞ、吾を棄て給いし〟と悲痛の叫びをあげておられる。私は、これが本当であり、これによりいよいよイエスを尊く、なつかしく思われる。きみが

お母さんのことを思うたびに心が乱れるというのは、これこそ、天なる父の子である人間の本当の心だ。神はきっと、きみの情《おもい》をお母さんにお伝えくださると思う」

そんな慰めのことばを口にしているうちに、いつか彼のすすり泣きにさそわれ、目のうるおいをおぼえはじめた。星はかがやいているのだが、くもって見える。

しばらくして、酒井伍長はまた語りだした。

「今夜お会い申したかったのは、私の、ひととはちがった生い立ちを申しあげ、いつか私の母に会われるようなことがありましたなら、私の心をお伝えしていただきたいと思ったからです」

「私も裁判で、きみたちのあとを追い、やがてこの世のほかに行くことになろうと思う。が万が一、なにかの機縁できみのお母さまに会うようになったら、きみのおもいをお伝えする。なんでも話したまえ」

「私の父は、軽業《かるわざ》とか見世物とかを興行し、地方を回ることをやっております。私の幼年のとき、父は熊本地方で興行中、やとい入れた三味線ひきの人と相愛の間柄となり、連れもどって家庭に引き入れてからは、母は女中の地位にさげられました。母はごく忍耐深い、しとやかな人で、一度だって父にたて突いて波風をたてるようなことはなく、その妾《めかけ》になった人もやさしいたちで、父の不在のときはよく母につかえ、掃除や洗濯は、けっして母をわずらわさず、とても子ども好きで、外出ぎらいの母にかわり、私や妹を祭や活動写真を見につれて行ってくれたものです。

そんなことから私は、その女の人をのろう気持ちはついにおこらずにしまいましたが、母に対する父の態度には、年が多くなるにつれ、だんだん不愉快さが強く感じられ、乙種商業を卒業しましたので、どこかに就職し、母と妹を引きとり、父とは別れて独立の生計をたて、父に気がねのいらないくらしを母にさせたいと念願しておりましたときに召集され、けっきょく戦犯で死ななければならないような運命になってしまいました。私が世を去ったのちの母が、どんなにか、たよりない気持ちになるだろうと案じられ、すわっても立ってもいられない、いらだちに心が悩むのであります。刑死の前に会いたいものですが、こんな遠い敵地の島では……。どうか、母をみとらずに、先だつおわびを言っていたと……あの世に行きましても、魂《たましい》は母をみまもりつづけると、そう申していた、とお伝えしていただきます」

こう語って、またこの若人《わこうど》はさめざめと泣くのである。

あまり例のない家庭で、心さびしく育った子が、母を恋いしたい、その将来を案ずる心根のいたわしさに、私の心の底ははげしい波打ちをおぼえ、もうなんの慰めもいわず、ただ彼の手を握りしめて泣くにまかせた。

その夜から三週間ほどのち、オーストラリアからとどいた第二審判決は、死刑の確認であって、酒井伍長は逝《ゆ》かなければならなくなった。

戦犯者が死刑を執行されるときは、万一のごたごたをおそれたためであろう。日本人はひとりもその囚房に近づかしめない厳重な警戒処置がとられる。私は、軍管区司令官に、日本軍の上官と下級者との関係は、同時に父子、兄弟の情誼にむすばれているものであることをとき、強く友を見送ることを要請した。ついに私だけが最年長者として、日本人全員を代表して見送ることを許すとつげられたので、伍長が囚房から引き出されて刑場にむかう出発を見送った。

「酒井君、きっとお母さんにお伝えするよ」

「どうかお願いします。では、逝きます。さようなら」

さびしいが清らかな笑顔を見せ、この、私の次男と同年の青年は、オーストラリア憲兵につれられ、しっかりした歩調で刑場にむかった。

酒井伍長が戦争犯罪者収容所長アプソン陸軍少佐あてに遺《のこ》した一文は、片山海軍大尉の英訳文をそえて差しだされた。つぎのようなものである。

「前略……私はいつかは一度、この現世を去るべき身です。ラバウルでさばかれました機縁で、聖書の教えをうけ、天なる父の救いを得、もうおのれの生命に対する執着を離れ、イエスのおみちびきにより安らかに昇天し、そこから地上の私の母をみまもり得る堅い信念を持つ恩寵《おんちょう》にめぐまれました。裁判をのろう気持ちなどは、もうすっかり、消え去っております。ただ、祈られるのは、早くオーストラリアと日本との親善関係が旧に復し、ともに平和に栄えんことです」

アプソン少佐は、ずっとこの柔和なおもざしをしている青年を、同情の目で見ていたが、右の遺書に感銘をおぼえ、それを軍管区司令部にとどけたとのことであった。二月ほどしてなぜか（……オーストラリア本国当局の指令によるためかと、私は推測した……）酒井伍長の人となりをくわしく調べだした。

人間の真心が、人種をことにしている人の心を打ったものであろう。死刑執行後の再調査はそうだろうと思われた。私はこの記録が、いつか酒井伍長が限りなく恋いしたった母親の目にはいり得ることを祈っている。

日本の基督教者

私は三十代の初期、三年をイギリス、六カ月をヨーロッパ、アメリカ大陸の視察についやした。そのときの感想のひとつに、「一国文化の発展、国富の増大、従って国民生活の向上は国民の幸福であり、望まなければならぬことである。列国社会道徳のごときは、たしかにわが国よりはまさったものがある。しかし無意識の変化とは思うが、キリストのなげかれた〝富めるものの神の国に入るはラクダが針の穴を通るよりもむつかしい〟ことになるものであろう。いっさいがこれで通る〝金《かね》の国〟という感じがひしひしと感ぜられたが、神の国とか霊の場所とかいう気持ちは、どこでも得られず、日本の教会またはクリスチャンの家庭の清浄さ、信者の敬虔《けいけん》さのほうがよっぽどまさっているのではあるまいか」との疑いをもったものである。もちろん私の外国駐在は、軍事研究のためであり信仰のためにではなかった。見た家庭といっても二十軒ぐらい。なんでも質問しあうようになれた外人は百人とはなかった。教会の出席のごときは、たった四、五回にすぎないので、これで精神上の信仰を比較をすることの、間違いであることはもちろんである。従って、こんな感想を他人に述べることなどはつつしまなければならないと心に言い聞かせていた。それであるのに、なおかつ自分が二十歳前の青春時代に本郷教会で目にした、海老名《えびな》弾正先生のみちびきに集まる青年学徒たちの信仰の熱度、「聖書の研究」にあらわれた内村鑑三先生の気迫、山室先生に指導されていた日本救世軍の活動、または逆境の恩寵をといてやまぬ徳永、座古、岩橋、賀川の諸氏の著述などに比肩し得るものは、他の国のどこかにあるのだろうかという疑いは、少しも消えないのである。

ところが、大震災の翌年か翌々年に、米国で立法した日本移民禁止法案が、わが国論をわきたたせた当時、文豪、徳富蘆花氏が国民新聞紙上に「在留の米国宣教師諸氏に願うの書」というのを公開したとき、〝私のいだいている感じは、かならずしも根拠のない空想ではなかったのか〟という思いをさせられたものである、蘆花氏は、つぎのような趣旨のことを述べたように記憶している。

「明治初年以来、五十年以上にわたり米国教会と、それから派遣された宣教師のかたがたからうけた信仰上のみちびきや物質上の援助は、いかに感謝しても感謝しつくされないものがある。日本のキリスト教の基礎の確立は、もっとも多く米国とあなた方のお力によるものである。それにもかかわらず、私は一層重要な日本におけるキリスト教普及のために、あえてつぎのようなことを、あなたがたに申しあげる忘恩の罪を、どうかお許し願います。それはあなたがたのお国が、このたび作った〝日本移民禁止法案〟のわが国キリスト教の普及におよぼす影響についてであります。わが日本はベルサイユ平和会議では、たったひとつ〝有色人種に対する差別撤廃〟という神の御旨《みむね》だけを提案しました。それをウィルソン大統領は否決しました。そしてそのうえ、こんどは〝日本人はアメリカにははいってはいけない〟……やがて他国がそれをまねれば……日本人は世界のどこにも立ち入ってはならないことになる法案を作りました。四海同胞のイエスの教えの宣布《せんぷ》にかくも大きな力をいたしてきた、その同じ米国民がです。まったく神の意志に反するものと、あえて私は申しあげます。いまやわが八千万の民衆はあなた方が愛をとけばとくほど〝愛とはことばでなぐさめ、力でなぐることだ〟と解するように観念づけられます。〝有色人種の発展と幸福は、ただ白人にまさる力を養うより外に道はない〟との考えを、日本人いな有色人種にもたせるようになったなら、いかに天なる父はお嘆《なげ》きになるでしょう。いっぽう、日本のキリスト教徒は、もっとも多くあなたがたの導きのおかげで、神のほっせられる愛につき深い理解と信仰とを、たしかに心にすることができており、お力をお借りしないでも、聖書だけをたより、りっぱにひとり歩きをし八千万同胞をみちびくだけの自信に燃えております。私はあえて申します。いまやあなたがたの在留は、日本におけるキリスト教普及にさまたげになるようになってしまったのです。どうか、あとのことは日本人クリスチャンにまかせ、安心して日本をお立ち去り願います」

という趣旨のものである。

右の公開状を目にした私の感慨は大きなものであった。もとより自分には信仰らしい信仰はなく、単なる読書宗教により、おのれ一個だけを慰撫《いぶ》することだけをやってい、しかも仏教・キリスト教双方の人々からとんでもない異端、冒瀆《ぼうとく》と非難されるであろうような独自の信念、すなわち、

「キリスト教と、法然、親鸞の教えとは同じものの表と裏。西洋的と東洋的の表現の差にすぎないものだ。キリスト教も儒教や、仏教のそれと同様、きっと、わが日本のクリスチャンによりイエスの本当のお気持ちが体得され、仏教・キリスト教の二教が、ここで渾然《こんぜん》融合《ゆうごう》した世界宗教が確立するであろう。それもそんなに遠いことではなかろう」との熱願をもっているだけなのである。敬愛し愛読してやまぬ、文豪徳富蘆花先生が、かほどまでに日本クリスチャンを信頼していることがうれしく感じられたものである。

片山大尉の立場

私が昭和二十一年春、ラバウル戦犯収容所にはいったときは、軍事裁判開始直後のことであり、当時の各容疑者の心理状態は、実にあわれなものであった。

裁判官の量刑は、重刑主義であり、きのうもきょうも……あすもそうであろう……死刑につぐ死刑であり、その犯行といわれるものが、いかなる戦況、いかなる任務のもとに、どんな心理で行われたかは、裁判官の問うところではない。歯には歯、目には目の主義。ひどい裁判官や検事になると、

「おまえたちは戦争中、裁判もなにもしないで、どしどし敵を殺したではないか。裁判してもらうだけが慈悲と思え」と放言したものさえある。……戦時と平時とを混同し、ただの復讐をやられているのが、私の戦友たちだ。

きのうまで勝つと誓い、そのためには身も命をもささげ、なんの悔《くい》もなかった戦友の目の前には、もはや心をうちこむ目標はなくなってしまい、ただ理不尽に、無抵抗に殺されて行く。〝祖国の復興に役立ちたい〟という意欲のもの、または〝せめて家族に一目あいたい〟という哀情のもの、千差万別の思いがりっぱな最期をしめしたり、中には嘆息させる場面をしめしたりする。

福岡の薄《すすき》大尉という工学士がいた。その当番兵の鈴木富男君というのが、人ちがいで

収容されたのを心配して、解決されるまでは、絶対に内地にはかえれぬといい、弁護団の炊事係を買って出て、どの帰還船にも乗らず、一年をがんばりとおし、容疑がはれて、ともどもに船に乗った情景は、涙ぐましいほどうつくしいものであった。

反対に、上官の命令とさえ言えば助かると誤解し「それはT中尉の命令でやりました」と根も葉もないことを言いだし、おのれは死刑、T中尉を無期にしたもの。また「ぼくはどうしても早く内地に帰る必要な事情がある。気の毒だが、きみの証言のため残ってはやれない」と言い、部下を残して立ち去った将官。おのれと間違われ、収容されている同姓の人に「間違えたのは豪軍で、ぼくの責任ではない。きみはなにもしていないので無罪は確実だ。自分は名のって出ることはしない」と、身がわりを一年も収容所にとどめ、おのれは外にいて平気であったもの。終戦までは、たいした人物と思われていたある部隊長が、いかにもみにくいあわてかたを暴露《ばくろ》したことなど、幻滅の悲哀を味わわされたこともある。

こんな雰囲気《ふんいき》の中にあっては、心の平静は得られず皆が不安にいらだっている。なんとかして慰めたいと思い、近づいてくる人々に〝宗教というもの、信仰というものに心を向けてみてはどうか〟と、ときすすめてみた。さいわいに僧籍の人、牧師の人がおのおのひとり容疑者中にい、それらがきもいりし、仏教青年会とラバウル教会というのが結成された。最年長でもあり、口を切ったのでもあるからと言い、双方の顧問のような位置にたのまれ、豪軍との連絡または、便宜供与方《べんぎきょうよがた》の交渉などにあたった。

そのうち、右ふたりの宗教家が不起訴となり帰還したのちは、仏教のほうは、その後ボルネオからここに移されて来た豊岡の人、滝野主計大尉が世話役をつとめ、いつも五十人ほどは集まり、教会の方はアンボンからきた海軍の片山日出雄大尉が中心となり、司会をつづけた。教会はアプソン所長のはからいで、オーストラリア軍牧師マッピン少佐が毎日曜日午前に指導してくれることになり、三十人ぐらいの顔がみえていた。

片山大尉は年二十九、すらっとした長身、上品な顔。だれかが「映画スターになっていたら、たいへんな人になっていたでしょう」と言う。その一言がもっともよく本人を表現している好男子である。広島の籍にはなっているが、生父は出雲の大社千家氏。幼にして片山家に養子にやられ、養家の祖父が多年ヨーロッパで実業に従事していたことがあり、その縁故で、中学時代、祖父の親友原田牧師から洗礼をうけ、ついで東京外語に学び、やはり養祖父が滞欧中、また帰朝後も、ずっと後援しつづけている舞踊家石井漠氏夫婦をたより、在京中は小浪女史の家に寄宿していた人だと言われていた。

英語は天才的で、その和訳は実にうまいものであった。柔道は四段。外語の対校試合のときはたいてい主将の格にあったらしい。卒業後、大東亜戦争で海軍に召集され、アンボンの根拠地隊司令部で勤務し、終戦当時は東京の海軍軍令部に転じていたものである。深い信仰をもち、聖書の研究は微《び》に入っていい、ゆくゆくは原田牧師のあとをつぎ、教会で奉仕することにしていたのが、アンボンの豪軍捕虜四人の不法処刑事件に関係ありと見られ、モロタイでの軍事裁判に召喚、死刑を判決されたのち、ラバウルに送られて来たものである。

ある日曜——日曜でも、その当時は午前中勤労作業が課せられていた。ただクリスチャンだけが午前十時からのマッピン少佐の説教を片山大尉の通訳で聞くことが許されていた……。私が農園で働いていると、そこへ片山大尉が牧師をつれて来た。

「マッピン少佐が、ぜひ一度お会いしたいと申し、案内をたのまれました」

「畑仕事でよごれていますが、よろしければ……」

彼は「今日は、将軍」といい、握手をもとめた。

「私はマッピンです。先々週から、ここの教会に来ています。あなたが教会の設立をすすめたとのことですが、まことによいことだったと喜んでいます」

片山君が、これを通訳する。

「もう帰った奥座牧師という人の尽力でもうけられたものです。あなたが指導してくだされば、皆が幸いし、片山君もおおいに力を得るわけです」

「将軍が、ここに、はいられたので、日本人がみんな、力にしているとのことですね」

「九十九匹の羊は祖国にかえし得ましたが、ここに残されている迷える一匹一匹は、どうしても私がみまもる責任があるのです」

「あなたは、羊を飼っていたのですか。どこで……?」

と少佐がたずねた。片山大尉が、

「マタイ伝第十八章のおことばを引かれたのです」

そういうと、莞爾《かんじ》とした笑いを見せ、

「そうでしたか。将軍は聖書を読んでいるのですか」

「十八歳までは、よく教会に行っていました。聖書は、いまも手にしています」

「そうですか。それで、いまもキリスト教を信仰しているのですか」

「仏教と申しておきましょう。一般の仏教とはすこし違いますが」

「それは、なんという信仰です」

「法然《ほうねん》、親鸞《しんらん》という仏教の聖者がといた教えで、イエスのとかれたものとおなじ愛と救いの信仰です」

「いずれ、ゆっくり、そのお話を聞きたいものです。私は日本進駐軍付を希望してい、多分そうなることを期待しています」

「いつごろ参られますか」

「まだ、二、三カ月さきになりましょう」

そんな会話をかわしたのち、彼はまた握手して辞しさった。

片山大尉は門のところまで送って行き、まっすぐに引き返して来た。

「マッピン牧師が、お会いできてよかったと喜んでいました。〝日本の大将が不意に羊のことを言うので、それは予期していなかったことです〟と言うていました」

「そうですか。もう四十は越えているでしょう。やはり牧師らしい、やわらか味のある人ですね」

「ときに私は一度、ぜひお話申したいと思いながら、機会を得なかったのですが、きょうはおさしつかえないでしょうか」

「いっこう、かまいませぬよ」

「実は、数日前に再裁判の請願書をアプソン所長をへて豪軍当局にだしました。その前にご相談しておくべきでありましたが、第二審の判決が近く来そうに思え、一日も早いことを要しましたので、草鹿《くさか》中将の意見の通りにして出したわけです。

私が、クリスチャンとして牧師を生涯の奉仕と考えていた身が、どうして不法処刑の罪に問われたかという経緯《いきさつ》を聞いてほしいのです。高橋中尉は、あなたと同郷で家も近いということです。……機会があれば、あれの家族にも真実を知らせていただきたいと思います……」

「この前、高橋君の家の事情はよく聞き、母一人のさびしい家庭でどんなに悲しんでいることか、それに二十五になったばかりという若さで死刑になるということは、ほんとうに気の毒です」

「あれは盛岡の高等農林を出たばかりで海軍に召集され、私と同じアンボンの根拠地隊司令部で机をならべ、電報班勤務をやっていました。ご覧のようにまだ本当の子どもです。私とは心から許しあい、何事もいっしょにしていました。ある日ふたりで仕事をしていると、私はA参謀に呼ばれ〝あす、白水隊に留置している豪軍捕虜四人の死刑が執行される。ついては、うち二人は将校なので、儀礼上、こちらも将校によってやるよう司令から申された。きみと高橋とで白水隊を援助し将校を処刑したまえ〟と命令を伝えられました。私はクリスチャンとして人を処刑することなどはおおいにためらわれました。しかし、召集将校とはいえ武職についているものです。司令が処刑を命令され、将校は将校をもって執行するのが礼儀であると私どもに指令されました以上、これを拒否することは軍律上なし得ないことです。ついに高橋といっしょに処刑場に行き実行しました。その後私は軍令部に転勤し、そこで終戦となり、まもなく容疑者として巣鴨に収容されますとき、お互いに残務をやっていたアンボン時代の直属上官T参謀に〝アンボンでの処刑のことかもしれません〟と申しましたところ〝もしそうであったら、どんな有利な証言でもしてやる〟と激励され、ついでアンボンに送られ、モロタイ裁判となったわけです。

モロタイに来てみますと、そのころ処刑に関係した人々が（下士官兵です）四人を執行したのは片山、高橋の両将校だと証言しています。事実ふたりはそれに関係しているのですから、ふたりだけで上官の指令により実行したことを自白したわけです。当時の司令山県中将はすでに戦死しており、A参謀も他の地域で戦犯として抑留されていると承知していました。戦犯裁判は命令者と実行者とは同罪に律しますので、A参謀の名をだすことははばかられたのですが、これで高橋一人でも助かればよいと思い、事実の通りを陳述したわけです。

ラバウルに移されたのち、草鹿中将から事情を聞かれましたので、真実を語りました。するとГ別の罪名ではあるが同じ根拠地隊に属していた白水大佐と宮崎大尉とが死刑に判決されているのだし、このうえ、多くの犠牲をはらうことはつまらない。自分と白木とでなんとか考案してみよう」と言われ、その結果、私と高橋とは当日司令部で勤務してい、処刑場には行っていないということを、在東京のT、K両参謀に証言してもらい、白水大佐も同じ証言をすることにして案文をおこし、私がそれを英文にし、再裁判請願のことにした次第です」

「事情はのみこめました。もっと早く聞かせていただいていれば意見をのべ得たかと思いますが、〝現場にいた警備隊の下士官兵がいつも顔を見合っていない司令部の将校の名を突然に思いだし、現場に来たと申したてるはずはない〟と、すぐ裁判官に不審に思われます。やはり現場に行ったことは行ったのだが、他の用務だったとでもいうのならともかく、成功はむずかしいのではないですか。第一、T、K両参謀がそのような証言をしましょうか」

「K少佐はともかく、T少佐は〝どんなことでも証言してやる〟と申しておられましたので、一週間前、ここをたって帰還した満刑者に托し、依頼状をさしあげてあります。きっと証言してくださると確信されます」

かような会話をした。

片山、高橋という、ふたりの敬虔《けいけん》なクリスチャンが、命令によらずして進んで死刑執行にあたるというようなことは、考えられなかったことであり、真に同情はされたが、すでに多くの日本軍人が証言していることを否認し、とくにみずからの前裁判の陳述を全部くつがえすやりかたがオーストラリア裁判官にうけいれられそうには考えられず、ただ神の救いを祈るよりほかなかった。

悪鬼の迫害

片山大尉は人格と英語力、タイプライターの技術とは、所長アプソン少佐をしてことごとく感服せしめ、彼は対日本人用務はもちろんのこと、豪軍自体の仕事まで片山氏を助手とすることになり、自由にその事務所に出入りせしめていた。その当時の収容所の職員の学識教養は極めて低い人たちであったので、所長がこの教養の高い、日本海軍将校を調法に考えたのは当然のことである。しかし同時にこのことが、片山氏をして職員たちの反感を買わしめるようにした。

豪軍のＳ中尉が筆頭となり「片山はモロタイで男らしく罪を自白し、さすがは日本将校だと称賛されたというのに、なんだこれは……。（裁判準備の余裕も与えられず、飛行機で到着した翌日から裁判がはじめられ、全くもうろうとした頭で、真実でないことを述べた）などと、全部をくつがえしている。彼はギャマン・クリスチャンだ」と非難し、事ごとに意地悪い迫害をはじめ、それにならい、S准尉、B伍長が手荒なことをし、些細のことにも難くせをつけ重労働を課した。この間に彼がしめした宗教的忍辱の態度は、いよいよ同信の人々をひきつけ、収容所全員三百人の尊敬を集めた。さすがに所長とバックハウス中尉とは、片山大尉に対する信用をうすめてはいなかった。

ある夜、消灯ラッパののち、一番北のはしの囚棟に寝ている私の枕に、一番南のはしの棟のあたりから数発の軽機の発射音が聞え、看守土人兵どもが右往左往する気配も感じられた。そのころ、〝夜中に、鉄条網柵を通し、外部の土人兵と中にいる日本人との間に物々交換を行うものがある、みつけ次第に発射する〟と予告があったので、そんなことだろうぐらいに考えて寝てしまった。

翌朝、私の世話をしてくれている高島孝次君がやって来、「クリスチャンを中心とする九人がきょう死刑にされる台湾兵の福島君を慰めようとして、柵をくぐり死刑囚棟に通ったのがみつかり、片山大尉が、それをかばおうとしたとかで、十人がいま、S中尉につれられ、所長のところに行きました。昨晩の銃声がそれであり、ずいぶんひどい打擲《ちょうちゃく》を加えられたそうです」と告げた。

死刑囚と有期のものとの間には鉄条網がはられている。その中間に、下水溝の通っている部分があり、雨の日以外はいつもかわいている。その部分の鉄線は、外部からでは見つからぬようにたくみに切られてい、夜間それをくぐり交通していることは前々から耳にしていた。私からも各舎長に、反則のないよう言うてはあったが、死刑囚のだれかがあす執行と告げられた夜は、とくに親密にしていた戦友とか、同部隊のものたちが、最後の別辞をかわし遺書などをうけとるため、なんとしてもはいって行くのである。

所長のところに行ってみると、ことごとく興奮して、ふきげんである。私は言った。

「昨夜の反則者は処罰を覚悟で柵をくぐったのですから、科罰は致しかたありませぬ。しかし死刑執行の前日には最後の訣別をさせることを、公然に認めるのでなければ反則をとめることはできませぬ。われわれの戦友愛は、あなたがたの考えおよばないほど、強いのですから……」

「あなたのことばですが、きょうはそれを信ずることはできませぬ。私は日本人の気持が理解され、心配させまいとし〝福島はあすの宣告で死刑を免ぜられ無期刑にされる〟ということを、わざわざ*s*准尉に通告させておきました。しかるに私の厚意をふみにじり、多くの者が反則する。実に不都合《ふつごう》です」とぷんぷんおこっている。

「所長がそんなに配慮をしてくれたことはありがたい。が、*s*准尉を調べてください。彼は、きのう、それを通告していませぬ。従ってことさら所長の厚意までもふみやぶるつもりでの行為ではなかったのです。やはり福島が、きょう死んでゆくと悲しんでのことです。それから片山はどうしたというのです」

「片山は〝八人だけがやって来た〟とS中尉に報告した。が、他にひとり、寝台の下にかくれていました。いつわって報告したと、s准尉は主張するのです」

「消灯後のことであり、暗い舎内にだれが来たのかはわかりませぬ。偶然まちがえたのです」

「ともかく片山を入れ、十人を一週間の重労役に科します」

そう言い切り、午後からこれら十人……八人がクリスチャン、半分以上が台湾青年……に対し青オニ、赤オニどもがする、地獄絵巻物そのままの責苦《せめく》がくりひろげられた。一輪車に重く土砂をつみ坂道をはこばせる。H少佐とS中尉とが土人兵を指揮し、ハリアップとかカムオンとかを連呼しながら長いゴムホースで背中を打たしめる。熱帯の午後二時半、佐藤中尉と台湾兵の梅村君が倒れた。すると、HとSはさんざんこれを足蹴《げ》にし、黒オニに命じて乱打をつづけさせる。ついにふたりは気絶してしまったことを、台湾青年のひとりが走ってきて私に報じた。

現場にいってみると、無惨にふたりは長くのびている。背には、幾筋かの青黒い殴打のあとをとどめ、目はつりあがってしまっている。ひとりの土人兵が「豪軍マスターの命令である、介抱してもいけない。医務室にはこぶこともならぬ」という。私はすぐ所長室に行った。

「アプソン少佐。反則者には規定の罰則以外に、足蹴と殴打とが許されているのですか。いま、ふたりが悶絶《もんぜつ》している。手当ても禁じている。このままにしておいたなら死んでしまいますよ」。つい、大声で抗議した。

「すぐ、医師を呼ばせてください。場所はどこです」

「来てご覧なさい」という私といっしょに、いそいでそこに行き、アプソン少佐は心配そうにふたりの脈に手をあて、「まだ軍医は来ませぬか、すぐ医務室にはこばせなければ……」とつぶやいた。

私はすぐ、向畑、佐藤の両軍医中尉をむかいにやり、とりあえず注射をこころみ、やがて担架が来て、医務室に移した。所長に別れ、暗い気持ちをいだきながら農園にもどると、またひとりのクリスチャンがとんできた。

「ここでも見えます。土人兵病舎の工事場で、片山さんが、S中尉のさしずで土人兵にさんざんにやられています」

なるほど、鉄柵の外、七、八十メートルはなれた高台でのことである。一輪車を引きあげきれんでいる背後からの、土人兵ふたりのムチ打ちであり、中尉が悪鬼のように足蹴りしている。柔道四段の彼はなかなか倒れそうになかったがひとりのムチが足をはらったひょうしに、ついに倒れた。

「ここからでは柵があって行けない。すぐ所長のところへ行こう」

　そう言い、私は走った。

「所長、私はこの目で、片山の打ち倒されるところを見たのです。教会の人たちは、片山の指導で絶対無抵抗の態度をつづけましょう。しかし他の三百人の日本人が忍耐の程度を越さないとは保証し得ませぬ。あれは所長のさしずですか……」

「いや、ぜったいに私の意図ではありませぬ」

「戦争が終ったあとに、まだ暴行をつづける。日本人は武器をもたぬでも、自衛の策は考えますよ」

「すぐやめさせます。今後このようなことがおこらないようにします。しかし日本人一同によく言うてください。反則のないように……」

　そのつぎの日から暴行はやんだ。が、重労働はつづけられた。さすがは信者である。ひくく賛美歌を口にしながら土人に追われている。右膝《ひざ》関節を痛めた片山大尉が、びっこをひき一輪車を押す姿はいたいたしかった。なんだか、ネロ時代の古ローマの殉教者を見るような心地がした。

クリスチャンの刑死

　マッピン牧師は四カ月のラバウル滞在の間に、すっかり片山大尉の信仰を見ぬいてしまった。

「この人は罪をおかすような人ではない」と。そしてアプソン所長とともに、彼の再裁判のことを心配してくれた。彼は、いよいよ日本に行くことになり、若いヤング牧師（大尉の階級）と交代し、ひとまずオーストラリアに帰ると、すぐにつぎの趣旨の手紙を、片山大尉によこした。

「きみの請願はたぶんとりあげられるようになると思う。すべてを神にまかせ、イエスのみちびきを信じ、こののちとも教会の世話をしてほしい」

マッピン牧師の尽力の結果だと思う、片山、高橋の両人の死刑執行は順々にひきのばされ、同師が日本に到着したふた月目に、他のアンボン関係の裁判の証人として、なお、片山、高橋両氏の再裁判の開否を決する証言を聞くため、K、T両参謀がラバウルに送られることが軍管区から通達された。教会の人々は、これでふたりの篤信者は救われうると信じ、心から神の恩寵を感謝していた。

両証人は内地から飛行機で到着し、弁護人団と同宿することとなり、片山、高橋両被告との連絡もつき、万事が好都合にみえた。

当時、やはり、アンボンでの事件で裁判された畠山海軍中佐が、弁護団に立ちより、聞いて来たという話によると、K少佐は、内地の某工場のよい位置につき、T中佐はマ司令部の嘱託となり、大東亜戦争の日本海軍の行動を編纂《へんさん》させられてい、ともに多忙の日を送り、ラバウルに来ることには難色があったのだが、東京にいる豪軍連絡将校が「人ふたりの生命が救われるかどうかの境だ。なんとしてもラバウルに行くことを要求する」という強い主張で、辞することはできなかったとのことである。おそらくマッピン牧師は、このふたりの証言により、現場不在の証明さえつけば片山大尉らは救われるものと信じていた。

やはりアンボンであった事件についてのA氏の裁判のとき、片山、高橋のふたりは、その公判廷に出席を命じられ、裁判長は両人の裁判された事件当時、処刑場に行っていなかったかどうかを質問し、ついで東京からやって来たK、T両参謀を証人台に立たせ、「証人は、片山、高橋両被告が捕虜不法処刑の当日、司令部内において証人と同室で、電報事務に従事していた事実を認めるか」と訊問したとのことである。

「両人はいつも、同室で勤務していたので、その日もいたかと思います」。すでに現場にいた多数の者が、事実を述べているので偽証にならない程度にしか証言し得なかったものであろう。被告両名に対する再裁判はついにひらかれないことになり、死刑の判決は、そのままにされた。

あす死刑執行、と告達された前夜は満月だった。ふたりに特別好感をもっていた職員のバックハウス中尉の配慮で、教会員とその他の有志とが、死刑囚房に接した鉄条網の外側に近接し、午後九時半の消灯まで、最後の別れを語りあうことが許された。

いくつもの祈禱と賛美歌とがくりかえされ、多情多感の同信、久保大尉や佐藤中尉は祈禱のなかばで泣いてしまっていた。鉄条網でとりかこまれた、山麓のセメント・ハウス。それに接しひざまずいて、神に祈る幾十の信徒。やわらかい月光がすべてを抱擁し、隣の土人刑務所で吹くラッパの音が、天への進軍の合図のようにひびく。自分は思わずふたりに叫んだ。

「両君。いつかぼくがお話した、ペテロとパウロのローマでの最後の晩。そのときの月光、そのときのネロの軍隊の吹いたラッパ。そのような夜です。あすは天でこれらの諸聖の霊とも会い、祝福と慰めのことばを得ましょう」

　私は処刑の日の早朝、アプソン少佐をたずねた。

「所長。眠りをさまたげて失礼でしたが、片山、高橋両人の執行を、ぜひ延期するよう、ネイラン軍管区司令官に嘆願したいのです。ふたりがどんな善人であるかは、あなたがた、ふたりが十分よく知っているとおりです。私はネイラン准将に申したいのです。ぜひ取りついでください」

　アプソン所長は、すぐ卓上電話で、軍管区副官デュバル少佐をおこして交渉してくれた。しばらくすると、やはり電話で、「執行の手配は、そのままつづけ、午前七時半に准将が収容所に行き、今村大将の申しいれを聞くことにする」との返事があった。

　朝食をすませて待っていると、司令官と副官とが、ジープをとばしてやって来、所長室で会見した。通訳は向畑君がしてくれた。

「ネイラン准将。軍事裁判は不法の命令者と、その実行者を同罪としていますが、情状により、そうしていないものもあるのです。命令をうけた以上、それをやらなければならなかったふたりの本質がどんな善良のものであったかは、マッピン牧師が見ぬいていることです。どうか、あなたから本国陸軍当局に執行猶予の申し入れをしていただきたいのです」

「それなら、やむを得ませぬ。実はこの執行は、一週間前にメルボルンから指令されているものです。収容所全員の助命歎願書が本国に取りつがれてありますので、もしやと考え私の独断で一週間のばしてあったので、このうえの延期は私の職権では不可能のことです」

「それゆえお願いするのです。二人をきょう執行したことにし、そのままメルボルンに送り、二人に豪軍の日本関係の仕事をやらせてみてください。そうすれば一カ月で豪軍中央部の人たちは〝死刑を実行せぬでよかった。こんな善良な、有力の材はまたと得がたい〟と、さとるでしょう」

「そのような権限は、私には許されていませぬ。私はこの執行を指令しなければならぬ運命を悲しいものに思っています」。かように言い、司令部に帰って行った。

午前八時半。ふたりは手錠をはめられ囚房をつれだされた。ギャマン・クリスチャンとののしり、はずかしめ、あらゆる迫害をつづけたS中尉にひきたてられて……。

とくに所長の許可を得、教会の佐藤中尉が刑場に立ち会った。

十時ごろ、帰ってきた佐藤中尉が涙ながらに語る。

「ふたりとも静かに絞首台にあがりました。その直前、片山さんは、とくに許され、英語でさいしょに〝主の祈り〟を、ついでこれも英語で、日豪将来の親善と、収容所職員一同の幸福に対する祈りを捧げました」

「S中尉はどんな顔をしていた」

「信仰のない男ですから、冷たい表情のままでいました」

第四章　豪軍の判決

今日《きょう》もまた旧《ふる》き友逝《ゆ》くたより来つ逝きてあるべきこの身残りて
囚獄の上にも広き大空はありと示すか鳶《とび》の舞《ま》い舞う

不当な科罪（片山海軍大尉処刑の数カ月前）

六月中旬のある日の午後、私の農園にひとりの小柄の青年、細川（仮名）伍長がやって来た。私の隷下部隊の陸上勤務隊の衛生兵であり、きょうが戦争犯罪裁判の判決日である。

私はすぐ農園中央に、よそから見えないように草花でかこんだ一坪ほどの休息所に彼をみちびき、小さな木片《きぎれ》に腰かけさせた。

「死刑を判決されました」

「そうか、残念なことだった。なにをおもな罪にしたのだ」

「労務隊のインド人中尉、チャムラットの頭に大きなきずあとの残るような殴打を加えたというのを、もっとも重くみたようです」

「それで第二審官には、ペジション（嘆願書）を出すだろうな。効果のあるなしは別として出しておきたまえ」

「きょう帰りがけに、弁護人さんからもそう申されましたが、はっきり〝出しません〟と申しておきました」

「どうして？」

「でたらめ裁判もはなはだしいので、あんな裁判官なんかに嘆願書を出す気にはなれません」

「第二審は裁判書類上でしらべるのではあるが、第一審裁判が適正に行われたかどうかを点検するもので、名は嘆願書だが、事実は第一審判決に対する被告の不満をのべ、第二審官の参考とするものだ。きみが第一審裁判をでたらめと思えば思うほど、その不満を抗議する意味でペジションは出すべきだ」

「私は、べつに考えがあり、出さないことにいたします」

はっきりそう言い、死刑囚舎のほうに立ち去った。

嘆願書は、判決日から四十八時間以内に出すか否かを届け、出す場合は、二週間以内に英文にして提出することになっていて、第二審官の最終的確認は、判決から二カ月以内に通告されるのを通例としていた。細川伍長はペジションを出さないと申したてて、弁護人も、それを作らぬことにしていた。

一カ月あまりをへたある日、拘置所内炊事場にはたらいている未決囚クリスチャンの滝元伍長という人が、茶をくみ、農園に持って来てくれた。私のうけ持ちの畑は、炊事場にもっとも近い、二、三十メートルのところにあったので……。

私は、休息所で滝元伍長とむかいあって木片に腰かけた。

「ときに滝元君。細川伍長はどうしてペジションをださんとがんばり通したのかね」

「同隊の皆が出せとすすめても言うことを聞きません」

「何かわけがあってのことだろうか。私には〝別に考えがあります〟とは言っていたが……。たとえば弁護人の努力に不満をいだいたとかいうような」

「いろいろ聞いても、わけは話しません。ただ九州男子だけにすこぶるの負けぎらいで〝敵に嘆願するのは降参するのと同じだ〟というような思想かと思います。現にこの数日、血便頻出《ひんしゅつ》で苦しみながら医務室内での休養を聞きいれず、やっと三日前、むりに押しこめたほどで、容易に人の言うことを聞きいれません」と言って戻っていった。

私は、細川伍長が赤痢の疑いで医務室（衛生員は全部同四、日本人でやっている）に入れられたことを知っていた。それで滝元伍長の立ち去ったのち、休養室に行ってみると、ちょうど細川伍長だけが寝台の上に横たわっていて、周囲にはだれもいなかった。

真実の告白

「どうかな細川。腹のぐあいは……」

「きのうの午後から血便はとまりました。私の思ったように赤痢などではありません。もうよいから囚房舎（死刑囚房）にもどるつもりでいます」

「病気のことは医者にまかすべきだ。向畑、佐藤両軍医も心配している。きみが、我《が》をとおそうとばかりするので……ともかく、出ていいと言われるまではもどっちゃいけない。きみは一カ月前に〝別に考えてることがありますから〟と言っていたが、その考えをだれにも言わずに刑死しようとするのか。そんなにも大きく秘密にしておかなければならぬことなのか……」

彼は、だまって首をたれていた。やがて私に顔をむけた。なぜか目をうるませている。

「昨晩、夢で熊本県にいる母に会いました。秘密は秘密にして世を去ろうか、母にだけは知らせておくべきか、けさからいままでぶっとおしに考えつづけておりました」

「それでどう考えをきめたか」

「考えがつきません。どちらがいいのか……」

「きみはいつだったか、私に言ったろう。〝幼少のときに父を亡くし、母の女手一つで育った〟と。私の年は六十、生きていたらきみのお父さんは、私ぐらいになっていよう、現に私には二十五の、きみと同年の次男がいる。私は軍司令官、きみは勤務中隊の一兵員で階級ははなれていた。が、軍の兵はみんな父母からお預かりしている〝育ての子〟のような因縁《いんねん》の深い間柄なのだ。それにもかくしだてをして世を去って逝《ゆ》こうとするのか……」

「申しあげます。もし閣下が、絶対にほかの人には知らせないのならば……ここではほかの者がやって来ます。別のところで申しあげます」

「よろしい。他人の秘密をもらすようなことはしない。農園においで……。あの休み場ならだれにも見えず、また声も聞かれない」

さきに立って歩きだしたので、彼は寝台をおりてついて来た。

お互いに三尺とはなれない位置にむかいあい、木片のうえに腰かけた。

「私は、本田軍医中尉直下の衛生兵として、別棟の医務室にすまっていました。はじめは密林内、後には洞窟《どうくつ》内でありました。本田中尉は、勤務隊の他の将校といっしょに、べつの洞窟に寝ていました。医務室は診療室、治療室、入院患者室をそなえた細長いもので、そこに日本人としては私ひとりだけが起居していました。私の勤務隊のインド人五百人ぐらいのうちに、カルカッタの医学校を中途退学して英軍に応召したチャムラット中尉というのがいました。そうとう医術もわかり、日本人には解し得ないインド語を英語にして仲介する便宜上から、本田中尉は彼を助手として医務室勤務にしておきました。終戦一年半ほどまえに、本田中尉に、

〝私を細川伍長と同室に起居させてください。日本語を教えてもらい、また英語も教えられます。洞窟病舎に収容されているインド人たちは、私が、そばにおることをつよく希望してもいます〟

と申しでたことがとりあげられ、同室することになりました。チャムラットは父がフラ

ンス人、母がインド人であり、父は幼少のときどこかに行ってしまい、母からインド人として育てられた者だそうで、年は私より三つ上、顔色などは日本人よりも白いほうでした。さいしょの一年間はよくはたらき、勤務時間以外のときは、私から日本語をならい、私には英語を教え、短時日のうちに、そうとう日本語を口にするようになりました。ところが終戦半年ぐらいまえ、ときどきへんなことを語りかけるのです。親密になっての冗談ごと、そう悪意にはとらず、

〝男が男に対し、どうしようというのだ。冗談などを口にしてはいかんぞ〟

それだけ、言ってすませておきました。ある日、私が全患者の手当てをおえて部屋にはいり、

〝チャムラット君、ぼくはとてもつかれた〟

と言い、寝台に横になりました。

〝メントルブランを少しのめば、すぐ疲れがとれますよ〟

彼はそう言って、ロウソクをともして薬室にはいり、なにかごそごそさせていましたが、やがてブランデーをまじえた水をコップにいれてもって来てくれました。この中に麻酔薬をまぜたなどとは思わなかった私は、一気にのみほし、やがて深い眠りにはいってしまいました。ある部分に急激の痛みを感じて目がさめ、起きようとしましたところ、だれかが身体をおおうていて起きられません。やっとのことで起きあがり、暗がりでしたがチャム

ラットらしいので、いきなり腹がたち、

〝日本軍人に無礼なっ〟

どなりながらずいぶんなぐりつけました。頭にけがをさせたのは、あとでわかりました。翌日、本田軍医に、〝チャムラットは薬室の薬を勝手に使用したり、日本人をあまく見るようにもなったので、他のインド人居住洞窟にいれ、医務室勤務をやめさせてください〟と申したので、そうなりました。

受診患者に託して二度ほど、日本文と英文とで……愛情が高じたためとか、なんとかの文句を書いた手紙をよこし、〝もういちど医務室勤務にするよう本田中尉にたのんでくれ〟などと申してきましたが、ほっておき、チャムラットと出会ったときには、にらみつけるようにしていました。

間もなく終戦になり、私はここにいれられ起訴状を見せられました。告訴人は労務隊にいたインド人二、三人でありますが、チャムラットの訴状がもっともひどく、私がインド人を虐待したこと、それを抗議したところ、いまでもこんなけががあとが残っているような殴打を加え、などと書きたてています。チャムラット中尉をなぐりつけたことは本当ですし〝すべてが運命だ〟とあきらめ、黙って死んでいこうと決心したものです。しかし、不起訴になり、近く日本に帰る本田軍医中尉殿だけには真実を語り母に伝えてもらうべきかどうか、これが決心しきれんでいるのです」

「よし、わしは決心した。チャムラットを相手どり、アービン軍管区司令官にあてて、きみの無罪を告訴する」

と、私は言った。

細川伍長は真剣な目をあげた、

「私は閣下が〝他人の秘密をもらすようなことはしない〟とおっしゃったから、申しあげたのです。そんなことをされ、告訴の内容が日本人に知れ、それが郷里にわかったなら〝インドの混血児などにはずかしめられた意気地なし〟と見さげられ、とても生きてはいられません。死んでいったほうがどんなにかいいことです。告訴などのことはやめていただきます」

「秘密も事によりけりだ。きみがはずかしめられながら、だまってひっこんでいたのなら、それこそ日本男児の面《つら》よごしだ。麻酔薬からさめると同時に、相手に大けがをさせたほどに報復している。そんなことを恥だなどというきみの頭はどうかしている。それよりも私の考えていることは、ここにつかまっている部下の多くは、たいていの場合、きみと同じような悪意の告訴証言だけをとりあげ、被告の言うことをかえり見ない不法な裁判で日に日に処罰されているのだ。それを反撃するためにも告訴しなければならぬ」

彼は顔色を青くし〝とんだことを口にしてしまった〟というような苦悩の情をしめしながら病室にかえり、間もなく死刑囚舎にもどって行った。

私は、おなじ死刑囚舎にいる伊東中将、佐藤中佐などにたのみ（わけは話さず）細川伍長が自殺するようなことのないよう注意してもらった。事実、彼は自殺をはかったが、隣室の当川伍長に気づかれてはたさず、私の問いに対してはべつの理由をのべたが、私の決心はかわらず、一文を東京外語学校の英文科出身の片山日出雄大尉に翻訳してもらい、所長アプソン少佐に手渡しした。

刑務所長は、すぐこれを読み通し、

「ふつごうなインド人将校に禍《わざわ》いされた細川伍長は気の毒です。まごまごしておりますと、細川は嘆願書を出しておらず確認が早くくるかも知れません。きょう午後二時、用事で軍管区司令官に呼ばれております。そのとき、このあなたの告訴状をさしだし、アービン准将の善処を請《こ》いましょう」

そう応諾してくれた。

午後四時ごろ、軍管区司令部からもどって来た所長は、つぎのように返辞した。

「アービン准将は〝あなたの告訴状は受理する。チャムラットはインドに帰っているが、電報で在印英軍に調べてもらうことができる。あす午前、取調官を収容所にやり細川伍長を調べさせる〟と申しておりました。ついては細川にその答弁を考えておくよう申しておいてください」

私と片山大尉と本田軍医中尉とで懇々《こんこん》とさとし、やっとのことで本人をなっとくさせ、翌朝、軍管区法務部に勤務しているバックハウス中尉の訊問に答弁させることにした。

軍管区司令官の本国への電報で本人の確認はおくれ、やがて、その他の罪科という二十年の有期刑に減刑された。私にはこの二十年も苛酷であると考えられ、不満をおさえられんでいた。

豪軍軍事裁判

いよいよラバウルでの最終軍事裁判として、私の裁判が行われた。そのときの検事三人中のひとり、ディック法務少佐が判決の数日後、収容所に私を訪れて来て、片山海軍大尉の通訳で話しかけた。

「日本軍将官五人をさばいた特別裁判長以下は本日オーストラリアに引きあげました。私はいっさいのあとしまつを一カ月ほどでかたづけ、一応オーストラリアに帰り、そのうち日本へ行く予定です。私は政府の命令で、検事としてあなたの裁判につらなったことを、不幸な運命だったと思っています。私個人としては、なんら日本軍に反感はもっておりません。私はシンガポールで重傷をうけ、もう助からないような状態にあったのが、日本軍に収容され、軍医の手厚い治療と捕虜収容所長の適正な取りあつかいとで生命をたもち得たものです。軍医と収容所長は、終戦後私の証言で不起訴となり日本に帰りました。このような事情から、日本に行けるようになったなら、十分あなたの国を研究するつもりでいます。どうでしょう、この収容所の生活につき、なにかうけたまわっておくことはありませんか」

「あなたのようなかたに日本を研究していただくことはさいわいです。ここの収容所のことは、常に軍管区副官のデゥバル少佐に申しております。ただひとつ私の部下の裁判上のことで申しあげたいことがあります」

「どのようなことですか」

「あるいは、もうアービン准将から聞いておられるかも知れません。ひとりの伍長の判決について、私から原告人証言の不正を指摘のうえ、告訴いたしました。それが受理されたことはしあわせでしたが、結果は無罪にはならず、死刑から二十年に減刑されたに過ぎません。私は大きな不満を感じています。その細川伍長は軍管区将校の給仕役務を課せられ、あなたがたのすまっているあちらで起居しています。あなたはもう一カ月ラバウルに滞留するとのことですから、デゥバル副官に交渉のうえ、細川をあなたの給仕にし入念に本人を観察され、その青年が……〝私のだした告訴状を軍管区でご覧になり〟……二十年もの刑をうけなければならぬような人物かどうかを、たしかめていただき、その結果を豪陸軍法務局に知らせ、第三審を加えるようにしていただきたいと希望します」

「軍管区にかえりましたら、デゥバル少佐と相談のうえ、考慮いたします」

そう返事して辞し去った。はたして一カ月ほどののち、ディック法務少佐が再度、収容所に私を訪れ、片山大尉の通訳で会談した。

「整理が終り、あすオーストラリアに帰ります、どうか、健康に注意してください」

「そうですか。わざわざおいでくださってありがとう。あなたの健康と御多幸を祈ります」

「この前お話のあった細川伍長のことは、デウバル少佐が同意しましたので、私の宿舎付の勤務者とし、あなたの告訴文も見てちょうど一カ月観察しました。あなたのおっしゃるように、彼は捕虜を虐待し得るような性格の男でないと私も感じました。しかし、かれの裁判のときは、私はラバウルには来ておらず、まったく関係のなかったものですから、判決それ自体について容喙《ようかい》することができません。が、減刑などの機会に、特別の考慮が加えられるような意見を、人物証明を加えて申し述べることができます。けさ、本人にも直接このことを話し、落胆せずに服役するように申しておきました。そうご承知を願います」

　私はなお、心がたいらかでなかったが、ディック少佐の今後の配慮を願うにとどめ、話をうち切った。が、インドのハイダラバット砲兵連隊勤務中のチャムラット中尉という混血者がのろわれてならなかった。

判決（禁錮十年）

ラバウルの豪軍事裁判は、昭和二十一年はじめから二十二年春の一年以上にわたり、私の部下約七万人中の百四人に対し、インド人、中国人、インドネシア人、土人ら約百人を不法に殺傷していると認定し、二十九人に死刑、六人に無期刑、六十九人に有期刑の判決をくだした。そして第一番目にさばかなければならない私を最後にまわし、二十二年の五月十五日に、

「部下将兵中から百四人もの戦争犯罪者をだし、計百人もの被害者を生ぜしめたことは、一に最高指揮官たる今村大将の監督不十分に起因したものである」

と裁定のうえ、私に十年の有期刑を科した。

私の部下の行為は、捕虜に対してなされたものではなく、日本軍内に編成された補助部隊中の外人労務者に加えられたものであり、日本国法によってさばかるべき性質のものであるのに、豪軍裁判官はしいて戦争犯罪の名をつけ、わが将兵を処罰したのである。

私はいくたびか抗議を表明したものの、すでに二十九人の生命は奪われ、七十五人が獄内の苦役に悩んでいる。事実、私は監督指導者であり、父老の愛児を預かっていた身でもある。処刑された若人たちを見まもることは、これこそ義務であり、情においても願われたことである。私は、私に対してなされた刑罰を納得《なっとく》した。

弁護団の言うところによると、豪軍は、私たち陸軍将官五人の裁判のため、豪軍司令部内第一人者と言われている老検事を特派したとのこと。これにふたりの若手を加えた三人の検事団を備えた、ものものしいものである。長老検事は私より年長と見られる容相で、多年この職にたずさわっての影響であろうか、ずいぶんうっとうしい顔をしていた。

この老検事は私に対する有罪論告の中心として、

「……日本軍司令官今村大将は部下いっさいの行為を監督すべき責任の地位にありながら、部下百数人がインド人、中国人、インドネシア人、土人約百人を殺傷しているのを、二年有半の間、知らんですごしている。ちょうどギリシャのオリンピア（オリンピック競技場の近くにある）の頂上にすわりながら遠くあちこちを眺望しており、近くの谷間で行われていた不法行為を見おとしたものと言わなければならぬ。これは大きな怠慢である……」

と論説した。

ラバウルでは、それどころではない。週の半分は戦闘訓練、地下築城、現地農耕の見まわりにいそがしく、山頂から遠くなどをながめてすまされるものではなかった。しかしオーストラリアの陸軍は小さいため、大将は、たったひとりだけより任じていない国として、とくに軍人ではない司法部の老検事としては、大将ともなれば、岳頂でゆうゆうとあちこちを展望するような勤務ぶりの者だろうと推察したのは、無理からぬことである。

「今村はオリンピア岳頂に腰かけ、遠くあちこちばかり展望していた者である」

との面白い比喩《ひゆ》には、おぼえず朗らかなほほえみが心にうかんだ。

私に対する五日間の裁判中、強く私を悩ませたものは睡魔の来襲であった。建物は、トタン屋根のバラック、熱帯地であるのに風通し悪くつくられてい、それに私に対する起訴事実は、わが将兵を処刑した七十二件の全裁判記録をもとにしたものであり、検事がふたりがかりで交互に読みあげる。これが午前午後を通じ三日間をついやしているのである。法廷で仮眠することが、無用に裁判官の感情を害することはともかく、日本軍大将の居眠るみにくい姿を彼らに見せたくない考えから、濃いコーヒーを作って行き、法廷にはいる前や休憩時などにそれを飲み、また小さな唐辛子《とうがらし》をポケットの中にしのばせ、眠気のさしてきたときは、目だたないように、これを噛《か》む準備までし、そのうえ、私の左うしろにひかえている被告監視の憲兵中尉に、法廷通訳を介して、私に仮眠の持病があることを告げ、よく気をつけ、もし、やりはじめたなら起すことをたのんでもおいた。三日目の午後の法廷の暑さはかくべつだった。不意にだれかが後からつっつくので、はっと目ざめた。憲兵中尉が起してくれたのである。法廷からの帰り道、同じ自動車に乗った弁護人がこう語った。

「きょうは滑稽《こっけい》でした。さきに憲兵が居眠りをはじめ、そのうちあなたも眠りだし、とうとう裁判長が書記をやり憲兵を起させました。憲兵が大あわてであなたを起した。そのあわてかたが、実に面白かったのです。しかし、法廷顧問（豪軍管区法務部長）は、私に、

〝ずいぶん法廷はむし暑いが、忍耐して居眠らないよう、今村大将に申しておいてくれ〟と言っていました」

が、私の仮眠は少年時代からの持病であり、ことにこの日は、付き添いの憲兵の落度で、やむを得なかったものである。

第二部　ジャワ裁判の記録

昭和二十三年五月から昭和二十五年一月まで

第一章　オランダ軍蘭印刑務所

裁《さば》かれに引かるる空の旅なれど心はきおう先陣のごと
唱《うた》い合うインドネシアの独立《ムルデカ》の歌声ひびく和蘭陀《オランダ》の獄

ラバウルからジャワへ転移

ジャワでの蘭印軍事裁判の必要上、従来、私の身柄引渡しを豪洲政府に要請しつづけ、遂にこれが応諾を得たオランダ政府の飛行機は、昭和二十三年五月一日午前九時、私を乗せ、ラバウルを離陸した。

乗機は時速三百キロで飛ぶ。が、それ以上の速度で、私の脳神経は千日にわたった日々の戦況を回想しつづける。

大東亜戦争の意義を銘肝していた部下約二十万の軍人は、よく私のような者の統帥指導に服し、完全に任務を遂行してくれ、敵の攻撃と、内地との交通遮断で、第一線の幾万が敵弾と飢餓とに最後まで闘い抜いて倒れた。ラバウル方面では二年間余り連日の空爆で、地上いっさいのものが粉砕されたが、部下将兵は不撓不屈《ふとうふくつ》、地下に大洞窟要塞を築城し、そこで生活し、医療、兵器の修繕・製造を実行した。ジャングルは切り開かれ、芋と陸稲《おかぼ》と野菜とが育てられ、敵重戦車を爆砕する訓練は精熟の域に達し、上下一致の必死の努力と準備とは、遂に敵を近づかしめず、決戦を見ずして終戦となったが、ラバウル七万の精鋭はそのまま祖国に帰還することが出来、現に国家と自業の再興にいそしんでいる。

いま、機上から目にする大自然のジャングル内及び付近の海底には、幾万の部下が永遠の眠りをつづけている。私は衷心からこの地に骨を埋め、衆多の英霊と相会することを念願し、幾度かその機会に会いながら、遂に目的を達し得ず、また百余の部下を豪軍ラバウルの刑務所に残したまま、そこを離れなければならぬ運命にさらされている。

機はニューギニアのホーランジアで給油し、さらにビアクで二泊した。発動機整備の必要からであったらしい。監視護衛の憲兵少佐と伍長といっしょに、その警察署に泊ることとなった。

「ここで泊る予定ではなかった」と少佐が申訳していたが、私はそこの留置場に、憲兵二人はそれに接している看守溜《たま》り場に寝た。板敷の三畳間足らず、手の届かぬ高いところに四十センチ四方ぐらいの空気抜き窓があり、真暗でないというだけのこと。ここに入れられた人々がいちいち用便には出されないための結果が、尿《にょう》臭ぷんぷん不快のものである。

それでも私のために軍隊用のカンバス寝台を入れてくれ、食事は毎回憲兵の二人といっしょに同一のものを給した。ラバウル飛行場に見送りに来ていた収容所長のアプソン少佐とバックハウス中尉とがとっていた私に対する丁重さと礼儀正しい敬礼とが影響したためであろうか、かねてうわさに聞いていたオランダ将兵の態度とはちがい、丁寧に扱い、ぶしつけのことはなく、室の中は暗かろうからと、扉《とびら》をあけはなしにしてあったので、明りはとれ、悪臭はいくらか軽くなった。

五月三日、ビアクをたち途中、アンボン、マカッサルの両地で給油し、バタビヤ飛行場に着陸したのは夕景。憲兵隊の自動車で市のまんなかをつっきり、郊外のストラスウエイク刑務所に収容されたのは午後八時ごろである。

ストラスウエイク監獄

バタビヤ市街は六年前、私が戦勝者として目にしたものと変りがなかった。わが国の北条時代、朝廷の日野俊基卿が処刑のため鎌倉に送られる東海道の道ゆきを、太平記の著者が形容詞の多い美文で感傷的に記し、少年時代これを暗誦したものであるが、私の場合は民族間の大争闘の国際犯人として、最終の息を引くまでは、やはり闘争の連続であり、場面はニューギニアの大ジャングルと太平洋の大海を目の下にしての道ゆきである。

ストラスウエイク監獄は、内地で見るような高い頑丈《がんじょう》な煉瓦塀で囲まれた一画、二重の大鉄門の中に付添いの憲兵少佐と二人ではいると、刑務所の職員が三人待っていた。携行物品の入念な検査が行われ、一番上役らしい、おそろしく神経過敏でキョトキョトした混血の四十男が、けっきょく二枚の毛布と枕、襦袢《じゅばん》袴下《こした》二着のみを許し、他はいっさい持ち込みはならぬと言い、私を促《うなが》して第六号ブロックの檻房第二号房に入れ、二重の扉に鍵《かぎ》をかけて立ち去った。

翌日わかったことだが、その人は刑務所長であり、第六号舎は殺人、強盗及び重大政治犯人を入れる檻房であるとのこと。しかし刑務所長ともあろう人が、どちらが囚人かわからぬように、震えるほどの緊張を示していたわけは、少しも理解されなかったし、また見よいものでもなかった。

夜が明け蘭印監獄の第二日となった。午前六時ごろ、鉄扉の鍵がはずされ、看守の一人が原住民のおとなと少年各一人を連れてはいって来、洗面せよと言う。少年がバケツに水を入れて来、おとなが英語で、

「私はこの第六号囚舎のフォールマンです。この少年囚人を、あなたの当兵《タンピン》に当て水汲み、洗濯《せんたく》、部屋の掃除、食事運びなどをやらせます。この当兵は相当日本のことばを話します」と言う。

（フォールマンとは取締りとか世話役とか言うオランダ語らしい。日本の昔の牢名主のようなものである。当兵《タンピン》とは支那語がジャワ語になった当番とか手助け人というものらしい）

この少年当兵《タンピン》が看守の目を盗み、たばこをだして小さい声で、

「おすいなさい」と言う。

「ありがとう。私は、たばこはすわない」

私も小さな声で答えた。彼ははばかるように、

「私は日本時代に青年訓練隊にはいっていました」とささやいた。

私の指揮した軍が、ジャワを占領した直後の軍政中、日本語の普及を、重大政策の一つとし、各種の奨励法をこころみ、一年二回、村、町、市、郡、県、省ごとの順序に試験をし、全県と全省内との日本語成績良好者の相当数は、その他の学力よりも重視し、これを官公吏に任ずることを公示せしめたし、また日本軍隊が逐次他方面に引きぬかれ、治安維持に任ずる兵力の不足を来たしたので、兵補と称する補助兵を志願採用した。これはその後、正式にわが陸軍省から認められて制度となった。そんな施策が敗戦後であっても現に今これを目にし、耳にすることは愉快に感じられた。

後には午前午後、一時間ずつの舎前散歩が許されたが、初めは一日二回三十分ぐらいの間で、井戸端に行き、洗身《マンデー》することを許されただけ。三度の食事どきに扉があくが、その他は二重に鍵がかかり通しである。檻房は横縦各二メートルのコンクリート造り、前面の壁に鉄格子の窓があり、明りはそこからはいるが、日光の光線がさし込むのではない。房の四周の壁と天井は、白石灰で塗られているから感じは悪くなく、天井に小さな穴が二十個あけてあり、空気は流通するようになっている。清潔とか保健とかの見地では、そんなにひどいものではなく、一側の壁にコンクリートの寝台がとりつけられている。電灯は天井高くにあるが、読書などはできない薄い明るさ。房によっては厠《かわや》のついているものもあ

るらしいが、私の入れられた二号房には、それがないので、少年当兵《タンピン》からあきカンをもらい、それで用を足していた。

洗身洗濯用水の井戸は、入口に近い二号房とは反対の、一番奥にあり、各房の前を通ってそこに行く。だからたった一日で第六号囚舎の全部が知られた。同じような房が約二十個、六人ほどを入れ得る雑居房が二個、大部分に囚人が入れられていた。

朝食後の洗身《マンデー》のとき当兵が「もう日本時代の最高指揮官が、入れられたことは、監獄の全囚人が知ってしまいました」とささやいた。その夕からはほとんど毎夕、各房ごとではあるが、声は他に通るので、しぜん、合唱の形になり、「愛国行進曲」「八重汐」「海行かば」「支那の夜」などの日本の歌をも耳にする。

インドネシア人の大部分は回々教《フイフイ》民族である。早朝と夕刻とに行う、経典の読誦は、ちっとやそっとの騒々しさではない。

祭日のときには、夕刻から夜半までつづける。しかしほかのときには、よく歌を歌う。ジャワ民謡の調子が日本のものに似かよっている関係であろう。日本の歌は実によく覚えこむ。古関裕而君作曲の「暁に祈る」や、音丸さんの「船頭可愛や」や「愛馬行進曲」などをたくみにいい声でくちずさむものが多い。ことに私の発意で、ジャワで公募し、大木惇夫、飯田信夫両君のきもいりで出来た左記の両民族融和の歌「八重汐」が私の入獄した翌日夕、千人以上のインドネシア囚に唱和されたときは、ある感傷におそわれ、ほろっとさせられた。

○八重汐や　遠つわだつみ　天照らす　北の国より
　大みこと　かしこみまつり　みいくさの船をつらねて
　はらからと　ここにつどえり
○日の本は　アジヤの光　すめらぎの大みこころを
　おろがめる民草我等　みんなみの椰子の国より
　誠をば　捧げまつらむ
○八重汐や幸《さち》の通い路　波寄せて湧くや力の
　新しき国民われら　大いなるアジヤを興す
　みいくさに　奮いたたばや

歌というものは被圧迫民族にとっては、心のうさのはけ口であり、また新興意気の噴煙でもある。今独立の気迫に燃えるジャワ六千万民族は、日本歌謡のもつメロディーを、そのままにうけ入れて口にしている。現在祖国の青年は何を歌っているのだろうか。私には、どこがいいのかさっぱり理解、いな情解し得ない「林檎《りんご》の歌」だけが風靡していると聞いたときの寂寞《せきばく》さ……。

三日目から各房の前を通って洗身場に行き来すると、各々の鉄窓の中から「お早よう」とか「グッドモーニング」とか「スラマットバギ」とかの朝のあいさつをする。茶目の青

年の中には日本語で、

「最高指揮官に敬礼、かしらなか」などと号令し、挙手の敬礼をするものもある。思わず笑顔になり、挙手の答礼をかえすと、大よろこびする。

看守の伍長・当兵《タンピン》

三日目（五月五日）午前七時朝食。それが終って洗身《マンデー》八時―九時と午後の二時―三時は六号囚舎の一側青芝庭の周囲を散歩してもよいと言われた。昼食後と夕食後また洗身が許され、その他の時間は、独房内に錮せられる。午前八時の散歩に看守が私とならんで歩いた。私と同じぐらいの英語だったので話しやすかった。

「私は伍長ドンケル・カルチュースと言います。とくにあなたを看守するため、今度第六号囚舎付になりました」

「どうして特別の看守を必要とするのです。こんな老人に逃亡などは出来ませんよ」

「そんな意味ではありません。ご老人のこと、ジャワの最高指揮官でもありましたためでしょう」

伍長はそう言ったものの、蘭印軍事裁判の検事局が、大切の被告人として特別の看守人をつけるよう刑務所長に言いつけたものと考えた。

「私が最高指揮官だったことを検事局が通知して来ているのですか」

「そうです。もう、きのうから全インドネシア囚人の間にあなたのことは知れ渡ってしまっています。私は蘭印軍に従軍し日本軍と戦いました。第六号囚舎の看守を命ぜられたのは、そんなためかと考えたわけです」

「そうですか。どこの戦場で……」

「カリジャテイ方面の海岸でした」

「現役兵として隊にいたのですか」

「戦争になったので、十八歳で志願して軍隊にはいったものです。降服後三年半、バンドンの捕虜収容所生活をやりました」

「日本軍からひどい待遇を受けましたか」

「ええ、ずいぶんひどいあつかいを受けました。私のこの親指（とそれの異状を示しながら）がこんなになったのは収容所の一伍長が、空腹のあまり、炊事場でパン一きれを、私がそっとポケットに忍ばせたのを見つけ、こらしめるため、私をしばり上げたときに、骨が折れてしまったものです。――終戦の前の年でした。けさ事務所でみた書類では、あなたは一九二四年だけでジャワからほかの戦場に移られているので、あなたのおられたときのことではなく、あなたを非難して申すことではないことを承知してください」

「たとえ私が去ったあとのことでも、私は日本軍の高級武官として残念に思い、きみにおわびする」

「いいえ、あなたにおわびさせようとして、こんなことをお話したわけではありません。ときにあなたはおいくつにおなりです」

「六十二歳ですよ」

「では私の父はあなたより若かったわけです」

「今どこにお住いかな？　バタビヤにですか」

「父のことをお話しするのも、あなたに失礼になるかも知れません」

「どうして。なんでも思っていることはお話しなさい」

「父はオランダ市民として、やっぱり終戦の前の年、市民強制収容所に入れられ、終戦数カ月前に病死してしまい、私はいま、母だけと暮しております」

「お父さんも、収容所で倒れているのですか。きみの日本軍をのろう気持は無理はない」

「今ではなんら日本人をのろう心が残っていません。すべてが戦争に付随して生じたもの。お互い国家の命令で対抗しあったもので、個人間にのろいをいだきおうべきものではない、と考え、私をひどい目にあわせた収容所の伍長を、告訴するようなことも致していません。あなたをけさ目にしたとき、一瞬に私の父ぐらいのお年かもしれんと思ったことでした。どうか私を信じ、安心しておってください。何かお困りのことがあれば、私に申してください。出来ることなら心配してあげます」

歩きながらの対話ではあったが、この伍長が心にもないことを口にしているとはとれなかった。

「ドンケル・カルチュース伍長、きみのような看守が私につけられたことは、しあわせでした。私はここの規則はよく守る。何かいけないと思うことはなんでも言うてくれたまえ」

などと語りあった。

夕食は午後四時に分配された。少年囚の当兵が私の独房に運んできた。

「きみの日本語はどこで習ったのかね」

「セラン市の青年訓練所でです。三年間ずっと続けて習いました」

「きみはいくつなんだ。名前は？」

「サレンダルと言います。十九歳です」

「私は、セランにはバンタン湾に上陸した翌日から、五日間滞在した。いい町だね」

「日本軍がセランにはいって来たのは知っています。十三歳のときでした。これでインドネシアも独立することが出来るだろうとうれしかったです」

「そうかい。どうして、こんな監獄に入れられたのか。独立運動のためかね」

ちょっと恥ずかしそうにしていた。

「よその牛を盗んだ罪で二年くらいました」

「本当に盗んだのかな」

「ある日、畑で働いていますと、黄牛が私の畑にやって来、そのまま身のまわりにいてよそに行かないのです。よその人がつれに来ると思っていましたが、だれも来ないので夕方家につれて行き、かいばを食わせ、翌日またついて来たのでそのままにして置き、働かせました。次の日もまたそうしていると、隣村の人が、それを見つけ、私がその家から盗みだしたにちがいないと警察に訴え、とうとう裁判にかけられ、牛がひとりでやって来たことを申しても、それを働かせていたのから見て、盗んだものに違いないとされてしまいました」

不十分の日本語ながら、どうにか意味はとれるように語った。

「私は年はとっているが、まだ働ける。水汲みと、ここまで運んでもらえば、たいていのことは自分でやれる」

「あなたがやられると、第六号囚舎長（フォールマン）、から私がしかられます」

「きのうの夜、たくさんの人が〝八重汐〟を歌ったね。どうして看守がとめなかったのかね」

「もうインドネシア独立の時期は近まり、どんな合唱でも、とめられないのです。看守の半分以上は、私たちの同胞ですし、同じ気分になっていますから……」

こんなことからだんだんにわかったことは、インドネシア民族のオランダからの独立気分のはりきりから、看守や、その助手などには反抗しないが、心は全く刑務所官吏から離れ、「見ておれ、独立となったとたんに、お前たちを鉄扉の中にとじこめてやるぞ」というような気勢に燃え、かつての日本軍最高指揮官が、監獄に入れられたと知った機会に、私を迎える気分というよりは、刑務所に対する示威手段としての「八重汐」合唱だったのだそうである。事実「ムルデカの歌」は毎夜のように全囚舎が合唱しているが、官憲はもうどうにもしようのない有様になっていた。

ストラスウエイク監獄の食事は、ラバウルのものに比べ、幾分悪いように感じられた。しかるに入獄三日目の昼食を見てびっくりした。

飯が今までの赤米でなく、白米にかわっており、洋食式の副食が三品もついてい、しかも一人では食いきれないほどの分量になっている。

「サレンダル君。どうしたのか。きょうは祭日で、皆にご馳走なのかね」

「いいえ。あなたは裁判まえの未決者だから、蘭印軍人食にかえられたのだそうです。炊事班長がそう申していました」

「炊事班長というのは、刑務所の役人かね」

「いいえ、囚人です」

そこにドンケル・カルチュース伍長が見えた。

「カルチュース君、ごらん。食事がこんなに変った。ほかの人は前の通りだそうです。炊事班長のさしずだと言いますが、受けていいのですか」

「私は看守の任で、食事の方にはなんの関係も責任もありません。炊事班長が、そうさしずしたのなら、それでよいでしょう」

「炊事班長は囚人だそうですが」

「囚人でもオランダ人であり、食事については、いっさいをまかせられている人です」

けっきょく、私は毎食囚人食でない、兵食をとることになり、量がだんだんにふえ、三人分ぐらいになってしまった。「サレンダル君。今までだって半分ぐらいは残していたろう。こんなにたくさん持ってくるのはやめてくれたまえ」

「これはあなたの分だけではなく三人分ですよ。あなたのものをだしにして順々に他の二、三人の囚徒が、あなたのすんだあとで食べることにしているのです。六号舎には十五人います。五日の間に皆が一食ご馳走を口にすることになるのです。私に〝当兵《タンピン》、なんとか炊事当番どもと結託し、四人分持ってこれんか〟とせがんでしかたがないのですよ」

すっかり獄内の事情がわかり、その後は私の食えるだけの小量を区別し、二人半ぐらいの量には箸《はし》をつけず、きれいのままで当兵の片づけにまかせることにした。こんなことから、最年少囚のサレンダル君が、囚舎長の次に威力をもち彼の気に触れると、ご馳走順番をおくらされたり、とり抜けにされたりするらしく、監獄内だけの不思議の状況を呈していた。

第二章　インドネシア自爆隊員

三百年《みももとせ》平伏《ひれふ》しありし民草ら起《た》ちて戦う独立《ムルデカ》のため
（民草ら：インドネシア民族）
裁《さば》かれの廷《にわ》にきこゆる独立《ムルデカ》の戦《いくさ》に交《か》わす大砲《おおづつ》の声

司令官に敬礼

ジャワ、ジャカルタ市の蘭印政府のストラスウエイク監獄は、近代式のものと言われ、二重の高壁でめぐらされている、三百メートル四方ぐらいの面積を占め、真ん中は約百メートル四方ぐらいの青芝草の庭になっており、フットボールもやれるようにしてあり、庭の周囲は、東側に炊事場、事務所、特別囚舎、西側に医務室と入院室と倉庫。南、北両側に各四棟ずつの囚舎が並行しており、なんら不潔の感じはうけない。インドネシア人を主とし千五百人が収監されている、日本人は私一人である。

入獄三日目、午前九時ごろ健康診断といい、ドンケル・カルチュース伍長に六号舎から連れ出され、七・八両棟囚舎の一側を通り医務室にはいった。私は未決者であり、日本軍帽軍服をつけ、一見他と違うので、囚舎前庭に出されているインドネシアの囚徒たちが、鉄さくのところに集まり日本語で「最高指揮官に敬礼」などとわめき、独立式挙手の敬礼を行うものが多かった。この敬礼様式は、現大統領スカルノ氏の制定したもので、日本軍式敬礼ではあるが、右手は開かず、握りこぶしにしている。インドネシア内五種族が団結一致、オランダに対抗する意味を表現したものとのことである。

医務室にはいると、そこにも二、三十人の受診原住民囚がいた。道をあけて私を通し、中にはやはり独立式敬礼をする者がいた。医者は背広服のオランダ人。三十歳ぐらいに見え、英語で問いかけた。

「年はいくつ」

「六十二歳」

「どこかぐあいが悪いところがあれば、申しなさい」

「どこもありません。私は日夜幾回となく尿意をもよおします。しかるに房舎内に便器がなく、いちいち看守や助手にたのみ鍵《かぎ》をあけてもらうことはやっかいです。ときには呼んでも助手がこないことがある。尿器を入れてくださらんか」

「よろしい。入れさせます。所長に言い、便所の備えつけてある室にかえるようにしてあげましょう」

尿器はその日のうちにはいり、一カ月半過ぎには、水洗便器の備えつけてある室に移された。四、五日たつと、副所長の次位であるという営繕主管職員が回って来、私の室の中にはいって来た。体格のよい混血児である。りっぱな英語を口にした。

「なにかこまることがありますか」

「ありません」

「私は戦争中、あなたの指揮した軍の捕虜となり、日本に送られ三年間暮してきました。いくらかですが日本語もわかります」

「日本のどこでした」

「茨城県の日立鉱山で働かせられました」

「鉱山労働者としてですか」

「私は工学技師でありましたので、監督の中尉の人（名を告げたが失念した）がとてもよい人で捕虜をよくしてくれ、私はその中尉の人や鉱山事務所の技師の家庭などにも招かれ、馳走にあずかったこともあり、終戦直後ジャワにかえり、あちこちで虐待された話を聞き、信じられないほどです。食事なども不満がありませんでした」

ことば通りに、その顔もなごやかな色を浮べていた。私が四カ月半ここの監獄におった間十回ほども見舞ってくれ、私がつづりかたを始めてからは、ドンケル・カルチュース伍長同様、この職員も鉛筆をくれたりした。

ドンケル伍長は仇《あだ》を恩でかえし、この職員は恩を恩でかえしてくれている。日本軍人は降伏しないことを信条とすべきものではあるが、日本人と思想を異にする異国人が、力つきてわれに降《くだ》ったときは、いたわりあつかうべきで、日清、北清、日露、日独の四戦時は、そう取りあつかったものである。

一カ月ほどで獄内の模様はだいたいわかった。第六号囚舎長――この人は回々教《フイフイ》の宣教師らしく、独立運動に関連し、白人を殺害したとかで重犯人となっていた――、当兵《タンピン》サレンダル、看守のドンケル・カルチュース伍長などが、この刑務所がどんなふうになっているかを話してくれたので……。

第六号囚舎は、重大または重要事件の者を入れる囚舎らしく、二十個の独房舎が連なっている。各房鉄扉《てつぴ》の前に幅七メートル、長さ六十メートルぐらいの青芝庭があり、その周囲に小道がついてい、散歩したり草の上にすわることなどが許された。洗身《マンデー》井戸端《ばた》は、この庭の奥にあるので、二番房にいる私は、日に三回の洗身に往復六回各房の前を通り、各囚の顔を見ることができた。看守は白人か混血人で、午前と午後各二時間囚舎内の清潔整《せい》頓《とん》を監督にくるが、その他の日中時間は各囚舎ごとに、四人ほどのインドネシア人助手が順番にはりつめる。あとでわかったことであるが、これら刑務所内の助手幾十人の半分以上は、独立インドネシア共和国政府と関連をもつ間諜《かんちょう》であるとのことだ。たくさんの政治犯人が収監されているからであろう。従って、看守のいない時間には、三食時芝生の上でいっしょに食べたり、洗身時各房の前を通るとき話しかけたりしても、とがめられることはなかった。

自爆隊員

入獄ふた月目の、ある日の朝食時、当兵《タンピン》サレンダルが、片言《かたこと》の日本語でつぎのように言う。

「きょうインドネシア独立軍の〝じばくたい〟の五人組がはいります。あなたの隣の房から五つの独房に入れられます」

「〝じばくたい〟というのは、なにかい」

「日本語の〝自爆隊〟ですよ。爆裂弾をだいてオランダ人の中に飛びこんで行く人たちは、日本語でそう呼ばれているのです。今夜はどこの囚舎も〝ムルデカの歌〟でにぎわいます」

　この十九歳の少年までが大変な力《りき》みかたである。

はたして午前十時ごろ五人を看守とその助手五人が取りまき、刑務所長自身が導いて来、私の隣の三番房舎から七番までに、一人ずつ入れ鉄扉《てっぴ》に鍵《かぎ》をかけた。

　昼食時、当兵が、

「あなたの食物の余りは、当分自爆隊の五人に分けるよう、囚舎長から言われました。隣の三番房には自爆隊班長の中尉がはいっています。二番房には日本の最高指揮官がいれられていると、囚舎長がきかせていました」と言う。

昼食後の洗身のとき、自爆班員五人の各房の前を通ると、彼らは皆私の白頭を見、囚舎長から知らされた人と直感してか、日本語で「敬礼」と叫び、独立式挙手の敬礼をする。私は、これら民族独立のために挺身闘争の渦中に飛びこみ、捕えられて囚房にとざされた人たちに、大きな同情をもち、いちいち手を頭上まであげて答礼した。三番房の中尉だけが三十を越え、四番、五番の両人は二十代、六、七番の二人はいかにも若く、二十歳以下にながめられた。

その夜、はたして、八棟ことごとくが独立歌でにぎわった。

このつぎの日から自爆班の五人は、私がその房の前を通るたびに、向うから話しかけ、一週間のちには、囚舎長と当兵とを介しての説明などで概《おおむ》ね、つぎのことが承知された。

この五人は、自爆隊員中でも、とくに勇敢に行動し、私服パルチザン的爆弾投擲《とうてき》で殺害したオランダ軍人は三十人を越えているとのこと。五人ともに日本軍政時代、いずれかの日本軍部隊に使用され、または日本軍の指導した青年団員であったとかで、不十分ながら日本語を口にした。

自爆班長の中尉は、毎晩八時ごろになると、隣の三番房から大声で私に呼びかけ、あまり多弁なので、また第六感的に、なにか〝いやな男〟という気がした。

第四番房の男は、独立共和軍の少尉で、日本軍政時代、軍司令部内経理部の、どれかの課に三年間勤務していたと言い、上手に日本語を話し、当時私とは幾度も廊下で会ったとも言っている。妻子があり、将来、家族がどうして生活して行くだろうかを案じ、「昨夜は一睡も出来ませんでした」と訴えたことが二、三度あった。

第五番房の青年は下士官。どうやら呼吸器を痛めているらしく、血色が悪く、ふせりがちであり、この人が最も寡言《かげん》だ。

第六番房の少年は十八歳といい、小柄であるが、きわめて敏活、房室の前庭二坪ばかりの空地の天井に張られている相当太い鉄棒に飛びつき、まるで軽業師《かるわざし》のようなことをし、「最高指揮官に敬礼」と呼びながら敬礼するのも、この少年であり、いつも朗らかな笑《え》みを顔に浮べている。

「ぼくは民族独立の敵を七人は倒しています。独立はきっと成功する。いくらオランダが兵を送って来たって、自爆隊員のあとつぎは、いくらでもついてきて、きっと皆を倒して見せます……」

「私は、きみがいつもニコニコ朗らかでいるのはいいことだと思う。裁判前に健康を失ってはつまらんから……」

「スパイの看守助手の連絡によりますと、ジョクジャカルタのスカルノ先生の独立政府は、ジョクジャにつかまえているオランダ兵捕虜中、死刑の罪を犯している者のうち五人をバタビヤに帰すから、われわれ五人を釈放せんかと交渉をはじめたそうです。敵が応じれば帰されます。帰されればまた自爆隊にはいります。独立のためには命なんかいりません」

実にあっさりとしている。

希望を持つ民族の中には、こんな少年がいるのである。この少年の家は、インドネシアの中では財産家であるとかで、毎週許されている金曜日の差入れ日には六号囚舎中もっとも多く各種の食物やせっけんなどを入れる。その都度少年は、当兵を介し私に分けていた。いくらことわっても……。

私が洗身の往復のとき、

「きみ、ぼくは年よりで食欲が少ない。きみの両親の差入れたものはきみが全部やるべきだ。もう当兵に持たせてよこさないでくれ」

「でも私たち五人は、あなたの兵食を分けてもらっているのです。そんなことを言わないでください」

こんなに言い、送りとどけることをやめない。

第七番房に入れられた、五人組の一人は最年少者——十七歳ということだった。明らかに混血児であり、秀麗の顔を、いつも朗らかにしていた。

裏切り隊長

十数日後、私が水洗式便所付属の第十七番房——洗身場に近い部屋——に移された後、この混血の少年が洗身を終えた後、私の部屋にはいって来た。そのときの助手が、例の独立政府のまわし者ででもあるのか、または、それの了解をうけ——と言うよりは、それが看守なり職員なりの来るのに備え、見張りをやってくれているようだった。洗身時間一時間は鍵《かぎ》がはずされている。

「きょうは看守の助手と打合わせてあります。お話したいことがあるのです」

「きみは混血児とのことだが、お父さんはバタビヤにお住いか」

「父はボルネオのタラカン石油所警備隊の准尉で、日本軍の攻撃をうけたとき戦死しました」

「そうか。お父さんはオランダのため戦って生命をささげているというのに、どうしてきみは、お父さんの祖国オランダとその国人を相手に戦っているのか?」

「そう疑われましょう。現に私の兄は蘭印軍憲兵軍曹となってい、バタビヤ憲兵隊本部で勤務しています。けれど私は母の子でもあります。父の祖国ではあっても、オランダが三百年の長い間、母の祖国を圧制し搾取しつづけて来た悪はどうしても払拭《ふっしょく》しなければなりません。私は父母の二つの祖国のいずれに忠誠を尽すべきやに惑い悩みました。オランダ経営の中学校に学んでおり、心服しているオランダ人の先生に、私の悩みを打ちあけ、母の祖国に忠誠をささげたい気持ちは悪であるかを問いただしました。宗教心の深い先生は、

〝お前の悩みはよくわかる。先生は幾十年もジャワに住み、原住民とオランダとの関係

をなにもかも知りつくしている。いかにわれわれの祖国が武力で押さえようとしても、もうインドネシア民族の独立を押さえることはできない。なぜ本国政府は平和のうちに、この民族の独立を認め、これを援助してやり、幾分でも相互の経済融通をはからないのか。政治家というものは、どうして先が見えないのか。ただ軍隊のみをよこして制圧しようとだけしている。おまえが、多年のオランダ人の悪を悲しみ、これが払拭のためにインドネシアに協力しようとすることは決して悪くはない。原住民の独立成功ののち、この民族とオランダ民族の提携に力をつくしてくれ〟

と教えられ、私の決心はいっぺんに固まり、すぐ宣誓して自爆隊に加盟しました。それでありますのに……。きょう、憲兵になっている兄が面会に来て、実に不愉快なことを教えて行きました。混血児である私でさえ、こんな気でおりますのに、原住民でありながら、インドネシアの独立を裏切り、われわれを蘭印政府に売った者が……われわれ自爆隊の中にいたではありませんか……」

「きみたちを売った者が、きみたちの中にいる。だれだ、それは。そして、はっきりした証拠があるのか」

「私の兄は憲兵隊の事務所詰めで、文書係をやっています。数日前スカブミ郵便局印の一通の書面が憲兵隊長あてに届いたそうです。兄が読んでみますと、

〝憲兵隊長さま。あなたは、私ども母子があなたの下で多年どんなにおつくししたか、

よくご承知のはずです。現に自爆隊の四人の住所氏名を密告いたしたのも、私の子ではありませんか。それなのに、あなたは、あれまでも捕縛《ほばく》し、ストラスウエイクに収監してしまいました。私は、あなたが、彼の密告を自爆隊の人々に推知されないための、あなたのおはからいかも知れないとも思ってはみました。どうか、あれが、なんのとがめもなく釈放されるという保証を、この母にご返事くださるよう願い上げます〟

兄は、すぐにそれを書きうつしてスカブミに行き、その母親に会い、手紙をだしたのはその母親に違いないことをたしかめ、手紙のうつしを持って来て私に見せました。

〝おれは、おまえとは思想を異にし、父方の祖国に勤めているものの、肉親の弟の不幸は悲しまれてならない。それなのにその不幸が、おまえが敏腕家として敬服している班長、あの中尉かと思うと、憤慨《ふんがい》にたえない。それでおまえに、あんな者によい心を寄せながら、この世を去るようなことがないようにと知らせに来たんだ〟

私はひどく驚かされました。私の先生は、独立はきっと成ると申しましたが、こんな裏切り者が独立共和国の中の将校にあったのでは……もし、ほかにもこんなのがあるのなら、とても独立はできないのではないか。裏切られて生命をなくすくやしさよりも、もっと大きくこのことが心配でなりません。あなたは軍事眼から見て独立が成り立ち得るとお考えですか……」

「私はこの監獄の窓からながめ……きみのオランダ人の先生の言われた通り、きっと独立は成り立つと思っている。それは、監獄ぐらい政治権力がはっきり表現されるところは、国家のどこにもないものだ。それなのに、きみたちがはいってきた日の〝ムルデカの歌〟はどうだ。いや、毎晩この歌は歌われているが、刑務所はどうにも、とめ得ないでいる。現に看守の助手の半分は、独立国の関係者とのことではないか。いわんや監獄外の民衆に対しては、もうオランダの権威はなんの威力をも及ぼし得なくなっているにちがいない。この独立のことなら心配はいらない。ただ不思議なことは、いかにきみたちは年少だからとはいえ、あの中尉の目を見て、どうしてあの人の心を見られなかったのか。私は、あの人が私の隣房にいて、いろいろ多弁に話しかけるのを聞き、あれは正しい人ではないと、はっきり認識していた」

「あの中尉は、よくオランダ軍のすきを発見して、班の者を引いて行きます。実に目先がよくきく人とだけ思っていました」。そう言い、私の房からでて行った。

が、この中尉の裏切りは、その日のうちに第六号囚舎の全員に知れ、本人もうすうすそれを感じたものらしく、看守のいるときでなければ洗身には行かず、もういやな多弁もやらず、ときには泣き声なども立てていた。翌々日にまた混血の少年が、洗身のとき私の房にはいって来た。

「班員四人で話し合い、私たちは裁判で死刑にされることはきまっておりますので、班長の中尉を、ここで殺してしまうことにしました。六号囚舎の全員もそうすすめています。

ただ、私はクリスチャンでありますので、幾分気にかかりますが、他の三人の決意は堅いのでそうなります」

「囚舎長の回々教《フィフィきょう》の宣教者も同意しているのかね」

「もちろん同意しております」

「この前、きみの隣の六番房にいる少年は私に、独立政府の連絡者の通じてきたところでは、オランダ兵捕虜五人ときみたち五人との身柄交換を、ハッタ氏が蘭印政府と交渉中だ、と言うていた。それを、いま中尉を殺して騒ぎを大きくし、それが成り立たないようになってはいけない。独立はきっと成立する。もし中尉だけが蘭印裁判で死刑をまぬかれていたとしても、独立政府はきっと中尉を死刑にし、全民衆に彼の罪状と、彼のために犠牲となったきみたち四人の殉国の栄誉を公表すると考えられる。中尉に対する報復は、絶対にやってはいけない。もし、きみたち以外の囚徒がやっても、きっときみたちに累《るい》がかかり、とくに情報をきみに伝えた憲兵の兄さんも、きっとひどい罪にされると思う。囚舎長に話し、そんなことにならないようにしたまえ」

「そうですか。では私から同志四人には、やめるように言います。フォールマン（囚舎長）にもあなたのお考えを伝えます」

その後かの中尉は別囚舎に移され、ついで私が蘭印検事局の予審訊問《じんもん》を終え、九月十八日、日本人戦争犯罪者七百人が収容されている、チビナン監獄に移された直後、中尉もそこに転じてきた。翌々月、自爆班の四人の青少年は死刑にされたが、中尉だけは十年の刑となった。

その後半年の後、インドネシア共和国の独立は成立した。

独立政府がどう中尉をしまつしたか、私は知っていない。しかし他の四人は天上で手をたたきながら〝ムルデカの歌〟を合唱しながら、よろこび踊っていることと思っている。

第三章　チビナン監獄の窃盗中隊

降れ降れと独り言《ご》ちつつ囚房の窓より眺む篠《しの》つく雨を
囚房《しゅうぼう》の壁に釘もて刻まれる戦友《とも》の書き置きひろいつつ読む

チビナン監獄へ転獄

九月十八日、午後一時ごろ、一人の看守がやって来た。

「これからチビナン監獄に移されます。所持品いっさいを包み、事務所においでなさい」

当兵《タンピン》少年の手伝いで……と言うても、なにほどもない品物を袋につめ、事務所に行って見た。驚いたことに二人の日本人が廊下に立っているではないか。

「私は大審院判事であった下川です。あなたのつぎの時代、第十六軍軍政部の法務部長だったので、戦犯にひっかかりました」

「私はやはり軍政部につとめ、バンドン警察署で特高のほうをやっていました松井です」

と自己紹介をした。

刑務所長自身、くわしく私ども三人の荷物を調べ、午後二時ごろ四人護送の自動車で運ばれた。周囲は見えないが、どうやらボイテンゾルクに向う大街道を走っているもののように思われた。十五、六分もして車は止まり、おろされた。やはり、高いコンクリートべいで囲まれた。八百メートル四方ぐらいの監獄である。事務所に連れられて行った。土曜日の午後とて、蘭印側の職員はだれも見えず、事務所勤務にあてられている日本人数人が、一度に立ちあがって出迎えてくれ、やがて宿直書記のような者と交渉のうえ、私ども三人を政治犯囚舎の一房室に入れた。

チビナン監獄は、ジャワ最大のものとかで、いつも三千人以上のものが入れられているそうだ。私のはいった当時は、約二千三百人のインドネシア人と華僑《かきょう》囚、約二百人の白人囚、それに約七百（七十人の朝鮮人を含む）の日本人戦争犯罪者とを収容していた。近代式建築とは言うているが、ストラスウエイクのような水洗式便所ではなく、傾斜面コンクリート溝を自然に流れるようにしてあるうえに房室内に両便所が設けられ、板ぶたで上をおおうようにはしてあるが、排出物は流下せずに積み重なり、悪臭紛々、便所の中の住居《すまい》と言うても過言ではない。医学がドイツなみに進んでいると言われる、オランダ人管理の獄舎が、どうしてこんなものにされているのか――やっぱり有色人のインドネシアを主対象としているためにこんなことにして置くのだろう――と疑った。

日本人でこの特別囚舎に入れられていたものは、日本人戦犯者七百人から選ばれた蘭印側との連絡員六人、自動車修理員五人、それに新来の私以下三人の十四人であった。ずっと後になり、将官であった人々と満六十歳以上の人、約十人が加わったが、それは年が明けた昭和二十四年になってからのことである。

政治犯囚舎と呼ばれるからには、政治犯の者はだれでもはいれるかと言えば、そうはいかず、やっぱり金が物を言い、わいろなしではいり得る者は、オランダ人と日本人だけで、他は皆相当手段を尽したうえとのことを耳にした。

フェン・オランダ軍中尉

十月上旬、政治犯囚舎の大掃除大整理につづいて、人員の入れ替えがあり、二棟を空《から》にした。

「逐次修理するためだろう」などと言い合っていると、その翌日、軍装姿の約百人が、一将校服の者に指揮され、その指示で各房に二、三人ずつが部屋割りされている。一見して〝ここを宿舎にするのか〟と思った。が、一人も武器は持たず、また階級章をつけていない。〝妙だな〟と感じていると、間もなく〝これはバタビヤ郊外タンジョンプリオク港警備の中隊であり、将校以下全員がオランダ軍の刑法にふれ、入獄するようになったもの〟とのうわさが流れ出た。

翌日のこと、将校服を着たオランダ人が、私の室にはいって来た。

「あなたが、今村大将ですか」

「そうです」

「私は、きのう入獄したフェン中尉です。まだ平和になっていませんから私の国と日本とは戦争状態を続けています。が、〝ここに入れられた以上敵味方はなく、たとえ一度はオランダ軍を降伏させた人だからとは言え、敵愾《がい》心から無作法のことをしてはならない。そんなことをしてはオランダ人全体の恥になる〟と、もとの部下の下士官兵によく教えておきました。万一にも不心得の者がありましたなら、すぐ私に申してください」

丁寧な英語であいさつをした。

「ありがとう。皆、若い人に見えますが、私と戦った人たちもおりますか」

「将校のうちにはおりますが、将校は私一人だけが百人の取締り便宜上こちらに来たもので、中隊長と他の二人の将校は陸軍刑務所に入れられました。あなたの見る通り、下士官兵は皆一年ほど前本国からやって来たもので、私もそのときいっしょに来、日本軍とは戦っておりません」

「そうですか、わざわざあいさつに来ていただき、ありがとう」

こういうあいさつをし、その日はそれだけの話だったのに、その翌日からは毎日やって来て、英語を話せる下士官兵も二、三人ずつ話しにやって来た。〝日本軍の大将と言うのは、どんな人か〟の好奇心からとは思うが、フェン中尉の教えもあってか、いずれも親密の情を顔にし、無作法の態度や言辞をあらわす者がなかったことは、私と同房の下川、松井両氏もことごとく気持ちを良くしていた。

そのうち毎食時、私の房の三人あてに、兵食の白パンやチーズ、バター、ときには肉を添え、兵やフェン中尉自身が届けだした。

「フェン君。この房の三人は、いずれも年をとっており、食欲のないほうです。心配しないでくれたまえ」

「百人中には、ほとんど毎日平均二、三人は、健康上食事をとらず、そのまま捨てていますし、事実、人数よりも少し多く運ばれてもいます。捨てるものを差しあげたと言うては失礼になりますが、私は大戦中ドイツ軍の捕虜となり、ベルリン郊外の収容所に入れられ、いかにドイツ人がわれわれ捕虜を、とくに将官に礼をつくしたかを見て来ています。しかるに蘭印政府は、まだ未決の方《かた》であるのに、将軍をこんなコンクリート寝台の上に寝させ、ことに、ナシメラ（赤米）の食事を給している。私は、こんな非礼をあなたがたに示している、わが国政府の行為が恥ずかしく思われてならないのです。こちらに届けます物は、百人に分配の最初に切り取り、決して食いあまし物ではありません。どうか拒否しないでください」

どうしても分配をやめようとせず、ついには菓子やたばこや化粧せっけんまでも三人にくれ、ある日のごとき、フェン中尉は、

「あなたは、毎日散歩時間以外は、なにかを書いておりますが、他の二人はいかにも退屈そうにしています。トランプでもやったらどうです」などと言いだした。松井君が、

「トランプでもやっていれば、ひまもつぶれますが、とても手にははいりませんよ」

と答えたところ、

「そうですか。トランプをお持ちでないのですか」

翌日、刑務所の酒保《しゅほ》で買い求めたとか言い、新しいトランプひと組を私の房に置いて行き、その後は毎日かかさず午後の散歩時間には中尉自身一人、ときには部下のだれかれを誘い、トランプ遊びにやって来た。

窃盗中隊

こんなことから、私とフェン中尉とは、とても親密になった。

「フェン君。私の質問が失敬のことであったら、はっきり断わってくれたまえ。失礼のことかと思い、きょうまで口にしなかったことですが……」

「なんのことです」

「中隊長以下全員の入獄などということは、日本軍にはかつて、なかったことです。上級者の命令に全員が服従しなかったためですか……」

「ばかばかしいことでした。窃盗中隊と銘打たれました」

「独立政府のインドネシア軍との戦闘中、市民のものを略奪したとでも言うのですか」

「いや、中隊はずっとタンジョンプリオク港の税関倉庫付近一帯の警備勤務に当っていました。軍需品が大量に陸揚《あ》げされますので……。ところが軍の経理部は、半年以上いっさい兵の衣服類を支給しない。こんな熱帯地のことです。襦袢《じゅばん》、袴下《こした》、靴下《くつした》など皆きたなくなり、また破れてもしまいます。中隊長が幾度請求しても、その都度〝現品これなし〟の返事です。タンジョンの軍倉庫には、これらの被服類がどっさり貯蔵されていることを知り抜いている中隊長は〝現品はここにある〟と言い、兵に命じ倉庫の扉《とびら》を切り開かせ、未支給の被服を引きだし、兵に支給してしまったものです。これが官物窃取であり〝中隊長の命令とは言え、倉庫の中から許可なしに引き抜くことの不法なことぐらいは、下士官兵も知っていたはずだ〟との結論で、全中隊が集団窃盗をやったことになり、全員が階級を剝奪《はくだつ》され、中隊長は二年、その他は六カ月ないし二カ月の禁錮刑を科せられてしまいました」

「そうですか。今度の戦争犯罪裁判は、不法命令に服従したものは、命令者同様罰することを規定しているそうです。日本軍なら中隊長一人の罪で終り、部下には罰を科せないでしょうが、あなたの国は、同格にすべてを罰することになっているのですか。兵は命令者の中隊長を恨んではいませんか」

「いや全員が〝おれが中隊長だったなら、やっぱり同じ命令を下したにちがいない〟と言い、中隊長を恨みに思っている者は一人もありません」

あきらめきっている態度とことばには感心させられたものの、なにか割り切れないあと味が残った。軍経理部の職務怠慢に基づいたものであるのに、兵まで罰することは、過酷に感じられてならなかった。

「それでフェン君、あなたはどのくらいの罪になったのです」

「六カ月の禁錮です。階級剥奪のため、俸給が皆無になり、家庭に送金し得なくなったのは大困りです。私以上に家内や娘が……」

「先日あなたは、お嬢さんは九歳とか申していましたね」

「そうです」

「ともかく、戦場に来ての事故ですので、その家族は、国家で扶助してはくれませんか」

「母は老体ですから、養老院に収容されています。家内はまだ若いし、身体も丈夫なので、扶助は受けられません。私は半年後には帰りますが、それまでは何かの職にありつくか、適当の職がないなら、だれかにたよって生活をつなぐでしょう」

「だれかに、と申すのは親類の人ですか」

「親類であるなしは問題ではありません。おのれと娘の生命保続は、人道上の問題ですから……」

　私は、ここでまた、日本人と白人との思想上の差違にびっくりしてしまった。右のような場合世話をするアジア人なら、だれでもが彼の妻の貞操を要求するであろうのに、フェン中尉はいっさいを妻の自由意志にまかせ、妻と子の生命持続を第一義としている。

司令官のサイン

ある日、フェン中尉が一人の若い兵を連れてきた。

「この青年は英語がよく話せず、私に通訳してくれと言うのです」

「なんのことです」

「青年の手に入れた『ジャワにおける蘭日戦記』の中に、あなたがスタルケンベルグ蘭印軍司令官を降伏させているときのページに、サインをお願いしたいと言うのです」

そう言いながら、そのページを開いて見せた。

オランダ語なので、どんなふうに書かれてあるのかわからないが、彼我両軍司令官の名はローマ字つづりになっているので、降伏のときの事柄に違いないと思い、ページ上欄の白いところにローマ字で署名してやった。喜びの色を浮べ謝辞を述べて帰って行った。するとその日から二週間目の月曜日、下士官兵四人がおのおの、戦記の新本を持って来、署名を求めた。

「どこでこれを買ってきましたか」

「オランダ人看守に頼み、バタビヤ中の本屋を捜してもらい、やっと四冊が買えました。ほかの者は、もうないと言われ失望しています」

「本を捜し、私に署名させて、どうしようというのです」

「平和になったあとに売ろうと思ってですよ」

「オランダ軍の降伏したときのことが書いてある本を、だれが買うものですか」

「いや、あなたの署名があれば、買い値の百倍以上にはきっと売れます」

若い兵が、いかにも無邪気に、こんなことを言うのである。日本は敗れ、かつてスタルケンベルグを降伏させた人を、今度はチビナン監獄に捕え、そこで署名させた、すなわち復讐《ふくしゅう》したとの記念の意味なら、私はばかなことをしたことになる。しかし、この二十一、二歳の青年が、そんな腹黒いことを考え、本を捜したものとは思われず、またかりにそうだとしても、この降伏の結果が全蘭領――海洋に浮ぶ真珠の首飾り――の喪失《そうしつ》なので、復讐の快感など味わえないだろうとも思われ、格別いやな気はしなかった。

年が明け、昭和二十四年の正月となった。一日、フェン中尉が手帳を持ってきた。

「きょう私は蘭印軍の方から、旧部下の百人を連れバンドン近くの陸軍刑務所に移ることを指令されました」

「あの方面は独立軍との接触がはげしいのでしょう。どうしてその方面に移すのですか」

「さあ当局の考えはわかりません」

「きみをはじめ百人の罪を取り消し、もとの階級に復し、戦闘部隊とするのなら、一同のためによいことですね」

「そうなれば、もちろん皆は喜びましょう。祖国の領土を守るためにやって来た者たちですから。ともかく明後日はここを出発することになります。たった四カ月だけのお近づきでしたが、私としては印象の深いものであり、この手帳の中に長短はどうでもよろしく、あなたの感想を英文で書いてくださいませんか。私の後々の記念に保存しておきたいと思います」

「承知しました。あすの夕食時まででよろしいですか」

「ええ、けっこうです。お願いします」

と、自房舎に帰って行った。私は、つぎのような趣旨のものを英語でつづった。

「ラバウル、ストラスウエイク、チビナンの三監獄で、私は中国、インドネシア、インド、英国、オランダの五民族、それに日本民族を加え、それらの本当の姿を見たと信じている。獄外ではさまざまのおおいもので身をも心をも包まなければならず、人間と人間の心のつき合いは、大いに限られてしまう。私は地獄の中で、本当の人間とはどういうものかを知り得たような気がし、これは逆運中に恵まれた恩寵《おんちょう》と信じています。フェン君！　きみの、この老人にくださった親切は、私の生存する限り、忘れられない恩寵の一つです。きみと百人の若人《わこうど》たちが、しあわせの新生涯にはいられることを祈ってやみません」

第四章　霊前にそなえる

坐禅《ざぜん》組み壁にむかえどもの思う心やまざり死刑囚房
遺書の紙のところどころに斑点《しみ》の見ゆ書きつつ垂《た》れし涙のあとか

死刑囚の処遇

ジャワのオランダ刑務所での死刑囚取扱いは、有期刑者に対するものに比べ、すこぶるむごい。死刑を宣告された者は、自暴自棄となり、どんな乱暴をやりだすかわからない。また、ちょっとのすきがあれば、すぐ逃亡を企てるだろうとの懸念《けねん》から、しぜん監視警戒が厳重になる結果かもしれない。同時に、死刑を宣告されるほどの悪人だ。きっと極悪非道のことを、やってきているものに相違あるまい。こんな者を、人間並みに扱う必要があるものか、との過去の行刑主義、すなわち〝目には目を、歯には歯を〟もってするもののようだ。

聞くところによると、シンガポールの英軍チャンギ刑務所では、当初の期間、戦犯死刑者を、そこの警備兵の残虐きわまるリンチの対象にまかせ、執行前に殴打せっかん、歯を折り、あばら骨をくじき、半死半生の目に遭わせていたとのことである。連合国中、一番教養度の高いと言われている英人が、また〝なんじらのうち、罪なき者、まずこらしめの石を打て〟とキリストに教えられている国民が、そんなことをしたのかと憤慨された。

神の前では、すべての人が罪人《つみびと》である。その人間仲間により、死刑にさばかれるような人は、よくよく不幸の人と言わなければならない。社会保安のため、設けられている刑務所が囚人の逃亡、または自殺予防のため、十分厳密な施設と監視とを考慮することは当然である。が、それだからと言い、非衛生の密閉主義に堕し、なんら精神上の慰安に注意を払わず、執行前の相当長期、心身に苦痛を与えることは、人道に反するものだと思う。

私は別のところに、刑務所は、いかに経営指導せらるべきものであるかの私見をしるしておこうと思っている。が、刑務所という〝刑〟の名がすでにいけない。これは〝保安教導所〟とでも改称し、職員は、施設、給食、衛生などの担当者、職業技術指導者、規律精神指導者の三部に分け、所長と第三の指導者は、とくに教養のあるもの、なし得る限り宗教人をもってあて、画期的改善を加うべきことを、世の人々に訴えるものである。

獄内通信

私が、チビナンの政治犯囚舎に入れられていた当時、同胞死刑囚は十数人を数え、一般とは遠く隔離された各独房に収監され、これらの世話は、戦犯者有期刑の山口航蔵大尉が毎日一度、そこに通い、いろいろと戦友の便宜や慰安やに、骨折ってやっていた。

昭和二十三年の十一月のある日、山口君に託された、独房の橋本豊平君の書面をうけとった。——もちろん内密のことである——同君とは、まだ面識のなかった間柄。文面の趣旨は、つぎのようなものであった。

私は、ジャワ上陸のとき、あなたの部下のひとりでした。占領後、長くマズラ島に勤務し、終戦に遭ったものであります。そこでの憲兵業務中、住民調査のとき、不当行為があったという名目で起訴され死刑の判決をうけ、七カ月も独房に入れられているのです。私よりあとで裁判された者が、ぼつぼつ執行されだしましたから、私の最期も間近いことと、その日を待っている次第です。

山口さんのお話では、あなたは越後とは、深い関係をお持ちとのこと。まだお会いはしていませぬが、旧部下であり、同郷のよしみにもつらなり、失礼ですが、突然に書面を差しあげます。私の家は、県人会名簿にもしるされてある所で、直江津の近くにあります。私が戦犯で処刑されたとわかったなら、家の者はどんなにか悲しみとともに、世間体を恥じることだろうと思われます。もし機会がありましたなら、戦争犯罪というものは、どんなものなのか、また私どもは、どんな裁判をうけたものかを私の家族にお伝え願いたいのです。

右の願意は、戦犯という名で死んでゆく人々の共通のものであり、ラバウルで死んでいった二十九人の部下将兵も、皆同様の訴えを私に残していた。

私は戦争の被害を軽減するため、国際条約を守ることの必要は、正当にこれを認識し、戦争犯罪と称せられる行為を将来に戒めるため、これが裁判を行うことが、戦陣道徳の向上に意義のあることをも、これを肯定している。しかし、今度行われたものは、公正にさばき得る中立国の法官によったものではなく、勝って官軍となった敵の一方的且つ感情をまじえたものであり、被害者側のみの証言を根拠とし、原告が被告をさばくものであるから、正当の裁判とは言えない。

それですぐ返事をしたため、「私が越後にもつ深い因縁、新発田の人たちに負う厚い恩義を述べ、君国の犠牲者たる矜持《きょうじ》と、魂の平安とを保ち、靖国の宮に旅立ちしたまえ。やがてそこでの会談を期待する。もちろん、天が機会を与えるなら、きみのためばかりではなく、ラバウルで殉国した二十九人のため、いな、全戦犯者のため、戦犯というものの性格と、裁判の公正いかんについて、世に訴えるつもりである」という意味を含めた慰問状を、山口君に依頼した。

するとその翌々日、彼は再び、半紙五枚ほどにこまごまと書きつづり、文信を寄せてきた。

私は、ご老体が、こんな所でご苦労なさることをお気の毒に思い、またおなつかしさの余り、お見舞のつもりで、お願いの筋を申しあげたのでした。しかるにさっそくにくわしい慰めのお文をいただき読んでるうちに、涙があとからあとからと押しだして来、どうしてもとどめ得ませんでした。それでお許しも得ないで失礼でしたが、各死刑囚独房の人たち全部に回覧し、私の感激をみんなにわけた次第です。なんとかして執行前に一度お目にかかりたいと強く念願されますが、山口さんのお話では、あなたは特別厳重に監視されてい、到底お会いなどは出来まいということですので、また手紙で意中を申し上げる次第です。数カ月前に私は父より手紙をいただきました。

〝豊平が、戦地からもどり、身を固めるときのためと思い、新築した離れ家は、終戦の年の初めに出来あがり、きょうかあすかと待ちわびていたのに、戦犯とかで取残されることになったとのこと。こちらのがっかりはもちろんだが、また引きつづき、豊平がどんな苦労を重ねることかとかわいそうでかわいそうで泣けてしまい、お袋と二人で心から仏様にお祈り申したことである。それで観音経を謹写しはじめ、ついこの間、それをお仏壇にお供え申した。観音様がござらっしゃる限り、きっとお前は救われる。心を丈夫にもて。家のことはなんの心配もいらない。身体をこわさないようにせいよ。こちらはお前の帰るまで、なん年でも元気にがんばっているつもりだ〟

と、親なればこその、ありがたい便りでありました。父は大の仏教信者です。が、もっとも強く私を愛していますので、私の刑死が報ぜられたなら、悲しみのあまり、神も仏も無い世かと、仏のお慈悲にまで疑いをいだき、信仰にひびがはいったなら、子を失ったうえに信心までも失う。こんな不幸のことはなく、私の不孝は二重の悲しみなり、父が気の毒でたまりませぬ。

私自身の運命については、もうとうからすっかりあきらめ切っています。が、最近目にした内地の新聞雑誌によりますと、軍人は、軍閥の吹く笛に踊り、その手先となり、侵略の悪事を犯し、遂に国家をこんな悲惨な運命に投げこんだ、と酷評し、また、戦犯に問われている者は、よけい国民の顔にどろを塗った悪人だ、とも申し、なかんずく、今まで私どもの精神のただひとつのよりどころであらせられた天皇陛下が、憲法により、実質的には、国民より遊離したご存在になってしまわれ、ご自身も〝私は現人神《あらひとがみ》ではない、人間であり、国民の中のひとりである〟と仰せられたとあります。そうであるなら、私の魂はどこに行けばよいのでしょう。国を滅ぼした不忠の臣とあっては、靖国神社に行けるどころではない。またみたての護りも、もういらなくなってしまったのかと、実に寂寥《せきりょう》の感に耐えられないのです。

しかるところ、お手紙により、〝われわれはお国のために、また東亜十億民衆解放のために戦ったのだ。今の人がなんと言おうと、百年後の歴史は、日本民族の犠牲においてかち得た、有色人種解放の世界史的意義とその聖業とを、必ず賛美するに違いない〟との確信。〝また戦犯とののしる者にはののしらして置け、われらはやがて、一点の曇りのない神様のおさばきの前で、従順にその判決に服するのだ。われらの行動は、ただただお国のため、勝たんがためのものであったことに、なんの疑いや惑《まど》いをもつ必要があろう〟とお教えをいただき、また靖国の森で会おうと申してくださったので、やっぱり靖国神社はあったのか、そこに行けるのか、という大きな安心を得たわけです。

なお、つぎのことも、おついでの際教えてください。それは〝あんなにも全国民が一生懸命になり、いっさいをささげてやった聖戦に、どうして天祐《てんゆう》がくだらなかったのか。また国体はほんとうに護持されたのであろうか〟ということです。私たちがこのお国のためと信じて一身一命をささげた日本が、とんでもない別のものになっているなどと思うことは、とてもやりきれないことですから……。

自分にはなんの用事もなく、近く行われるはずの裁判対策などというものは、とうにすべてが心に準備され、ただ退屈で時間つぶしに夢物語のようなものをつづけているだけなので、すぐにまた返事をつづり、翌朝山口君にお渡しした。その午後になり、同君が来、「昨夜の和田大尉以下三人の逃亡で、いっさいの日本人は、死刑囚房に近づくことがならないと禁じられ、今まで私のやっていた世話も今後絶対にあいならぬことにされ、警戒は至極厳重で、橋本君との連絡は不可能になりました」

かように言い、私の文信はついに橋本君に渡らずじまい、蘭印当局は和田大尉らの逃亡に刺激されてか、間もなく橋本君を処刑してしまった。

その夜、私ひとりだけの独房で、この未見のかつての部下の名を紙に書き、これをお位《い》牌《はい》のつもりにし、その霊前につぎの返信をお供えし、冥福を祈った。

返信

(イ)観世音の慈悲

橋本君。再度のお手紙ありがとう。この前の私の返事が、いくらかのご参考になったと聞き、しあわせのことでした。今度のご文面も、くりかえしくりかえし拝見し、ご意中は、十分に諒解し得た。それで、さっそくに私の思うところをつづってみました。

第一に、きみの刑死により、悲嘆のあまり、お父さんの信仰に影響を及ぼしてはというご心配。子として親を案ずる孝心はよく推量される。ご両親が、きみの最悪の場合の報知に接したとき、どんなに嘆き悲しむかは、言うまでもないこと。親の愛は、子の親を思う幾十倍も深いものだから、きみが心配する以上幾層倍の悲しみに打たれるでしょう。しかし仏の愛は、その親の愛のさらに幾十倍も大きいものです。仏はすべての人間の親であり、お父さんが絶望のふちに沈んだとき、救いの綱をたれ、引きあげてくださるのは、観世音菩薩であります。そうちゃんと観音経にはしるされている。事実、たいていの人の信仰は、幸福のときには失われ、不幸のときに得られるものだ。また不幸の前よりは、あとに強くなるものです。私はかたく信ずる。きみの霊が家庭に帰ってみると、きみは必ず村の人たちや、親《しん》せきの者や、僧侶の慰めよりは、はるかに大きく、ご両親が人なき所で流す愛児を恋い悲しむ涙そのもので慰められており、また観音経口誦の間に、きみの姿を、諸仏の間に見いだしている事実を知るに至るであろうということを……。

とにもかくにも、きみの霊自身は、ご両親の心の上に飛んで行き、これを慰め得る力を有するのだ。だから今生にはなんの不安も未練も残さず、すぐに越後に帰られればよいのだ。

(ロ)悪罵《ば》の嵐《あらし》

つぎには、軍人は軍閥の走狗《そうく》になり、国をつぶした不忠もの、との世ののしり。この悪罵の嵐は、たしかに終戦直後、国の内外に吹きすさび、今でもその余勢が静まりきってはいない。これは、つぎの三つの事情によるのです。

第一は、アメリカ軍の行なった大きな宣伝のためだ。彼らは考えたのだ。日本の天皇は終戦を決意されても、この勇敢決死の民族の闘志は、容易のことでは静まるまい。現に決戦を直訴しようとした陸軍軍人もあれば、終戦詔書の渙発《かんぱつ》のあとに飛びだし、米艦隊に爆弾とともに突撃した幾多の海軍特攻隊もあったではないか。従って日本の占領は、大きい犠牲なしには出来まい。すみやかにこの国民の戦意を喪失せしめることが、最大緊急の要務だ。これがためにはまず国民の団結を破壊し、相互に争うようにしむけ、完全に弱体化しなければならない、と。そこで彼らは、第一に、日本の全新聞、雑誌、印刷所、ラジオを、その勢力のもとにおさめ、米軍は、決して日本民族を敵とするものではない。いな、反対に、長い間封建的勢力により、抑圧され自由を奪われていた不幸な境遇から民衆を解放し、民主自由のしあわせを享楽せしめようとするものだ。米軍が敵とし、処罰せんとしているものは、国民を無知にし、これをあざむき、その犠牲の上に、侵略戦争を世界にいどみかけた悪魔的軍閥と、その支持者だけだ、と呼号し、これに最大の力と金とをそそいだあらわれである。

第二の事情は、終戦前までの長い間、思想上また能力上、時の指導階級にいれられず、野《や》にあったか、またはその下積みになり、驥足《きそく》を伸ばし得ずにいた不満不平の学者、文人、思想家、政治家が、いっせいに右の米軍宣伝の波に乗り、いっさいの愛国的または民族的言論が、進駐軍により絶対に禁圧されている虚につけこみ、米軍の強力な支持と、庇護《ひご》のもとに、旧指導階級排撃の論陣を張り、攻撃重点を、軍部とこれに関連をもった人々に集中し、ついに公職追放の名のもとに全部を排斥し、これにかわって権力の地位についたものは、その庇護者の旨を奉じ、みずから、日本民族は、軍閥の指導により、世界に対し、不正義を強行しようとしたものだ、と肯定するまでに隷《れい》属的となってしまった。はなはだしい者になると、もちろん、ごく少数ではあったが、数年前まで、それらのいう軍閥の高位にあり、またはその中心に近く活動し、事変に功があったと認められ、君国から大きく叙勲され、ありがたくこれを拝受した高級軍人までが、声をあわせて、そのかつての戦友、部下の死屍《しし》にむちうつような、非武士的言動をあえてして恥じなかったものさえあったのだ。

旧指導層の人々は、祖国をこのような敗戦に導き、八千万同胞を塗炭《とたん》の苦しみに陥らしめた罪過と重責とに、ただただ恐懼《きょうく》謹慎し、一言も弁解することはしないで、引退し、または獄中におもむいた——これがほんとうであり、日本人である——だから、悪罵《ば》の低気圧は、周囲に中和すべきなんらの高気圧に会することがなく、一方向だけに強風疾風を吹きまくりつづけた。

第三の事情は、国民全部のつきつめた気分だ。きみが、あんなにも、全国民が一生懸命になり、いっさいをささげて行なった聖戦が、なにゆえに成らなかったのか、と私に尋ねる。同じ疑惑と不満とは、全民衆に共通したものである。真剣であっただけ、それだけ、失望は大きく、勝つと誓っておきながら、なんたる体たらくだ、いったい軍はどんな戦争をしたのだ、いつも勝った勝ったと大きく放送しながら、あれはうそだったのか、と憤慨するのはもっとものことである。英国のように、国民を信頼し、負け勝ちをなんの粉飾なしに真実を知らしめるやり方とちがい、負けはいっさいひたかくしにし、または巧みに言いつくろい、勝ちだけを五、六倍に拡大して聞かせるようにした要路の人たちの間違いから、わが同胞が、もう撃ち落していなくなっているはずの米軍爆撃機が、日ごとにふえ、いよいよ多くの爆弾や焼夷弾を浴びせかけることを不審にし、軍部のうそつきめ、とののしったとて、どこに無理があろう。ただひたむきに、戦勝だけにいっさいをささげつくして丸裸になった国民の前に現われたものは、勝ち誇った最優良装備の米軍であっては、信頼の度が強かっただけ余計に軍に対するふがいなさが感じられ、ただこれだけにいきどおりののろいが発せられることは自然である。いな、敗戦のくやしくてくやしくてたまらないうっぷんは、せめても、こうののしっているのでなければ、たまらないのである。——がこの国民大衆ののろいは、前に述べた、いわゆる知識人たちのものとは、完全に別のものである。ちょうど試験に落第した愛児に対し、あんなにも家中かかって勉強させたのに、と愚痴《ぐち》ると同様、そののろいの声の下には涙がいっぱいになってい、中にはぼろぼろ泣きながら、おこっているものもあるのだ。

橋本君。きみの読んだ評論というものは、その時分の悪意のまたは大衆の善意の、ののしりにおおわれていたときのものではないのか。終戦後三年半に近くなった今日では、いく分は平静の気分をとりかえしているように見える。まだまだ米軍は、言論の自由を認めていないようだが、昭和二十三年九月の〝改造〟誌上を見ると、一左翼評論家がつぎのようなことを言っている。

〝近来、勤労階級層の間に澎湃《ほうはい》として起きかけている愛国の思想が、また再び誤った方向をとるようになったら、民主平和日本の発展に大きな障害となるであろう〟

これからみても、前述の国民大衆は、いまでも依然として、軍人一般を、不忠者だなどとは思っていないのだろうと推察される。もっとも私などのような大きな責任者は、国民の不満が幾分でも安まるため、もっともっと、大きく非難されることを本望としてい、実際なんと言われたって、しかたのないほどの罪過を国家に負うていることを自認している。戦勝のときに、功一級などを与えられる地位の者が、戦敗を招いた場合、罰一級をこうむることを避けようとすることは、これこそ許すべからざる厚顔無恥と言わなければならぬ。

(ハ)天皇陛下

きみの質問。国体は護持されたのか、魂の帰ろうとする日本は、別のものになっているのではあるまいか、ということ。

私とて、ここ八年間、祖国を見ていないので、国家がどんなに変えられているのか、真相をお伝えする知識を持たない。ただジャワに移されるまでの、ラバウル収容所では、日々内地の放送を聞いていたし、また新聞雑誌はここよりもよけいに読むことが可能だったので、きみよりは、幾分はよけい知っているとは言えよう。そんな程度のものと思ってくれたまえ。しかし、ものの見方というものは、たとえば富士山にのぼりかけると足元付近の詳細はよくわかるが、全姿は見えなくなり、ある程度離れた方が、全容をながめうると同様、日本国内の渦《か》中にいる者よりは案外いまなお海外に残り、真剣に祖国をみつめているわれわれの方が、あるいは真相に近いものを感得しているのかも知れないとも思う。

まず新憲法だが——人伝えだから、ほんとうかどうか、責任をもって言えるものではないが――あれは日本人が作ったものではなく、アメリカ軍司令官から、こうせよ、とむりに授けられたものだそうだ。だから平和会議でもすみ、独立国家になり得たときは、必ず日本の国体にしっくりはまったものに、改められるに相異ないと信ずる。

日本の国体は、同一血脈の民族が、各家庭を単位とし、皇室を総本家といただき、これに精神的団結の中心を置き、億兆心を一にし、各自の生存と発展とを計る、一大家族主義国家であり、皇室と国民とは別々のものではない。しかるに昔の国学者の一部は、陛下を現人神《あらひとがみ》などと唱え、別格にして奥深く、鎮座ましますべきものかに説き、宮内省はこれに応じ、しかもこれにルイ王朝時分の洋式を加味し、いろいろの制度と儀礼とを設け、陛下と国民との間に障壁をきずき、大正以降の行幸は、警官と軍隊との垣で民衆の目からおおい、陛下を宮中と政府大官だけの陛下となし奉り、昭和にはいると、千代田城と御別邸では近衛警備衛兵をさえ、〝お目ざわり〟と称し、これを陛下のお目より遠ざけるような、血迷うたことをするようになった。これはじつに大御心と反していたものである。

陛下ご自身が〝現人神などではない〟と仰せられたことは、私はありがたく考えている。われわれがついこの間まで、奉誦し、今になお少なからぬ人が奉誦している勅諭には〝朕《ちん》は爾《なん》等の頭首〟とは仰せられているが、〝爾等の現人神〟などとは一言もお示しがなく、教育勅語の中にも、そのような〝神〟などとは申されていない。反対に明治天皇陛下は、広く国民に信教の自由をお認めになったが、天皇を現人神としてあがめるようなどとは、決してお諭《さと》しにならなかったのである。

私は、孔子様、お釈迦様、イエス・キリスト、法然、親鸞両聖人のお教えを本で見ての感じだが、これらのかたがたは、ご自身、神だとか仏だとか宣明されていたのではなく――後世の信者の中には、そのようにこじつけている者はあるが――普通の人間よりも、幾倍も幾倍も悩んだり苦しんだりして、同じ人類に大きな同情と愛とをおぼえ、どうかしてそれらを救ってやりたいと、道を説かれたのだと信じている。同じ人間の説かれたものだから、私は本気になってその教えを仰いでいるのである。それだのにどういうわけのものか、同類の人間が説くのでは、ありがたくなく、信じられないとする人のほうが多いのか、とかくに、聖者を偶像的非人間にしたがる。イエスをむりに処女懐妊のことにしたり、日蓮聖人が単なる漁師の子としては、体面にかかわるとでも感じてか、太陽がその母のふところに飛び入ったと夢みてはらんだとか、言うたりする。真理を教える宗教が、真理と反する伝説を創作することは、文化の低かった時代の善男善女をありがたがらせることには役立ったであろうが、今日ではそうしない方がよい。

わが陛下にしてもそうである。国民の一人――総家長――としての人間であらせられるから、われらは信じ尊び愛し得るので、〝現人神〟などと言う、国民とちがったものにすることは、国体的ではない。陛下がこのたび、みずから側近者のむりに作った天《あま》の岩戸をおしあけられ、人間として国民の内にお進みになり、民衆とともに惨苦をともにせられる御姿こそ、私は尊くかつ親しく拝される。

前述のように、平和条約成立後、きっと憲法に再度の修正が加えられる、そのときこそ、国民の総意が反映するほんとうのものが作られると思うが、自分一個の考えでは、陛下はつねに国民精神の中軸に立たせられ、学問、体育、芸術、慈善などの御奨励におあたりになり、政治上のことは精神的のものは格別、その他は国民の推す者にお任せになられるのがよいのではないかと思う。

ともかく私は、天皇を拝するのは、ちょうど日の丸を仰ぐときと同様、日本国家そのものを拝する気持ちであったので、これは将来も変らない。だから日本の国体はアメリカ軍司令官のおしつけた憲法などでは、どういう形になっても、実質は変るものではないと信ずる。

別　辞

橋本君。以上が、きみの質問に対する私の返事だ。

きみの霊は、ぼくのものより先に祖国に帰るのだから、よく実際を見ておき、あとで行くぼくらの霊に、よく事情を教えてくれたまえ。そのとき、この返事中の誤りの点を指摘してください。そして相ともに、幽冥《めい》界から、祖国の復興に協力しましょう。

きみの魂の平安なる門出を祈る

昭和二十三年十一月

今村　均

第五章　オランダ軍軍事裁判

死の刑《けい》を求められにし法廷を出《い》でんとするにまた火砲《ほづつ》鳴る
禁錮され言葉かたらぬ日を重ね時折《ときお》りふっと独り言《ごと》言う

民族の目標

ジャワのバタビヤ（今のジャカルタ）のチビナン監獄内政治犯囚舎内の私は、むしろ恵まれた精神状態にあった。

松井氏は不起訴釈放となり、下川氏はその裁判の接近にともない、関係者と同室する必要があると言い、一般囚舎に移り、三人部屋の一房に私一人となると、ラバウルでいっしょであり、チビナン刑務所事務にたずさわっている片桐海軍大尉が、私の不便を心配し、同じ房室に移ってくれ、また向いあっている房に住む、事務所勤務のかつての六大学野球の、法政大学選手隈代《くましろ》君（養子に行って山崎姓となる）が、暇さえあればやって来て世話をし、筋向いの他の房に住む、自動車修理班の下村侑《すすむ》という日本人中最年少の戦車隊伍長が、その郷里新発田市の中学出であり、私の家を知っている因縁から、労力を要する私の房舎の掃除をやってくれたりし、獄中にいるような気はせず、一般囚舎にいる七百人の既決戦争犯罪者がやる、毎月一回の演芸会、毎週日曜、午前の野球試合にはいつも招かれており、その際、旧知のだれかれと懇談する機会を得、ラバウルにおったときよりは、はるかに精神の平静を保ち得た。

チビナン監獄の三千幾百の囚人に対する蘭印当局の処遇は、ラバウルの豪軍当局のやり方に比べ、食事がやや劣るだけで、無報酬強制労働はやらせず、少額ながら、賃金を支給し、食糧や日用品購入の便を与え、とくに職員、看守、看守助手などの足蹴《あしげ》、殴打がないことは、オーストラリア人よりは進歩していた。が独立国建設の闘志に燃えるインドネシア民族の気迫は、獄中にも浸潤してい、毎夜のムルデカの歌の合唱。看守助手の半数が独立政府側の関係者であることは、ストラスウエイク監獄と同様であり、私のここにとどまった二十カ月の間に、全インドネシア囚の団結した同盟罷業《ストライキ》が、三遍とも、刑務所側を屈服させ、待遇改善の目的をたっしたことを見聞し、やはり目的目標を持ってこそ、幾千万の民族は、まとまって行けるものだとの感を強くした。

豚籠事件

豚籠事件というものは、私に対する起訴事項二十六目中の第二十六、すなわち最後の項に掲げられているもので、これを最大の罪悪として責めた。次のようなものである。

「正確な期日は不明だが、一九四二年の三月から翌年十二月にわたる二年近くの間の各異なる日に、ジャワの第十六軍の軍人は、数百人の捕虜や抑留者を、あらかじめ拷問し虐待のうえ、手を背後に縛りつけ、一人または二人あて、豚の輸送に使用される籠の中に押しこめ、無蓋トラックまたは他の貨物車両に積みこみ、はなはだしいものは、かような籠を二重、三重に積み重ねて輸送し、この間数時間、ときには数日にわたり、食糧も飲料水も支給しなかった。かかる拷問ないし不当取扱いにより、捕虜らに言語に絶する、重大な肉体的、精神的苦痛を与えた」というのである。

右の事件は四カ月前、調査官スミット・オランダ法務大尉から、各別に、私と岡崎参謀長とに訊問のあったことで、予審調書には次のように記入されている。

「豚籠事件に関し、六十人の証言を読み聞かせたところ、被告今村は次のように陳述した。〝私は本件に関し何も知っていない。これらの証言は、戦時に飛びがちの流言に基づく、幻影と考える。

このような多発の事件が、一年以上にわたり、在ジャワの日本陸軍の各当局や憲兵に知られずにいたなどということは了解し得ない。証言の大部は被害者自身の告訴によるものは一件もなく、他より伝聞したこととして述べており、豚籠を運ぶことに雇われていたと告訴された運転手は、官憲の取調べに対し、絶対にこれを否認している。また、AはBから聞いたと告訴し、そのBは取調官に対し、かようなことは口にしたことがないとさえ言うている。この種、豚籠は最も多く荷物列車で輸送されたと訴えられているのに、鉄道従業員は一人もそんなことを告訴していない。また、船で遠くに運んだというのもあるが、海上輸送のためには、海軍に交渉することを必要とし、従って日本海軍に知られるはずであるのに、これが知られていない。これら捕虜は、ゲリラ行動中、山の中で捕えられたというのであるが、処刑するなら山中で実行されていたはずである。なんの必要があって籠に入れ、これを遠い海洋に運んで海没するような、面倒をとるであろうか。証言の中には、捕虜を汽車で運び、これを籠のまま海中に入れて溺死《できし》させたうえ、これを引上げ陸地に埋葬したと言うものがある。全く理性では考えられない。要するに私は、これらの証言は、なかった事実を幻覚して口外しているものと考える〟

訊問官は他の七十四人の証言を読み聞かせたうえ、

〝かかる行為は、軍司令部の協力がなくては行われないことではないか。また豚籠に入れた捕虜を船で輸送していることから見て、海軍と協議が行われていたに相違ないと思う〟

と問うたところ、被告岡崎は次のごとく述べた。

〝これらの証言は事実ではないだろう。これらは戦時に喧伝《けんでん》されがちの無根の風評に基づく作り話が含まれているのだと思う。かような不法行為は、今までいずれの戦場でも現われたことがなく、ジャワの部隊がとくにこのような煩雑な方法を考案したとは考えられない。ことに捕虜収容所内の者らの証言は一つも出ていない。元来、掃蕩《そうとう》を必要とするゲリラ部隊の敵を、かくも複雑な輸送方法で海に運ぶ必要が、どうして考えられよう。また、そのように多数の豚籠を、日本人に売り渡したかという証言は一つも見当らない。海上輸送のためには海軍との交渉を必要とし、それは必ず軍司令部を通して行われなければならぬ。かような交渉を海軍に行なったことは一度もない。だから私は、この事件は真実にあったこととは考えない〟

私がチビナン刑務所に移されてから、そこにいる同胞の幾人かは次のように聞かせた。豚籠事件では幾十人も取調べを受けており、ワットフェルという検事局の老調査官が主任となり、新聞やラジオを通じ広く証言を収集したものであり、この事件の中心地である、マランに駐在していた憲兵隊長以下十人ほども取調べを受けたが、なんらそんなことにかかわった者はなし、この人たちの公判のときの起訴事実中には豚籠事件も含まれており、おどかされたりだまされたりして、仁井田伍長という若い憲兵が、一度作りごとの誘導尋問を肯定したが、翌日直ちにそれを取り消し、検事からは無罪を論告されている。

右のような関係から、まさかこんなことが大うつしにされ、私におおいかぶさって来ようなどとは予想しなかったし、弁護団の人々も「軍司令官の裁判で全部が終るので、洗いざらい証言をかき集めたに過ぎないものでしょう」ぐらいに軽く見ていたものである。

裁判の経過

公判は昭和二十四年三月八日に、その第一日を開き、午後二時からはじめ五時までつづき、第二、第三日は、ともに午前九時から午後一時まで、第四日は三月十四日となり、時間は同前、各日とも中間に十五分ぐらいの休憩がはさまれた。

オランダ式裁判は、英米のやり方とは違い、日本のものと似ているとのことである。予審調書を基とし、裁判長と被告との間に、詳しい尋問応答が繰りかえされ、陪席判事と検事とは、裁判長を通じてだけ、被告にたずね得ることになっている。

裁判長は、法律家のデ・フロート臨時少佐。第一陪席判事は、スタープ臨時大尉。第二陪席判事はドールンウェルド大尉。検事は、これも法律家出のディーブイス臨時少佐である。

裁判長は長身、面長。私に対する態度は、公判第四日すなわち最終日の後段、豚籠事件にはいるまでは、紳士的言動に終始し、ときによるとむしろ私を弁護するために尋問しているかのような進めかたであった。あらかじめ出してあった、私の陳述書をも参照して質問し、途中、在東京の高島辰彦少将から送られていた蘭印軍降伏前後の私の言動、私と陸軍中央部との対白人政策の不一致に関する陳述書に移り、当時の私の方針がいかに多くの妨害をこうむったかの事情を究明したり、また第四日の前段、突然に独系蘭人五十四歳のミルブラット夫人というのを法廷に導き「この夫人からの被告に対する文書の証言が出されているが、それをここで口頭陳述させる」と言い、次のような、私の忘れていた事実を述べさせたりした。

「一九四二年四、五月ごろ、二十六人の技術者、専門家が、そのうちには有名の人類学者コニングスワルド氏も含まれ、今村の特別指令で収容所から釈放されました。同年の六、七月ごろバンドン在住の耳鼻咽喉専門医フォーヘン博士の夫人が、多数患者の治療上、捕虜収容所に収容されている博士の釈放方を、私を通じ、神林陸軍医官に申出ましたところ、今村軍司令官の裁決でその要求が承認されました。

当時、多くの上流夫人たちは、今村は白人憎悪者ではないということに意見が一致していました。

戦争の初期、セランの長官であり現在州知事であるジャジャディニングラット氏は、今村が紳士であることを私に語り、インドネシア革命勃発以後においても、彼は今村に対する彼の意見を繰りかえし述べています」

などと言い、さらに裁判長の質問にも答え、

〝東京から日本の将官連の視察以後は、私は白人であるというので、収容所の視察は許可されないようになりました〟

と述べていた。

かように進んでいたのが最後の事件、豚籠事件のことになり、急変した。

「当時ジャワのゲリラ部隊の情況はどうでした」

「バンドンの南方山中に、三十人のものが存在し、薬物や糧食に欠乏しているとのことの

ほか耳にしたことはありませぬ」

「証言には、各地にゲリラ行動があったことになっているが、岡崎第二被告は知っているのではないですか」

それに対し、岡崎中将は次のように答えている。

「停戦までジャワ南海岸に配置されていた蘭印軍哨兵に対し、日本軍の交代者到着までそのままの配置にとどまり地方治安の維持に任ぜよと指示して置いた人たちを、交代しだい逐次トラックで収容所に入れたのを、ゲリラ部隊の捕縛と考え違いしたものでしょう。ジャワにはゲリラ部隊の出没はなかったので、七月からは軍政に対する軍隊の干与をやめ、文治的内政に移したもので、これをもってもゲリラ部隊の存在しなかったことを証明し得ます」

このとき、裁判長は明らかに〝それは信じられない〟というようにチェッと舌を鳴らした。

「今村被告は、この八十件もある証言を、全部幻覚に過ぎないと否認しますか」

「そうです、八十も証言があり、しかも事柄が具体的に証明されていないので、いよいよ真実性が少ないと思います」

「八十の証言のうちには、目撃したと言っているものも相当にある」

「一年半以上にもわたる行為で、それが憲兵隊にも、どこの部隊にも知られず、被害者や加害者の名が一つもあがっていない。山から海に運び、豚籠に入れ海没して溺死せしめたうえ、これを引上げ、陸地に埋葬する。そんな証言は、とうてい常識では信じられませぬ」

「かりに作りごとがあったとしても、八十の証言のうち半数の真実はあり得ましょう。現に仁井田憲兵伍長は事実を肯定しています」

「仁井田は翌日、すぐに前言を否定しています」

「多くの日本人に不利となることです。皆に責められれば、前言を取消しましょう」

「彼は、だれにも会わせられない独房に入れられていたもので、訂正は全く彼一個の意思で行なっています。しかも彼は当軍事裁判で無罪を言い渡されています」

「彼のような下級の者の犯罪ではなく、もっと高いところの犯罪です。それで彼は罪に問われなかったものです」

「それなら再度仁井田を調査され、どこに犯行の根拠があるのか確かめられることを望みます」

「ばか（スチューピット）のこと、両将官被告の不利になることを、一伍長が口にすると思いますか。今となっては仁井田の証言のごときは、なんの価値もない。八十の証言で事柄は判断し得る」

「私はおのれの信ずるところ、すなわちそれらは、無実のことであるとの所見は変更しませぬ」

「ばか（スチューピット）のことを言い張る。被告は、裁判上裁判長のとっている態度を了解しないのか。私は被告の在任時代の善事を知っているから、この裁判を有利ならしめるように進めているのに、今の被告の態度は、裁判長の気分をすっかり悪く（スポイル）し、裁判を不利ならしめる」

「不利となってもやむを得ない。前言はひるがえしませぬ」

「実にかたくなな、ばか（スチューピット）のことを言う。事実の判断は、裁判長に任せると言えませぬか」

とかさにかかって来る。明らかに感情をたかぶらせている。私は冷静を保っているつもりではあったが、三度もスチューピットというような、紳士の口にすべからざることばを出し、しかも、おどかすような態度を示されては、屈してはいられなかった。裁判長から見た私の様相は、憤っているように見えたに違いない。

「裁判長の判断に立ち入る権能を私は持たない。しかし裁判長が、事実なりと認定しても、私はこれに承服しない」

「私の気持ちが、さっぱりわかっていない」

「裁判長の気持ちはよくわかっている。それには感謝している。しかし私の前陳述はまげ得ないことを断言します」

「裁判長はそれを悲しむ。この事件は事実であったことと認定する。これで両被告の裁判を終了する。何か特別に述べることがありますか」

「一言述べます。ラバウル軍事裁判では、私の参謀長は私と同様の立場でさばかれ、豪軍事裁判はよく参謀長の立場、職責の範囲を認め、これを無罪としました。当軍事裁判も、日本軍の参謀長の性格というものをきわめられ、公正な判決をくだされんことをせつに望みます」

これでいっさいが終り、裁判長以下は退廷した。豚籠問答では、裁判長の興奮につれ、陪席判事もこわばった表情を示し、日本人側松本弁護人とその通訳小山君、法廷通訳松浦君たちが、いっせいに硬化し、法廷内後部の休憩所にひきさがり、再び私の周囲に集った。

「あれでよかったです。あんなばかな豚籠事件などを認めてなるものですか」

と、おのおのが自身裁判を受けている被告のような気迫で論じ合う。松浦君がとくに興奮し、

「どうしても裁判長に言うておかなければならぬ。あんなことを信じるなんて、不都合せんばんだ」

と言うていた。が、私はなんだかおれの方が勝ちだった、という優越の気分を禁じ得なかった。

求刑論告

翌三月十五日午後二時、開廷。直ちに検事の論告にはいった。約一時間にわたり、事実に対する論述があった。

「……以上をもって本検察官は、事実に対する立証を終り、次に両被告すなわち、第十六軍司令官今村均と、その参謀長岡崎清三郎とが、これら、部下の戦争犯罪行為のなされたこと、または行われんとしてあったことを知っており、また理性をもってこれを察知し得た、という点に関する立証にはいろうとするものであります。

裁判長ならびに陪席諸官！　両被告はこれら行為に関し、何も知らなかった、また、何も察知し得なかった、と釈明し、その理由として、第一被告今村は、蘭印攻略開始前に、支那事変初期に頻発《ひんぱつ》したような残忍行為の再発防止のため、必要な諸手段をとったと述べております。これらの諸処置とは、陸戦法規も含まれたもので、一兵にいたるまで徹底を要求した規定を配布したことであります。第一被告はこの訓令（戦陣訓）を編集したものであり、その内容精神は、天皇の支持をも受けていたものでありました。

第一被告は、第十六軍編成の際、出来得る限り、全直轄部隊長に対し上記の訓令を遵《じゅん》守《しゅ》すべき方針を熟知せしめるとともに、その内容を一兵にいたるまで徹底せしむべきことを強調指令したとも述べています。また被告は、直前、広東方面事司令官であった当時、軍隊検閲の際、兵隊がよくその内容を了解していることを承知していたので、それ以上の手を打つ必要はないと考え、蘭印作戦では意を安んじ、軍隊を指揮し得ると信じていたと述べました。そしてその主張の裏付けとして、被告がジャワの指導権を握った際には、非常な緩和政策を採用し、そのため東京の陸軍中央部から派遣された将官以下との間に意見の不一致を来たし、これら将官とその随員から、ジャワの各地巡視の結果、捕虜の取扱い、さらには欧人婦女子らが自由に歩き回っていることに対し、余りにも寛大に失するとの抗議に接したとのことであります。この意見の相違は、その後歩みよりがあったとのことでありますが、一九四二年の十一月には、被告はラバウルに転勤いたしました。この転任の理由が、彼の採《と》った〝緩和政策〟に対する、東京の不満の結果であると言ってはいませぬが、しかし暗に、それも一原因かも知れぬと、第二被告岡崎はほのめかしております。

諸官！　両被告は、本官が論告の初めに述べたような、ボルネオ方面の戦況の通報を受けていますが、作戦展開中の麾下《きか》部隊との通信連絡は、一九四二年二月十六日から三月九日朝までは不可能でありました。この連絡の回復したのち、被告は各直轄部隊長に対し、作戦経過に関する報告の提出を命じております。これは三月二十日のことであります。また両被告と高島辰彦大佐（当時）とは、ジャワ各地の巡視を行いましたが、この際、なんらの異状を認めてはおりませぬ。

両被告は右にあげたことを理由とし、戦争犯罪としてとがめられる事由なしと主張したのであります。すなわち彼らは、かかる戦争犯罪行為の起ったこと、また起らんとしていたことを注意するような事実は、何一つ耳にしていず、何一つ察知は出来ず、また察知するような状況にはなかったと述べ、反対に、戦争犯罪行為防止のために、徹底せしめた指示や命令が十分であったと考えていたというのであります。

しかし、本検察官の、これに対する解答は、次のようなものであります。すなわち両被告は、太平洋戦争前、支那において日本軍の犯した残忍行為に関しては、熟知していたと認めております。だから蘭印作戦軍の最高指揮官に任命されたときには、右のような知識を持っていたのであります。そして両被告が、麾下各部隊に対し、国際法にしたがうなかれとの警告措置をとったときは、各部隊はなお、おのおの基地にいたときのことであります。ゆえに右の措置は、ただ被告の抱懐している主義精神を、各隊に普及する教育開始の方向を示したに過ぎません。両被告はその後、右観念が各部隊にどう掌握されているかを確認するため、いかなることを実際に行なったのでありましょうか。

なるほど彼らは巡視を行なっています。もっとも、機会がなかったので、戦闘中には行われませんでした。右巡視の際、彼らは何も不法のことを認めてはいませぬ。また彼らは部下からの不法行為についての報告をも受けておりませぬ。彼らはそれ以上のことを、何も行なってはおりませぬ。彼らは日本軍においては指揮官の発した指令は、無条件に服従されていたと述べましたが、かかる態度は、戦時の部隊指揮官としては許されないものであり、両被告が既往戦時中に経験したものとも合致しない論であります。

かりに両被告が、事実直轄各部隊長から、兵隊の不軍紀行為に関し、報告を受領しなかったとすれば、彼らは支那での経験から、次のごとき事実を学んでいたはずです。すなわち残虐行為の起きた部隊の指揮官は、もしそのことを上級者に報告すれば、自己が任務を的確に遂行しなかったか、部下の掌握が悪かったか、さらに、はなはだしい場合には、自らが、その犯行の首謀者であったかを、表明するようなもので、いずれにせよ自分のため悪いことになる。むしろ、かかる報告は行わないものであります。両被告は蘭印攻略のとき、かような経験を有していたことが確実でありますから、起訴事実にあげられたような事件を、知らんとしたならば知り得たに違いないと考えたはずであります。彼らが、捕虜となった連合軍の指揮官連から、知るような方法をとったなら、どのような成果をあげていたでありましょうか。これに反し部下指揮官からの報告、あるいはまた上官に対し良い方面のみを見せる巡視からは、かかる事実は知り得ないということは、きわめて確実のことであります。

第一被告は、数ヵ所のキャンプで、捕虜に対し、不満があるかないかを尋ねたと主張していますが、このような質問が、いったいなんの役に立つでしょうか。彼はたとえば、タラカン島の指揮官で、当時ジョクジャに連れられて来られていたデウォール中佐のごときに報告書を提出せしめることもやっておりませぬ。いな、被告は、現在でも各地の戦線で相対した敵側の指揮官がだれであったかを知ってはいないと思います。

諸官！　本官が述べんと欲することは、勝利者であった当時の日本人は、欧州人に関しては、なんの関心も持たなかったことが明瞭であるということです。日本軍の将校が、捕虜将校と交際があったという例は、ごくまれな例外としてしか知られておりませぬ。第一被告のごとき将軍が、平凡なる捕虜に、手を差しだすなどという瞬間を、本官はどうして、期待し得るでありましょう。

第一被告は蘭印総督が、上部からの命令で、捕虜として取扱われなければならなかったときでさえ、もはやなんの関心も示してはいないのであります。

諸官！　以上本官が述べ来ったことは、原則的には、すでに第一被告により却下されたことであります。なんとなれば、彼の意見によれば、かかる強度の監督は、彼の業務ではなく、これがためにこそ、部下に各級指揮官がおったのであると言うのであります。なおこの点に関しましては、本官は先般の憲兵隊本部事件の一被告が述べた次の事実を指摘したいと思うものです。すなわち日本軍においては上官が予告なく、巡視を行うことなどは部下軍隊に不信頼を表明することになるので、慣習とはなっていないということであります。もしも次のごとく述べるものがいたら、本官は事実に近いものと信じます。すなわち〝日本軍では、武人は傷つくることを許さない名誉を有するものであるというシステムがあり、この名誉は、上級当局者には、すでにいわゆる武士道なるものが残ってはいないということが明瞭になった後においてさえも、なおかつ尊敬が払われていた〟と。本官はまた日本軍の指揮官をして現実的になることを妨げているものは、この武士道であったと信ずるものであります。現に今諸官の前にすわっている両被告は、この中世紀的な観念を常に信じ、またこれに価値を見出だしている救われがたい型の人物であります。

諸官！　以上はかくありやとも思われた原因に関し、意のままに述べたに過ぎないのでありますが、事実は明らかであります。すなわち両被告は、かかる知識があったため、戦場に送られ、監督の義務を負わせられたのにもかかわらず、これを果たさなかったのであります。

さて以上述べたことと相並んで、許しがたいことは、起訴事実としてあげた戦犯行為には、一種の犯罪型式、すなわち捕獲した敵国民や兵員を各地において、無節制に殺害するという型が、現われていることであります。これら一連の同種の戦争犯罪行為、すなわち作戦間及びその後においての殺人、大量殺害は、その頻発性《ひんぱつ》と連続して起きている点からして、組織的と称すべきものであります。坂口旅団によって犯された一連の戦争犯罪行為を見ると捕虜を殺害することは、簡単に許されていたかの印象を受けるものであり、このことは、第四十八師団と東海林支隊による殺害事件にも同様であります。また蘭印軍の降服後ジャワ全島にわたって起きた〝見せしめのための逃亡捕虜の処刑〟も、また組織的であり、さらにほぼ一年半にわたって行われた豚籠事件も組織的であります。

諸官！　もし両被告の所属していた司令部の監督組織が十分であったなら、犯行の全部とは言わないが、この中の数件に対し彼らの関心が払われるようになることは、おそらく可能でありましたでしょう。そのうえ、連合軍の各国放送を通じても、被告らは、傍受網を用い、これらの事件を知り得たでありましょう。

以上により本官は、被告たちは、戦犯行為が行われ、また行われようとしていたことを察知し得たはずであるということが立証されたものと考えます。

だから両被告は、起訴事実に対し、有罪であります。

裁判官諸官！　起訴事実にあげられた戦争犯罪行為は、軍隊の犯した最も苛酷《かこく》な犯罪、すなわち殺人、大量殺戮《さつりく》、市民の拷問、強姦、捕虜及び抑留者の不法取扱いでありまして、これらの全犯罪行為は、そのうえなん度も引続き犯されております。

両被告が、これらの戦争犯罪行為に対し、有罪であるの理由と、なにゆえに本官がこれに対し、死刑の求刑を行わなければならぬかの理由は、もはや説明の必要はないと考えます」

第六章　裁判の記録（陳述書）

悠々《ゆうゆう》と高きに流るる雲の見ゆジャカルタの空囚房の窓
国民は未曽有《みぞう》の難に喘《あえ》ぎおり祖国の方《かた》に雲の流るる

死刑の求刑に対する感想

昭和二十四年三月十五日、蘭印軍事裁判の検事が、私に対し死刑の求刑を行なったことに対し、平然何も心を動かされるところがなかったなどというのはいつわりである。とくに、その主《おも》な罪が私のなんとしても納得できない、前述の豚籠事件というものについての責任であるように考えられては、かつての勝利者である日本軍大将を恥ずかしめる目的ならともかく、連合国の軍事裁判それ自身をも恥ずかしめるに過ぎないであろうにと、不愉快を感ぜしめられた。

が、終戦いらい満三年半の間、期待していた死刑なので、滅入《めい》るような暗い心の動きは少しもなく、その夜は陰惨な死刑囚房に移されたのであるが、何か一種、法悦のような気分に包まれ、眠りは安かった。

大東亜戦争の勃発いらい、支那海上空での乗機の故障、ジャワ・バンタン湾内での海没、シンガポール飛行場での墜落、ラバウル防空壕《ごう》への米軍爆弾の直撃、ブーゲンビル島上空で乗機が米軍戦闘機三十と遭遇したことなど。幾たびか最後の時に会しながら、まだ生きているることが不思議でならない。従って、この蘭印軍事裁判が私の生命をねらっているものであることは、最初から十分に認識していながらも、恐怖の心などは一度も感じられず、ことにこの裁判は多分に戦闘継続的の性格を持ち、兵火ならぬ口頭によるものではあるが、六カ月にわたる予審後に開かれた法廷で五日間にわたり原告検事を相手に、気魄《きはく》のせりあいをつづけ、日本武将としての矜持《きょうじ》を保つ緊張のうちに、遠くに連続する砲声――インドネシア独立共和軍の青年ゲリラ部隊が、蘭印の首都バタビヤに近く出没し、これに対する威嚇《いかく》的砲撃である――を耳にしながら、古代ローマ式建築のものものしい法廷で、精神的闘争をくりかえしたことなので、なんだかおのれ自身の姿が誇らしいものにさえ思われた。

国際場裏での一国民というものは、国家を背景とし、または基礎とするものでなければ、いかにみじめな、日陰のものに過ぎないかは、二千数百年の長きにわたる、ユダヤ民族の歴史が示しており、現に敗戦後のわれら同胞が、如実にこれを味わわされているのである。しかし、一個人の心の平安というものは、正は正、邪は邪と見きわめて、良心のとがめを受けないようにしなければ、永続はなく、人類の真実の幸福、従ってまた国家民族の福祉もやはり、正義に立脚しなければならないものと思う。そんな考え方から私は、部下の犯したものでも、それが人道にはずれたものと認められるものは、卒直にこれを肯定し、責任をとることに終始すると同時に、その疑わしいもの、または単なる憶測に過ぎないものと考えられるものに対しては、裁判長の感情を害しても、おのれの主張を言い通し、決して迎合卑下の態度をとることはしなかった。もっとも、ここで部下の犯したものと公訴されている二十六件は、一人もその犯行者としてあげられているものはなく、単に〝何々部隊がやったものに違いない〟との断定のもとに当時の師団長である丸山中将と、支隊長であった東海林少将と、その上にあった私と、私の参謀長岡崎中将の四人だけが、監督責任の罪を論じられていて、その他の下級将兵が一人も現われていないことは、大いに気分を楽にし、それに裁判官が少佐一、大尉二、検事が少佐一という陣容。しかも全部が三十代で、自分の子どものような年輩の人たちだったので、非礼の申しようではあるが、なんらの重圧を感ぜしめられなかった。なおまた、軍事裁判というのである以上、主体は軍人である裁判官により構成されるべきであろうに、オランダ政府はいかなる理由によるものか、軍事知識を持たない法律家に、臨時に軍人の階級を与え、軍服によりさばかしめているので、何かもの足らぬ気持ちさえいだかしめられた。

いずれにもせよ、私にとっては、昭和十六年の末から今日までの七年四カ月が、大東亜戦争とその継続であり、日本民族の犠牲の上に建てられた、インドネシア民衆の燃えるような独立の息吹きを身近かに感じながら、砲声の伴奏入りの舞台で行われた裁判であり、検事求刑通りにやがて宣告が下され、ここで生涯に終止符をつけることになったなら、これこそ、めったにあり得ない、有意義な武人の最期と言わなければならぬ。

陳述書

私に対する公判前の予審訊問は、オランダ本国のライデン大学を卒業したばかりの、青年法学士、二十七歳のスミット氏（臨時に大尉の階級を与えられた人）により行われ、五月中旬から十月下旬にわたり、二十五回もくりかえされた。日本軍の攻撃当時、現地にいなかったためか、いな青年だけが持つ純情によるものか、十分な敬意と親切とを私に示し、いわゆる検事とか予審判事とかに調べられているような感じを少しも与えず、あげ足とりに類する質問ないし皮肉のことばや態度は一度も現わしたことがなく、私の言うことは真っすぐに受けとり、これを調書としていた。もっとも、この人が完全に信頼していた、三井物産の森田正次君（やはり召集されて軍籍にあった歩兵中尉）の懇切な通訳が、この気分醸成の元をなしていたのであるが……。

公判前に臨むとしても、予審のときの陳述を変えたり、またはこれにつけ足す必要のものなどはなく、右の調書を基にし、裁判を進められ、いっこうに支障のないことである。しかし二十五回もの分《ぶん》は部厚になってい、これを整理し簡潔にして置く方が、相互の理解に都合がよかろうと思い、急に陳述書を起稿し、同囚の片桐氏（外語出身）中村氏、水田氏、阿部氏の協力で分担英訳してもらい、私自身がこれを法廷で述べようと思っていた。が、裁判長は、三月七日の法廷開始以前に、それを見て置きたい意向であるとのことが伝えられたので、公判前日にこれを提出した。

左記がそれである。

私は、日本第十六軍司令官として、部下監督の最高責任を有する。

しかし、私に対する公訴理由に〝部下の行為に十分な監督を加うることを怠り、戦争犯罪行為を防止すべき、あるいはその反復を防止すべき命令ないし指示を発することを怠った〟とあるのは、これを承認することが出来ない。よって、次の順序に陳述を行う。

総説

一、戦争犯罪行為とその責任に関する意見

二、戦争犯罪軍事裁判に対する意見

三、部下の行なった、いわゆる戦争犯罪の性格と、日本民族の本質

各説

一、第十六軍司令官の任務

二、私と部下軍隊との統帥関係

三、部下各部隊長、幕僚、および部隊将兵の素質

四、私の行なった、部下に対する監督、指導

五、各証言に対する見解

戦争犯罪行為とその責任に関する意見

軍人の祖国に負う最高の義務は、いっさいの心身を傾け、戦勝を獲得することにある。しかし軍人は同時に人間として守るべき道徳を実行すべき義務をも有する。

右二つの義務の限界は、戦闘実行中と、その動作の終了後とに区分して観察決定さるべきものと考える。

あらゆる科学を動員して行う近代戦闘の害敵手段は、戦場での軍人の心身を極端に興奮させ、これが平常状態に沈静するには、相当の時間を必要とする。従って、戦闘一段落を告げた後でも、ある期間は右の興奮が持続されることは、実際上やむを得ない。だからこの期間に発生する非平常行為は、戦闘に付帯して免《まぬか》れがたい事象と認められるべきものと思う。

かく免れがたい事象であっても、戦争の惨害を、なし得る限り軽減するため、興奮持続間の非常行為を制御する、あらゆる注意と努力とが払わるべきものであることは、これを肯定しなければならない。

戦場での軍人の興奮の度は、直接敵と生命を争奪し合う第一線に近いほど、これが強く、それより離れれば離れるほど、その度合いは少なく、平静を保ち得ることが多くなる。だから指揮官は、第一線から後方に離隔している度合いに従い、いよいよ多く、軍人の義務と人間道徳との分界を心得、前線軍人の興奮持続期間を少なからしめるように監督指導しなければならぬ。

右の見地から、戦争犯罪軍事裁判が部下の不法行為に対し、高級指揮官の責任を探求しようとすることは合理的である。

戦争犯罪軍事裁判に対する意見

戦争という悲劇に付帯する、免れがたい惨害を努めて軽減するため、国際法規違反行為を審判し、将来の戒めとする必要は、これを肯定する。

しかしこの裁判は、どこまでも教戒、予防を目的とし、また戦勝戦敗両者を公正平等に審判するのでなければ、一般的人間道徳心の向上には役立たない。現在のように、戦勝者だけが戦敗者をさばくものは、戦闘動作の戦後継続であり、全世界の良心を満足せしめるものにはならない。

だから、将来の戦争犯罪裁判は、戦勝、戦敗の双方からの告訴を受理し、なし得る限り中立国法官、やむを得ないときは、双方から平等に出された混合法官により構成され、適用法規も、各国相違のものによらず、列国の協議決定した、国際条約上の法律によることを合理的と考える。私は世界各国がすみやかに以上の点に関し、研究審議を開始されんことを望む。が私は、現に行われている軍事裁判を、過渡的なものとして、これを受けることをがえんじ、当方面の最高指揮官として、祖国日本に対して負い、また私の部下の行為により犠牲となった人々とその家族に対して負う、最高の責任を審判され、私の行なった監督上の努力が適当であったかどうかを判定されることは、むしろこれを希望する。

部下の行なった、いわゆる戦争犯罪の性格と日本民族の本質

由来、日本民族は、礼儀の正しい民族と認められ、また〝窮鳥懐《ふところ》に入れば、猟師もこれを殺してはならない〟と教えられて来たものである。現に日清、日露、日独の三戦争においての、捕虜の取扱いは、国際立法上良い参考とされているものが多い。

しかるに今次戦争において、私の部下中から、民族の本質と異なる行為者を出したと言われることは、衷心遺憾とするところである。

私に対する告訴事件二十六件中十六件は、日蘭停戦協定成立前の戦闘動作中または、その直後の興奮継続時のものにかかり、また第二、第四十八師団に発生した六件の行為は、国際法違反のものであることはこれを認めるが、原告側と被告側双方の証言を詳読すると、オランダ人らの捕虜が、国際条約により義務づけられている、管理日本軍の規則遵守《じゅんしゅ》を破り頻繁《ひんぱん》に脱柵《だっさく》出入する行為をくりかえしたので、これが取締りに困惑し、捕虜の国際法違反行為に対し、自らもまた、これが違反行為に陥ったものと了解され、単なる暴行的不

法行為とは言われないものである。

第十六軍司令官の任務

戦争勃発時、東京で大本営が私に与えた任務は次の通りである。

(イ)すみやかに蘭印諸島を占領すること。

ただし、ボルネオとセレベスの要地は、占領後これを海軍に引渡すこと。

(ロ)連合軍の行う奪回作戦に対し、すみやかに防衛態勢を整備し、少なくもスマトラ、ジャワ、チモールを確実に保有すること。

(ハ)すみやかに軍政に着手し、治安と産業とを回復のうえ、日本全軍が戦争遂行に必要とする、重要軍需品補給を容易ならしめること。

すなわち私は三個師団と一個旅団、合計約八万（第一次輸送五万、第二次輸送三万）の兵力で、全ヨーロッパよりも大きな地域の、占領作戦を行い、引続き防御作戦を計画し、かつジャワにおいては蘭印総督と蘭印軍司令官との両職務を兼ねしめられたものである。右両職を執行する用務の繁多は、私の未だ経験したことのない、複雑多忙のものであり、とくに停戦直後の数カ月においてははなはだしかった。そのうえ、防御のための地形の偵察、ジャワからチモールにわたる軍隊の検閲、東京や昭南から来る、幾多の文武要人との応接はいっそう私の頭脳と時間との余裕を少なからしめた。

私と部下軍隊との統帥関係

日本政府は一時、平和的経済協定により、蘭印から石油を入手しようと図り、在スイスの日本公使を活動させ、オランダの外交機関に対し、折衝せしめたとのことであるが、これは成功しなかったと聞いている。

右の関係からであろうか、ジャワ占領の第十六軍の編成は準備はされたが、第二師団を除くほかは、すでに他の軍内にあって作戦している軍隊を、その作戦終了の後、私の指揮下に入らしめられるように計画されていた。しかるに、真珠湾攻撃の効果が大であったのと、オランダの対日宣戦の結果、ジャワ作戦はこれを実行することに決定はされたが、輸送船舶節約の見地から、私の指揮に入らしめられる軍隊は、最初の計画通りとし、変更はされなかった。私はこれらの軍隊を次のように区処した。

(イ)香港を攻略した佐野中将の指揮する第三十八師団は、その主力でパレンバンに、東海林支隊はカリジャティ飛行場に、伊東支隊はチモールに向う。
(ロ)マニラを攻略した土橋中将の指揮する第四十八師団は東部ジャワのスラバヤ方面に向う。
(ハ)パラオ警備にあてられていた坂口混成旅団は、ミンダナオ島、ホロ島、タラカン、バリクパパン、パンジェルマシンを占領の後、ジャワ、チラチャップに向う。
(ニ)在満洲の各種後方勤務部隊は第二次輸送により主としてジャワに向う。

(ホ)内地にある第二師団は軍司令部とともにジャワに向う。

右のように、私の部下の大部は、従来他の軍司令官の下で戦闘していたものであり、ジャワ進攻可能のときになり、各乗船地で初めて私の指揮下に入らしめられたものである。従って私は、各部隊の乗船時に、ジャワ攻略についての作戦任務を命令し、また国際道徳を含む戦陣道徳の遵奉《じゅんぽう》を訓示し、同時に陸戦法規、俘虜取扱条約および野戦俘虜取扱規定を印刷交付のうえ、これにより捕虜や住民を取扱わしめることにした。ただし、第二師団に対しては、軍司令部の法務官を派遣のうえ、全将校を集合させ、これに特別教育を行わしめた。このことは丸山事件に関する証人の証言中に述べられている。またパラオの坂口旅団に対しては、私自身が飛行してそこに行くことが不可能であったため、参謀副長原田少将を飛行機で派遣し、各師団に対するものと同様の命令訓示と印刷物の交付を行わしめた。

以上のように、これら新加入の軍隊は、従来私との接近が全くなかったか、またはこれが少なかったものであるのに加え、輸送船団の行動を敵海軍に察知せしめないため、護衛艦隊司令長官原顕三郎少将の指示に基づき、二月十六日船団がカムラン湾を出発した後は、ジャワに上陸までいっさいの無線発信を封鎖し、しかも上陸当日の三月一日軍司令部の乗船が撃沈され、保有無線機の全部と暗号書とを海没せしめたため、その補充がついた三月五日までは、いっさいの交信が断絶し、友軍飛行隊の協力で、辛うじて極限された最重要の連絡をとり得たほかは、この期間の指導と監督とは不可能のことであった。

部下各部隊長、幕僚および部隊将兵の素質

(イ)丸山師団長は、私が佐官時代、参謀本部で勤務をともにし、また時期は異にしていたが、ともに英国に駐在していたので、よくその人格を承知し、また前述のように、この師団長の請求により軍法務官を派遣のうえ、全将校に特別教育も行い、私は丸山中将の監督指導能力を信頼していた。

(ロ)土橋師団長は、私が陸軍省の課長であった当時、同一軍務局内で勤務し、また同中将は仏、伊両国に駐在の日本大使館付武官の職にも当り、その後、国際連盟事務局員としてスイスに駐在していたこともあり、国際関係についての通達者で、マニラ作戦間もなんらの事故を発生せしめていないことを承知し、いよいよこれが監督の完全を信頼した。

(ハ)東海林支隊長は、彼が小隊長のとき、私の中隊内にあって勤務し、また私が南支の軍司令官時代、軍内の歩兵連隊長であり、今度の作戦開始のとき、彼が部下将兵に下した訓示は、実に忠実に私の方針を遵奉したものであった。

(ニ)坂口支隊長の性格は、私はよくは知っていなかった。

以上のように、大部分の部隊長が、監督指導の能力を有し、十分信用し得る人物であったので軍隊統帥の規定と精神とに従い、これらのものに私の主義方針を明示し、これらの部隊長の活動を監督さえすれば、よく軍全体を監督指導し得ると確信していた。

私の幕僚は、全部参謀本部内の優秀者で充当され、ことにその中心にある岡崎軍参謀長は、参謀本部で私と机を並べて勤務し、また教育総監部では私の直下の参謀であったこともあり、よくその性格を承知し、また彼は英国駐在中オックスフォード大学に学び、とくに敬虔《けいけん》な仏教信者であることは、同中将に対する私の信頼を大ならしめた。

ジャワ占領後、私の任務上最も関心を払ったことは、連合軍の奪回作戦に対する、防御作戦計画をすみやかに立案し、これに着手することであった。だから私は高等司令部勤務令の規定に従い、作戦補佐の主任者である同中将に命令し、四、五両月中に現地を偵察して右の計画を立案のうえ、報告すべきことを要求し、捕虜の取扱を含む後方勤務と軍政上の補佐は、原田少将以下の参謀をもってなさしめた。もちろん週一回の幕僚部長会議と毎月下旬に行う直轄部隊長会議には、岡崎参謀長をも出席させ、軍全体の動きを承知せしめることにしていたが、四、五両月間の大部は彼は軍司令部にいなかった。

岡崎中将が軍律会議で、死刑を宣告された七人の蘭人キリスト教宣教師に対する刑の執行を不適当と考え私に意見具申したのは、参謀長には命令または指示権がなく、また独断専行が許されていなかった証拠であり、これをもって、軍参謀長の権力が絶大で、軍隊がこれにより動かされていたと告訴状に言うているのは、大きな誤認と言わざるを得ない。

私は、私の幕僚が、独断で不法な指示を、軍隊に与えていることが明らかにされたなら、それは私の幕僚監督の不十分であったこととしてこれを認めるが、告訴証言中には、一点もかような事例があげられていない。

部隊将兵一般の素質については、私は次の理由により、十分良好であったと確信していた。すなわち東条陸軍大臣は、九年の長きにわたる、満洲事変と支那事変とで、将兵がしらずしらずの間に規律心の弛緩《しかん》を来たす傾向を生じやすいと考え、当時全陸軍教育の主管者の一人であった私に対し、戦場で将兵の守るべき教訓を列挙した訓示の立案を命じた。

私は部下将校の一人といっしょに、自分でも筆をとり約三カ月を費し、これを成案とし、陸軍大臣は昭和十六年の一月、右の〝戦陣訓〟を印刷のうえ、陸軍全員に配布し、これが実行を要求し、とくにこれが監督を各部隊長に強要した。当時日本の全新聞雑誌はことごとくこれに賛同し、五大レコード会社は、〝戦陣訓の歌〟の作詞、作曲を公募し、競争的に発表のうえ、音楽を通じこの道徳の普及に協力を惜しまなかった。この〝戦陣訓〟の教育は著しく戦場での不法事故を少なからしめ、現に私は昭和十六年七月、南支軍司令官に就任したとき、さっそくに各部隊を検閲し、この〝戦陣訓〟が教育されていることを承知した。

しかるに今次終戦後、連合軍の証言により、〝戦陣訓〟に反する行為が発生していたことを聞かされ、現に私に対する告訴中にも、そのことが記されており、もしそれが事実なら、私は部下の一部中に不徹底のものがあったことに対し責任をとる。

私の行なった部下の指導監督

私は各部隊が、その乗船地で私の指導にはいったとき、坂口部隊以外には自らその地に飛行のうえ、伊東および東海林両支隊を含む三十八師団には香港で、第二師団と軍直轄部隊には台湾高雄で、第四十八師団にはマニラで、師団長と直轄部隊長とを集め、その作戦任務と遵守すべき道徳とを命令訓示し、その具体的細部は陸戦法規、俘虜取扱条約および野戦俘虜取扱規定によるべきものとして、これを印刷交付しておいた。在パラオの坂口部隊には参謀副長を派遣し、同様の指導を行なったことは前述の通りである。

指導監督の手段については、連隊のような小さい部隊はその部隊長が、直接将兵に接触して指導し、監督するのであるが、師団以上のような大きい兵力のものになっては、高級指揮官が部隊の内部に立ち入り、直接各小単位の部隊長または将兵に対し、指導監督を行い得るものではない。だから私の方針を各部隊内部に浸透せしめるのは、直轄部隊長以下に委任し、軍司令官としての指導監督の対象は各直轄部隊長であり、これら指導官がよく私の方針の徹底に努力しているかどうか、努力の方法が適当であるかどうかを監督し、これを指導するのである。

以上の趣旨から私は毎月下旬、その月の間に各直轄部隊長の行なった努力と方法、その効果と軍隊の実情とを報告させ、そのうえで更に私の方針を明示することにしていた。

私は直轄部隊長が一人も私の方針に反するようなことを口にしたことがなく、とくに丸山中将のごときは、幾度も私の方針遵奉の意図を明らかにしていた。私は、この直轄部隊長会議で、捕虜の逃亡、不法処刑、または告訴状に示されているようなことを、報告されたことがない。

なお私は、自身直接の巡視のほか、参謀長や各部長に命じ、捕虜収容所を含む各部隊を視察させ、その報告により、部隊の内情を知ることに努めた。

私は昭和十七年の四月上旬マラン、スラバヤ、バンドン、チマヒの四つの収容所を視察したが、各所とも捕虜は私の方針通り、公正人道的に取扱われていることを目撃し、または報告に接し安心した。

しかるに昭和十七年の四月中旬、東京から視察に来た陸軍省の要人が、ジャワにおける捕虜と一般白人とに対する取扱は寛大に失し、このままでは原住民をして日本軍を軽視せしめる結果となろうと言い、私と丸山中将とに直言し、方針を変更して威圧策にいずべきことを求め、また視察した部隊の将校にも、これを公言したことを知ったので、私は直ちに幕僚を集め、右中央要人の言は、決して陸軍大臣の指示と認むべきものではなく、陸相の方針は〝戦陣訓〟と出征時各軍司令官に示された〝占領地統治要綱〟に明示されており、とくに天皇陛下の思召に反する。従って、絶対にこれに動かされてはならないと力説し、また、かような言動をする中央要人の反省を促すことが急務と考え、電報と文書とで、また幕僚顧問の派遣などで、陸軍大臣と参謀総長とに対し、〝私の執っている方針はかつて示された中央の方針に準拠しているものであり、公正人道的の取扱こそ結局は原住民の信頼を得るゆえんである。よって陸軍中央部は、すみやかに、政府の声明した方針に合致する、捕虜取扱に関する陸軍命令を、全作戦軍に下達のうえ、これが実行に必要とする予算を令達し、かつ、これが管理に専任する職員ならびに監視員を急派せられたい〟と進言した。その結果、武藤軍務局長が私の方針の可なることを表明し、次いで九月になり陸軍大臣、参謀総長から公式に私の方針を是認して来た。

私は、中央の要人の言動で、私の部下が万一にも、その軍司令官である私の方針に疑惑をいだくようなことがあってはならないと考え、四月下旬の直轄部隊長会議の際、堅く私の方針を堅持すべき旨を伝え、次いで五月中旬バンドン、チマヒ、バタビヤの三収容所を視察したとき、私の方針は少しも変更されていず、捕虜はよく取扱われていることを確かめ得た。

私は、戦争中なし得る限りの監督努力を重ねたにもかかわらず、今次裁判の原告側証言は、私の努力が完全には成功しなかったことをあげている。しかし起訴事項から見ると、事故の発生は四、五月すなわち停戦直後と、中央要人の無責任の言動があった時期に限られており、六月以後は、ほとんど事故の発生がないことから見て、私の努力はやはり効果があったのだと確信する。

各証言に対する見解

私に示された多数被害者側証言を詳読し、次のように所見を述べる。

(イ)東海林、丸山両将官が当裁判廷においていかなる陳述をなしたかは承知していないが、もしその中に私の責任に帰せられるべきものがあったなら、私は、そのままそれを承認する。

(ロ)被害者側証言中には、戦争の混乱時に免れがたい流言に惑わされ、幻覚をいだいたのではあるまいかと考えられるもの、たとえば豚籠事件のようなものもあり、また証言中には、矛盾を感ぜしめるものもある。しかし、なんらかの行為がなされたにちがいないと考えるものもあることを遺憾とする。

(ハ)各証言の信用度は、いまだ犯人の検挙と、これに対する裁判とが実行されていないので、私においてこれが度合いを決定する根拠を持たない。だからこの点に関しては、当軍事裁判の認定する犯行程度を、そのままに承認しようと思う。

結言

私は、蘭印総督と蘭印軍司令官との両職を兼ね、停戦直後の繁忙時期においても、公正人道の線に添い、国際法の遵守を方針とし、心身と時間の許す限りの監督指導を行なったものので、終戦後の今日においても、あれ以上のことはなし得なかったと信ずる。

しかし、日本軍統帥の精神によれば、部下の不法行為については、各級指揮官はおのおの、その直属上官に対し責任を負い、最高指揮官は、部下いっさいの行為に対し軍全体を代表し、天皇と国家とに対し、責任を負うべきものとされている。また私は部下の行為により、犠牲となった人々とその家族に対しては、衷心より陳謝したい考えを持っている。だから当軍事裁判が、私の監督指導は十分でなかったと認められても、私はこれに対し異議をさしはさまない。

松浦氏の陳述書

私の公判二週間前、かつての部下師団長、丸山中将に対する裁判が、一週間にわたって行われやはりその部下が、軍法会議の手続きによらず、逃亡捕虜を死刑にしたことに対する責任を追及された。この責任は師団長の上に立つ軍司令官の責任とも認められていた。

その際、法廷通訳官松浦氏は、丸山中将と私とに対する証言として、次のような陳述書を、裁判長あてに提出したとのことを、私の裁判直前に聞かされた。私とはなんらの話合いなしになされていたものではあるが、偶然にも私自身の陳述書の裏付けのようなものとなっていた。

次のようなものである。

「私、松浦攻次郎は、昭和十七年春、当時応召勤務していた陸軍航空本部の命令で、桐原少佐らといっしょに、航空資材購入官としてジャワに派遣され、三月十六日バンドン飛行場に到着した。当時私の実弟が第二師団の、石崎大佐麾下《きか》の野砲兵第二連隊に軍医官として勤務しており、捕虜収容所の勤務にも関係し、チマヒに屯《とん》在していたので、その夜は同地に一泊した。

その夕私は弟とともに、収容所の衛生勤務に当っている捕虜中の医官数人を招き、ホテルの食堂で会食を催した。このときの彼らの言では、日本軍の捕虜取扱は満足のものであると語りあっていた。

三月二十七日バタビヤに上《のぼ》り、その後四月末まで、デスインデス・ホテルに投宿した。この旅館は、東京や各作戦地からジャワ視察に来る日本軍佐官以上引当ての宿舎となっていたので、ここでこれら旅行者の意見を聞くことは実にしばしばであった。

しかるに、これらの高級将校は、口をそろえて今村将軍の第十六軍司令部とその部下各地方の兵団の、捕虜や白人市民に対する政策が寛大に失すると非難し、はなはだしい悪評を下していた。そしてそれらを、軍や師団の職員に語るばかりでなく、視察する各地ごとに、そこにある軍隊や捕虜取扱職員に対し、無責任な意見を述べ、彼らの上級監督者の態度を攻撃してはばからなかった。

当時、占領地の統治方針について、寺内大将の南方軍総司令部と第十六軍司令部との間に、深刻な意見の対立があり、前者は強硬策を主張し、後者は緩和政策を可なりとして譲らず、しばしば論争が繰りかえされたことは、衆知のことであり、これらは常に、デスインデス・ホテルでの話題とされていた。

かようの雰囲気にあったため、地方の小単位部隊の将校や捕虜収容所職員などは、自然、中央要人の言説に牽引《けんいん》され、その上級監督者の意思にそむいても、さまたげないものとの感想をいだくようになったことは、実にやむを得ないことであった。

以上は私の自由意思により、名誉をかけ、また真実ならざるものを含まないことを保証する証言である。」

第七章　裁判の記録（弁護弁論と再審裁判）

獄舎《ひとや》うち刃物はあらず綴りいて鉛筆折れしときの当惑《とうわく》
激流のごとくにそそぐスコールに胸のつかえも洗い流さる

弁護弁論

検事の求刑論告に引きつづき、松本弁護人が述べた弁論は、小山通訳により、オランダ語で述べられた。要旨は、つぎのようなものである。

「一般的に言い、軍司令官という高い位置の指揮官は、軍隊の段階にしたがい、部下に所要の命令指示をあたえなければならぬことは当然のことである。丸山（第二師団）佐野（第三十八師団）土橋（第四十八師団）の三師団、坂口、伊東、東海林の三旅団等の各直属部隊長に十分明瞭に意図を徹底させることが、第一被告たる今村軍司令官の任務であったのである。そして上司からの命令指示を各部隊内将兵に徹底させるのは、日本軍では連隊長の任務とされていることは、丸山事件の裁判で同中将が法制上の条文を引用し、当法廷で陳述しているとおりであります。

この軍隊指揮のやり方は、列国軍隊においても同様で、ただソ連赤軍だけが一時的に大隊単位までに政治委員を常駐させ、上方よりの監督の目とならしめていたのであります。これも長つづきせず、十年内にまた旧制、すなわち列国軍なみに復しています。もちろん軍司令官が直接小単位部隊を検閲することはいたします。しかし、これはその部隊の良否により、その上方の直属部隊長の指導監督が、いかなる効果をあげているかを考察することが主な目的であります。

右の関係は、平時から軍旗を中心として、強固な団結を形成されている連隊というものと、戦争開始のとき、はじめて臨時に編合される軍司令部の性質とを比較すれば、ただちに了解され得るものです。

また日本軍のジャワ作戦が、いかに複雑困難のものであったかを、考慮されなければなりませぬ。軍のうけた任務は、蘭印諸島の占領、ついでこれが防衛、それに軍政の実行であり、全欧洲以上の地域に八万の軍隊を分散しての統御であり、しかも隷下部隊は丸山師団のみが内地で、坂口旅団はパラオ島で、佐野師団は香港で、土橋師団はマニラで指揮下に入らしめられ、ジャワ上陸前は、その大部分との連絡は、海軍無線を通じてのみ可能であり、坂口旅団のボルネオ作戦間のごときは、被告は遠く仏印のサイゴンに位置していたのです。これをオランダ本国で作戦したドイツ軍に比較すると、彼はそこに二軍を使用し、しかも作戦と軍政とは、おのおの別の司令官をして実行せしめたのであります。すなわちジャワ島の四分の一の面積にすぎない地域にたいしドイツは実に今村軍の十六倍の活動能力をもってのぞんでいたのであります。もって、いかに被告今村軍司令官の任務が膨大かつ困難のものであったかが了解され得ましょう。

一九四二年三月九日、日蘭両軍間に停戦協定が成立したあと、第一被告は、軍司令官の任務に加うるに、総督の職務をももってし、まずすみやかに敵の反攻にそなえる防衛態勢を確立することを必要とし、軍政上のことは公正人道の方針をもって行うことを声明しています。被告は、停戦成立から三日後の三月十二日から、各地を巡視し、軍隊の労苦をねぎらうとともに、その軍政方針の徹底をはかっている。しかるに、ここに総軍、なかんずく中央派遣の各種要人によって大きな制約にあい、その方針の堅持に非常に困難を感じたことは各証人の一致している証言であります。

第二被告である岡崎中将の職務権限に関しては、つぎの諸点を強調しなければなりません。日本軍作戦要務令には、部隊長の作戦に関する独断専行権がみとめられているにもかかわらず、高等司令部勤務令には参謀にたいし、この権限をみとめていない。これは参謀長というものが固有の権限をもたず、単なる軍司令官の補佐者にすぎないからである。しかも一九四二年八月までは岡崎参謀長は司令部勤務令の規定により作戦業務だけの補佐責任者であり、軍政と捕虜の取りあつかいをふくむ後方勤務とは、これは参謀副長原田義和少将の補佐責任に属していたのです。

起訴事実の検討について、被告の陳述に加え、つぎの諸点を指摘します。

ボルネオ関係については、当時その方面には坂口旅団のほかに、ほぼ同数の海軍陸戦隊が協同作戦し、両者を統一する責任者は存在せず、つねに協議によって事を決し、また石油地帯は、すみやかにこれを海軍に引きわたし、坂口旅団は二月二十六日に予定されていた、ジャワ上陸作戦を準備しなければならなかった。そしてジー・プリンスの証言は坂口旅団のボルネオ出発を二月十九日と言い、ファン・ホルストの証言は、二月十六日乗船と申し、かれは旅団とともにジャワに連行されたと言っています。このことと、三月二十日に起った不法行為との関連を考慮されなければなりません。

坂口少将のオランダ側にだした最後通牒というものは、スルーフの証言によれば、これに関しては日本陸海軍間に議論が行われたと指摘しているので、陸軍だけの行動でないことはあきらかです。また当時、海軍の無線は封鎖していたので、被告今村は、これを知ることができず、自然これに命令することはできるはずはなかったのです。

ジャワ作戦間と戦闘直後の事件は、すでに東海林少将の裁判のとき論じつくされてい、ただブロラでの強姦事件に関しては、フォゲルサン夫人ほか三人の証言により、これらの行為は在レンバンのうさみなる大尉により矯正《きょうせい》され、また、それよりも上級の指揮官により、遺憾の意が表明されている。これらが末梢の少数兵員の行為であったことはあきらかであります。

ジャワ作戦終了後のものについては、第一被告(今村)は、それら行為の発生以前に、マラン、スラバヤ、バンドン、チマヒ、バタビヤの各捕虜収容所を巡視し、なんらの異状をみとめていない。そしてその後に、東京からの要人どもが各地を視察し、全面的に軍司令官の方針を非難し、他作戦地同様の強圧政策にいずることが中央の決定している方針であると叱咤《しった》し、各部隊将校を困惑せしめたものです。

これにたいして第一被告は、四月末の直轄部隊長会同において、軍の方針は断じて変更さるべきでないこと、この旨をよく各将兵に徹底すべきことを強調しています。かく予防の処置を講ずると同時に、被告はさらに五月中旬、バンドン、チマヒ、バタビヤの捕虜収容所を巡視し、不法事件の不発生に努力している。したがって、その後これらのところには事件の発生がなく、被告の膝下にあるバタビヤにおいては、終始一件も事件は発生しておらない。ジョクジャでの逃亡捕虜処刑問題は、軍司令部の直轄管理下の出来ごとではあるが、これら部隊は、第二師団に属するものであったから隣接同師団部隊の影響、交感をうけやすい関係にあった。シンゴサリーの捕虜殺害事件は、証言に明示されているように、軍の部隊の関係したものではなく、航空部隊の行為である。そしてその責任者溝江少佐は、すでにシンガポール軍事裁判で処刑されている。マランでの右航空部隊のものは、東部ジャワでの唯一のものと言い得ます。

豚籠事件は、ゲリラ部隊と関係があるように証言されている。しかるに被告は、西部ジャワに数十人の一団が存在したことをみとめているほかは存在していなかったと主張し、そして、ポールテン蘭印軍司令官の証言を見ても、このことに関してはなにも言っていない。たとえ、証言が八十以上だされてあったとしても数だけで〝合法と納得〟とを価値づけすることは出来ない。これに関しては法廷で論ぜられたもの以上に、さらにつぎのことを強調したい。すなわち被害者と称せられる捕虜の氏名、その他詳細な事項が、この長期間の調査において、まだあきらかにされていないという点である」

つぎに弁護弁論は、起訴事実に対し、両被告が有罪なりや否やの検討にうつる。

「起訴された二十六件については、被告は、部下からなんの報告をもうけていない。これが事実を知り得なかったゆえんである。しからば理性をもって察知し得たか、どうか？

被告は、事故の発生に対して、防止手段を講じている。すなわち戦陣訓の普及に任じ、南支軍司令官時代にはその徹底に関し、みずから検閲さえしている。事実この教訓は、大いに日本全軍を改良した。その適例としては、右訓令発布前の支那派遣軍総司令官松井大将と畑大将は、東京軍事裁判で、それぞれ部下の不法行為により死刑または無期刑に処せられているが、訓令後の総司令官岡村大将は、支那における二回の裁判で無罪となっている。この事実からしても、これを察することができる。これは本年一月二十七日と二月三日のバタビヤ発行の支那紙〝新報〟によりあきらかである。

また被告は、各部隊がそれぞれの乗船地で、その指揮下に入ろうとした時機において、その地に飛行し、直接直属部隊長を教育していることは、東海林と丸山の両裁判であきらかにされている。ボルネオでの坂口少将のだした最後通牒のようなものは、ジャンビやパレンバンやジャワでは発生していないことから見ても、被告の意図したものではない。現地指揮官の独断行為であったことが察知される。

被告と日本の軍部中央との間に、意見の対立があったことは事実である。しかし被告は、これに属従することなく、けっきょくは中央をして正式に被告の方針を承認しなければならないようにさえしている。このことは、丸山事件の証言とミルブラット夫人の証言が、これをあきらかにし、事実、フィリピンやマライに比し、いかに戦争による惨害が、ジャワにおいて少なかったかを考うべきである。

戦時惨害のもっとも多発する突進部隊の都市進入による損害は、ジャワでは少しもあらわれていない。このことは、いかに被告が惨害防止に多大の努力をはらったかを、事実により証明しているものである。証人フライス大佐は、被告が部下から不法行為に関する報告をうけなかったことを非難しているが、反対に軍司令官の遠隔地にいる部下掌握の困難と、その意図の徹底には相当の時間を必要とすることをみとめており、ラバウルでの豪軍事裁判もまた同様の見解のもとに三年にわたる期間に発生した、幾十件の起訴事実に対し、十年の判決をくだし、しかも方面軍参謀長は、これを無罪としているのであります。

以上により、起訴事実と被告両人との間に関係をむすびつけることは、法的に十分立証され得ない。よって両人は、無罪であります」

なお当法廷において、被告の述べた軍司令官の指導監督の性格が真実のものであることは、三月十二日バタビヤ発行の蘭字新聞に公表された、スポール蘭印軍司令官が、現在行われているオランダ軍軍事行動中に発生した不法行為に対する、彼の責任上の立場に対する弁明が、まったく符節をあわすがごとくであり、つぎのように言っている。

「かかる惨虐行為については、私はなにも知らない。三月二日視察した際にも、ジョクジャ警備隊長は、なにも報告しなかった。（中略）私は、各指揮官及び部隊に対し〝光輝ある軍隊らしく行動し、必要のない苦しみを引き起してはならない〟と、しばしば注意し、昨年十二月十二日の日日命令中には〝住民に正義と安全とをもたらすよう、彼らの苦しみを減ずることはあっても増加するようなことはなく、鋭い批評にたえ得ないような行動は、これをなさず、人間を愛し、他人のものを犯すなかれ〟とおしえているのである」と申し、上級指揮官の意図に反することが行われても、なかなかこれが上には知られないものであることを示しているのであります。


三月十五日の後段の法廷で検事ディープハイス氏の求刑論告、それにつづいた松本弁護人の弁論が終ったとき、デ・フロート裁判長は、イスから立ちあがった。きのうの興奮は、すっかり落ちつき、平静の態度と口調で、次のように英語で述べた。

「被告日本軍陸軍大将今村均と、その参謀長岡崎清三郎中将とに対する判決は、後日これを宣告する。

蘭印軍関係の日本人戦争犯罪に対する臨時軍事裁判は、これをもって全部が終了し、本法廷はここに閉鎖されます。

日本側弁護人並びに通訳諸氏は、数年間、よく本軍事裁判に協力され、審判を容易にしてくれました。私はこの法廷閉鎖の機に、当裁判所の名において深甚の謝意を表し、諸君将来のご多幸を祈ってやみません」

かように述べて裁判官一同は退席し、ついで私ども日本人側は建物の外部に出た。

蘭印軍が戦争犯罪の裁判に使用した建物は、平時の高等裁判所であり、私の知ったところでは蘭印総督の事務官邸に次ぐぐらい堂々たるものである。たった一度だけ傍聴にいったことのある東京の大審院法廷よりは、たしかに立派であり、絵本にある古代ローマ式宮殿の一部を見るような感じがした。しかも当時は、インドネシア独立軍が次第に首都バタビヤに近づくというので、郊外に布陣している蘭印軍砲兵が、敵の寄せて来たとの情報をもとにして威嚇《いかく》射撃をやり、その砲声が、この大がらんの法廷大玄関に聞えるのである。戦争犯罪裁判というものは、鉄火を交えた戦争の延長と考えている私にとっては〝戦場で屍《しかばね》をさらす機会を失った身である。せめても砲声下で、死を断定されたことは有意義だ〟との張り合いを感じさせる環境だった。

やがてオランダ憲兵に護送され、チビナン監獄に戻った。蘭印政府の規則によったものか、まだ裁判長の宣告もないのに、検事の死刑求刑だけで、死刑囚房に入れられ、独房生活をはじめることになった。

再審裁判

三月十五日検事の求刑があり、裁判長から法廷の閉鎖が宣告され〝これで大東亜戦争につづいた私の戦闘は終った〞という、解放されたような気持ちになり、その夜はぐっすり安眠し、朗らかに翌日を迎え、書面類を整理していると、正午ごろになり「また裁判を開くことになったそうです。午後一時半までに法廷に出頭せよ、と申して参りました」と刑務所事務所との連絡員となっている片桐海軍大尉が来て伝えた。

「なんのことかさっぱりわからぬ。変なことをやるものだ」とつぶやきながら、岡崎中将といっしょに、またMPの自動車で裁判所に行ってみた。そこにはもう松本君、小山君、松浦君が見えており、また森田正治君までが心配して出向いて来てくれていた。聞くと、豚籠事件に対する一昨日の裁判長の独断的態度に痛憤した、通訳官松浦攻次郎君が、法廷閉鎖後裁判長に会見を求め、

「自分は豚籠事件というものには、深い関係をもっており、その無根であることを信じている者です。もし当裁判が、あんな根拠の薄弱のものを、一方的に事実と独断し、それで今村大将をさばこうとするものであれば、自分はこの法廷に長期通訳官として協力して来

たが、私の良心は、オランダ政府の公正を疑います」

　と言い切ったところ、裁判長が、

「あなたが、この事件に関係を持っていたのですか。その根拠について知識をもっているのならそれは裁判上重大のことです。すぐ陳述書を出してください。審議をやり直します。あすの朝までに提出できますか」

　と申し出たので、松浦君は徹夜で証言を調製し、翌朝これを出した結果、裁判再開となったものとのこと。そして松浦君の証言の要旨は、次の通りだと聞かされた。

松浦氏の証言

「私は、真実と正義の実現に協力しようとする熱意から、いま問題となっている豚籠事件につきあえて証言を当法廷に提出する。

一、私は、日本航空本部の経理部将校として、ジャワに存在する、航空機用原材料を日本に輸出すべき任を帯びて来航し、一九四二年五月初めスラバヤに到着し、翌年三月までそこにとどまりその後はバタビヤに転任しました。

二、スラバヤ滞在間は、業務上の必要から、多数の地方人士と接触しました。それらのうちには医師マルコブィッチ博士、スラバヤ駐在スイス領事ウィズランダー氏、古くからの取引仲間華僑の建源氏の支配人ウェイ・チョン・リー氏などがいました。

これらの人々は、おのおの多くの地方人士と交渉を持っているものであり、われわれはお互いに頻繁に会合していたので、町の評判を聞きそこねることはありません。

三、右のほか私の助手竹中軍属は、戦前メナドとスラバヤで歯科医を開業しており、多数の知己をスラバヤ方面に持っていたので、これよりも広く風説を耳にする便利があったのです。

四、前述のように私の仕事が、隠匿物資の即金購入にあったから、どこかに資材があるという情報を耳にすると、労を惜しまずにどこにでも出かけ、しばしば、マラン、ケデリ、ダンピット、ルマジャン、トラテス、プジョン、トウラン、タンペ、トサリ、ナガデサリやブロモなどへ行きました。それは日本軍の上陸前に、資材が海岸地帯の町から、内部地方に移されたという、評判があったからです。私は平和時同様、ブロモに夜間登山さえもしています。

五、実際戦時中は、ばかげた風評がたつものである。一九四二年の九月か十月ごろのこと、私の助手の竹中氏が〝タワスのある橋の下に、日本軍上陸直前に、ゲリラ部隊用として、多量の武器を蘭印軍が埋匿した〟との町の評判を聞いてきた。私は好奇心にかられ、彼とともに捜しまわったのでありますが、なにものも見いだせませんでした。

六、これまで述べた私の経験を通じ、私は前項の竹中氏の話以外、中部と東部ジャワにゲリラ活動が行われたという報道も、評判も聞いたことがない。だから、いま多くの人からくりかえし主張されている出来事が実際に存在したのであれば、一九四二年の五月から翌年三月までの十一カ月のスラバヤ滞在間、こんな豚籠事件の如き大事件が、私の耳にはいらないことはないと正当に言えると信ずるのです。

七、私は、なお東部にある諸島の第一線に送るため、多数の生きた豚がジャワの内部から籠で、スラバヤに送られたことを付加したい。この輸送は長期広大な地域で行われ、一九四二年六月以来、私が翌年三月バタビヤにおもむくまでつづきました。右の陸上輸送は、補給廠の軍用車で行われ、私自身これを見ています。これを戦争におびえていた住民が人間であるかのような印象にとったものであると、私は結論せざるを得ません。

八、一九四五年の九月、連合軍の多数の将校が、戦争犯罪調査のためバタビヤに来ました。私はこれらとはじめからおわりまで、正式に接触しました。それはつぎの通りです。

○豪州団《だん》　マクドナルド飛行中尉の指揮するもの。のちにカー大尉とかわる。
○英調査第一班　ガウレト中佐の指揮するもの。あとにW・C・ピッチ氏とかわる。
○同　　第三班　W・C・マクウェン氏指揮のもの。

豪州団は、豚籠事件の流言を取りあげました。これが私がこの事件を聞いたはじめであります。この団は、大規模に日本人と地方人とについて調査したのち、信ずべき情報が得られず、事件を放棄してしまいました。大部分の証言は、また聞き、にすぎないものであるからであります。私は彼らの通訳として勤務したから調査の全部を知っています。

英軍第一班は、この流言を知ったが取りあげなかった。これは戦争中の単なる想像と結論したからであります。

英第三班は、この事件をものにするため大いに努力し、その将校は東部ジャワ各地を旅行し、W・C・マクウェン氏は、この事件に大いにいらだち、私はできるかぎり彼を助けました。私は一度彼に日本軍上陸当時の連合軍将兵の員数、日本が捕えた捕虜の数とを比較したなら、いわゆる豚籠事件で不明になった人数がわかるであろうと提言しました。しばらくして、この班も、この調査をやめました。

九、私が戦犯調査団の補助に忙しかったとき、前述のウェイ・チョン・リー氏と久しぶりで会いました。そのとき、豚籠事件について聞いていることがないかとただしたところ、彼は〝そんなことを知ったことも聞いたこともない〟と言いました。しかし彼は〝日本のスラバヤ憲兵隊に拘留されていたとき、いっしょにいた罪人のひとりから、そんな話を聞いたことはある。が、そんな普通でないことが当時自分の耳にとどかないはずはない〟と強く否定し〝それは戦争中の妄想だろう〟と言っていました。彼はいま建源氏の在ジャワ総支配人であり、一九四六年、彼がジャワ警察の検察長をしていたとき、私は通訳として働いたことさえあります。

私は、この証言をむすぶにあたり、この証言において、何人をも非難しまたは弁護せんとするものでないという一事を強調したい。ただ、私は一九四二年、同四三年、東部ジャワに展開していた一般の事情を、真理と正義のため、私の務めをはたしたい真摯の願いから、自由意志にもとづき自発的に行った陳述で、私の名誉の言葉において、正しいことだけであることを確言する」

午後二時開廷。裁判長は松浦氏に対し、書面証言を、さらに口頭をもってこの席で陳述するよう要求し、右ののち、両者の間に右証言の内容につき、つき進んだ質問応答があり、「松浦証人は、その証言の真実を神に誓い得るや」とただし、そこで裁判長と松浦氏は立って、神の前での誓約の形式的儀礼をかわした。ついで裁判長は、私に対して発言した。
「被告は、いま述べられた証言に対し、なにか言うことがありますか」
「証言については、なにも言うことはありませぬ。私は先日、豚籠事件の不実を信ずるのあまりその語調と態度とに、裁判長に対し反抗的の表現があり、あるいは礼を失したかも知れないが、それは本意ではありませぬ。裁判長が、この事件を法廷閉鎖後、さらに再開までして審判を慎重ならしめた配慮に対しては感謝の意を表します」

これで一切のケリがつき、こんどこそ本当に法廷は閉され、翌日の新聞は全裁判の終了を報道した。

　裁判長が松浦氏の抗議に動かされたものであることは疑いない。しかし自分には、つぎのようにも思われた。

「私の頑強な反抗的態度に興奮をそそられ、ついに〝ばかな（スチューピット）〟と言うような紳士の口にすべからざる語を三度も口にしたことに対し、なにかあと味の悪いものが反省され、それを修正しておきたいと念じたものがあったのかも知れない」と。ともかく再審のときの彼の態度は、豚籠事件にはいる以前のときのていねいさにかえり、礼儀正しいものとなっていた。

　豚籠問題は、右のようないきさつをとったが、三井物産の森田正治君は、さらに翌日長文の陳述書を裁判長に提出し、同君の知っている私の軍人としての過去の行為を引例し、ジャワにおいては、軍部外の実業人として観察した軍のやり方を批判し、その生ゴム収集業務のため、東、中部各地旅行間の経路と時日、それに会談した人々の名をあげ、万一豚籠のごとき事件が真実に行われていたものなら、どうしても耳にはいっていないわけはないと論証し、側面より私のために協力された。

第八章　死刑から無罪へ（判決）

歳《とし》の暮思いもよらず罪なしと裁かれ瓜哇《ジャワ》の地を離れ去る
なつかしき椰子の島根のインドネシア独立《ムルデカ》の実《み》よ弥《い》や栄えあれ

その後の経緯《いきさつ》

軍事裁判法廷が閉鎖された三月十六日から一週間ほどあと、松本弁護人が、死刑囚房内の私たちのところにやって来た。

「一昨日、裁判長のデ・フロート氏に会いました。氏は〝上司から今村大将をふくむ、未決八件の判決は四月十五日までにやるように要求されたが、とても一カ月以内にすますことはむずかしいと思っている〟ともらしていました。インドネシア独立政府との争闘上、蘭印当局の上のほうでは、戦争犯罪の裁判をはやくかたづける必要を感じているらしく、裁判長としても、のんびりしているわけにはいかないでしょう。五月いっぱいぐらいには、かたづけるのではありますまいか」などの推測を語った。

が、五月が過ぎ六月が過ぎても判決されず、ついに七月にはいってしまった。松本弁護人がやってきた。

「一昨日の蘭字新聞に、〝今村大将以下死刑を求刑されている日本軍将官に対する、デ・フロート裁判長の判決案は軽きに失するという、確認当局である特別州長官の意見……ほんとうは法律顧問の意見であるが、それの反対で判決は、いまだ宣告される段取りとはならず、目下両者間に緊密な折衝が行われている〟との記事があらわれました。懇意にしている裁判所の書記に事情をたしかめてみましたところ〝裁判長は、東海林少将を別とし、今村、岡崎、丸山の三将官は、これを無罪に判決することにして、特別州長官に報告しましたところ、検事局の全員、それに他の有力筋――オランダ軍方面でしょう――は検事の求刑どおりに判決さるべきであるとの意見から、特別州長官を牽制《けんせい》し、州長官はしきりに判決案の修正を交渉してきますが、デ・フロート氏は、『他の主張と妥協するような自信を持たない判決を、軍事裁判はしていない。確認当局が不同意の場合は、規定どおりに蘭印総督に申請し、高等裁判を開廷のうえ、その決定に依るべきである』と主張し、一歩も妥協に応じない〟という内情をもらしてくれました。特別州長官が、どう処理するかはなんらわかっていないようです」

そんな説明であった。

私には、豚籠事件であんなに興奮した裁判長が、どうして無罪を判決しようとしているのか、不審に思えた。あるいは、つぎのことが裁判長の理性に影響したのではあるまいかと推測した。

当時インドネシア独立政府軍と、蘭印軍との間に戦闘がまじえられていた。

オランダ本国の議会で、共産党議員が証拠をあげ、ジャワで蘭印軍がやっている戦争犯罪行為を指摘のうえ〝その責任は最高指揮官であるスポール蘭印軍司令官の負うべきものである〟とはげしく非難したため、オランダ政府は軍司令官に電報で、右の弾劾《だんがい》に対する答弁声明を要求してきた。これに対しスポール中将は、

「予は、戦闘開始前、全蘭印軍将兵に対し、戦闘以外のことには、つとめて人道的に処すべきことを訓令している。最高指揮官の地位というものは、第一線部隊または将兵個々の行為のいちいちを知ることなどはできるものではない。現に当時不法行為の行われていたというジョクジャに巡視した予に対し、地区司令官は、なんの報告もしていない。このような行為に対する責任は、各地区の指揮官が負うべきもので、最高指揮官が負うべきものではない」

との声明を返答のうえ、これを各新聞に掲載させた。しかも、その声明発表は、デ・ブォイス検事が日本軍最高指揮官としての私に、部下の行なったいちいちの不法行為に対して責任を負うべきであると論断のうえ、死刑を求刑したその日の朝刊においてであり、松本弁護人はこれを引照のうえ、日本軍でも最高指揮官は、いちいち部下の行為を知り得るものではなく、これに法的責任を課することは酷であると論説している。

私としては、最高指揮官というものは、部下の行為につき、すべて道義的責任をとるべ

きであり、事柄によっては法的責任をも負うべきものであるとの思想をもっている。予審調査のとき、スミット法務大尉が、つぎのような英文の一枚の書面を見せた。

「これは蘭印軍司令部の要職にあるフライス大佐の、軍司令官の職責についての見解です。これにたいして意見があったらお述べなさい」。見ると、

〝軍司令官は不正な命令をくださなかっただけで責任をまぬかれ得るものではない。自己のくだした命令が、正しく実行されているかどうかを監督することが、命令下達後の最重要な責務である……〟

と説き、私の有罪を主張している。これは一大佐の名にはなっているが、まさに軍司令部の意向であることは疑いない。

「この大佐の所説は、正当であり、まさに私の思想と合致しています」

そう述べたところ、法務大尉は、私の言をそのまま書きとっていた。

この大佐のような参謀を身辺に持っている蘭印軍司令官が、どうして部下の行なった戦争犯罪行為に対する自身の無責任論を世に公明したのか不可解のことである。

デ・フロート裁判長が、日本軍司令官の法的責任を判決しようとしているとき、自国軍の最高指揮官が、公然と自己の無責任を公言したのでは、当惑を感ぜざるを得なかったろうと、私は思考した。

裁判長の訪問

七月のある日、なんらの予告なしにデ・フロート氏が刑務所長に案内させ、私の死刑囚房に見えた。英語はなかなか上手なひとである。

「どうして毎日をくらしています？」

「読書ばかりです」

「どんな本をお読みですか」

「刑務所では、宗教書以外のものは、手にすることが困難です。きょうは松浦通訳のさしいれてくれました米人神学博士スタンレー・ジョン氏の〝キリスト教は現実主義なり〟を読んでいます」

「検事局の検閲におだしになった、あなたの記録の英文翻訳を、日本人事務局長のブッシエル氏が、一部送ってくれ、興味深く読みました。いまもつづりかたをつづけていますか」

「紙と鉛筆の入手がむずかしく中止しています。書き残しておきたいと思うことは、たいがいあれだけの中にふくめてあります」

「紙と鉛筆のさし入れは、日本弁護団のかたに申しておきましょう。やはり記録はつづけられるほうがよろしいでしょう」

「あれは獄中の時間つぶし、家庭の子どもに見せるつもりのもので、検閲のため出せと言われたので、さしだしたまでで、他人に見せ得るようなものではありません」

「英文翻訳は、まだ半分よりできていません。あとも早くできるようブッシェル氏に要求しておきました。だんだん期間が長くなりお気の毒のことです。この囚房は、健康によろしくないように見えます。健康保持に十分注意してください」

などと述べて帰って行った。

直接裁判長が視察に来て、私と会話をまじえ、つづりかたの継続をすすめたことが、いくらか刑務所長を考えさせたものか、この日いらい看守の私に対する言動は丁寧さをまし、紙と鉛筆とがふたたび弁護団からさし入れられるようになり、またなにかと、夢の思い出をつづりはじめた。

八月ないし十一月の四カ月が経過した。裁判長と特別州長官の意見は対立したままでいるとかで、判決の宣告は行われず、デ・フロート氏は四面楚歌《そか》のうちに、裁判長の職を辞し、十二月三日タンジョンプリオク港から乗船し本国オランダに引きあげざるを得なくなったとのことである。

その二、三日後、松本弁護人が見えた。

「私は三年もの間、軍事裁判の法廷で、この裁判官と知りあいになったことであり、別れのあいさつのため埠《ふ》頭に見送りました。デ・フロート氏もさびしそうに、

〝私の力の不足から、今村大将以下の判決を行うことができず、ジャワの地を去らなければならぬことは、いかにも心残りです〟

と感慨をもらしていました。それで、この二、三日各方面にあたり、今後どうなるかさぐってみました。デ・フロート氏が、どうしても妥協に応じないので、特別州長官は、しかたなしに総督に上申し、高等裁判所での審判をもとめ、総督は、どう裁決すべきかを法律顧問に研究させているとのことです」

などと知らせた。

情勢の変化

私たちに対する裁判は、検事の求刑後、すでに八カ月たっているのに、なんの解決もされず、しかも獄外の情勢は大きな転換を見ようとしている。

大東亜戦がおわると、オランダ軍は、英豪軍のあとでジャワに上陸して来、すでに独立を宣言していたスカルノ氏を中軸とするインドネシア共和国に対し、武力強圧をくわえたが、成功をおさめず、治安は極端に悪化してしまい、けっきょく、米国政府の仲介により、ジャワ海上、米国軍艦レンビル号内で、いわゆる、レンビル協定という条約を締結のうえ、一九四九年（昭和二十四年）一月一日、オランダは領土主権を、インドネシア共和国側に委譲することを約束し、両国の戦争状態を停戦にみちびくことができた。

しかるにオランダ側は、約束の主権委譲期の直前十二月に、共和国側のゲリラ行動で、多くのオランダ人がその生命財産に侵害をこうむっているとのことを名目とし、レンビル協定の無効を宣言のうえ、共和国政府所在地ジョクジャカルタ市に空挺部隊を降下させ、大統領スカルノ氏を捕え、ジャワ北方海上のピンタン島に拘留した。

オランダ側の一方的軍事行動は、当初六カ月は成功のように見えたが、独立共和国側の無抵抗態度が列国の同情をひき、国際連合会議は強くオランダの協定破棄を非難し、これに乗じてジャワ各地に蜂起《ほうき》した共和国軍隊のゲリラ行動は、ことごとくオランダ軍とオランダ市民とを悩まし、とくに必要とする、一日あて軍事費三百万ギルダー（大東亜戦前のわが七百五十万円。年額にすれば十億ドル以上）の支出は、第二次世界大戦でへとへとになっているオランダ本国の財政を危殆《きたい》に陥れ、しかもアメリカが戦後オランダに貸与した五億ドルの復興援助費は、ぜったいにジャワでの軍事行動費に流用することを承認しない旨を宣言したので、万策つき、ついに国際連合監視下で、両国の円卓会議をひらき、一九四九年（昭和二十四年）十二月二十七日を期とし、蘭領ニューギニアをのぞく、全蘭印諸島を共和国側に委譲し、在バタビヤの蘭印総督官邸もまた同日までに、共和国大統領に引きわたすことを議決した。

無罪の判決

右のような政治情勢上、日本人に対する戦争犯罪裁判は、十二月二十六日までに、いっさいを完了しなければならなくなり、それにインドネシア共和国は、

〝チビナン刑務所内に抑留している約七百の日本人は、在留民としては引きつぎを受けるが、犯罪人としては引きうけない〟

と主張したので、蘭印軍側は、きゅうに東京のマッカーサー司令部に交渉し、右七百人を巣鴨拘置所に送り、米軍管理に移すことにし、十二月六日いらい、チビナン監獄にいる私たちを、乗船準備としてバタビヤ北側海上オンドロス島刑務所に移した。

十二月二十四日午前十時ごろ、オンドロス刑務所の看守長が、私どもの囚房にやって来て、まず山本少将、下川元大審院判事、東《あずま》元大阪刑務所長の三人を同島警備隊本部内に特設した判決言い渡し場につれて行って宣告し、ついで岡崎、丸山両中将と私とをつれだした。

判決言い渡し室は、二十畳ほどの広さ、法務大尉の軍服をつけた軍事裁判所の判事が一人、大きな机を前にして起立し、まず私を机のこちら側に呼び、つぎのように判決文を読みあげた。

〝蘭印軍臨時軍事裁判は、被告、日本陸軍大将今村均に対する起訴の犯罪事実は、その証

拠これ無きものと認定し、無罪を判決する〃

ついで、私の軍参謀長だった岡崎清三郎中将に、私に対するものと同文の判決を告げ、当時私の軍内第二師団長だった丸山政男中将には、〃証拠不充分〃を理由とし、やはり無罪の判決を申しわたした。

私ども三将官と、ほかの事件で無罪となった山本茂一郎少将の四人が室を出ようとすると、判決を申しわたした裁判官が、

「しばらくおまちください」

と言い、室中央の丸テーブルの周囲に私ども四人を立たせ、給仕の一人に、自身の机上と、私どもの前に各一個のコップを置かせ、これに洋酒をみたさせた。

「無罪を祝福します」

そう言って乾盃をすすめた。

戦争裁判に対する感想

大東亜戦争で、わが国と戦った連合各国の行なった戦争犯罪軍事裁判中、ソ連のことは知らないが、中国は最も寛大に、米国はオランダについできびしくさばいたと評されている。一番大きな被害をこうむった中国が最も寛大なのは、隣接国といつまでも、のろいのうらみを結ぶことを、避けようとしたものであろうし、またなんと言っても同一人種とい

う血は水よりも濃い感情が左右してのことであろう。米国は、真珠湾を奇襲された鬱憤、相当多数の死傷者を出しているいきどおり、最大威力者としての自負心、それに、この種、裁判の主張者である立場への執着が、かようの態度をとらしめているのであろう。が、オランダ軍事裁判のそれは格別だ。

日蘭間の戦闘行動は、わずか九日間で終り、彼我の犠牲は少なく、双方の興奮も低かったため、停戦後の捕虜、一般市民の受けた人的被害は、他の連合国に比し、最も軽少だった。が、戦犯を問うた数とその量刑程度は、他とは、比較にならない重酷のものである。なんのためであろう。

他の連合国各国は、ともかく日本を打倒したいという勝利の誇り、満足感をもっている。だから終戦直後の半年には、まだ、さめきれない興奮で、めちゃくちゃの暴虐行為を、すでに武器を捨てた日本将兵に加えたものの、日をふるに従い自然に平静さをとり戻して来た。しかるにオランダの場合は、終戦後、英豪軍により取戻された蘭印諸島を引き渡されたに過ぎないから、直接日本軍の上にのしかかり、これを圧倒した優越感は、遂に味わい得ないで終った。自然、鬱血は散らず、溜飲《りゅういん》は下がらない。この民族的物足らなさが、戦争犯罪軍事裁判の形のうえに、報復感情のはけ場を見出したのである。かようにして被害の最も少なかった国が、最も惨酷の処刑を行なったのである。が、更に強く、大きくオランダ民族を刺激しているのは、なんと言っても、終戦のその日から今に至るまで引きつづいて、なお最終の解決を見ず、日一日と悪化の一途をたどっている。インドネシア独立共和国との闘争の影響であろう。

他の連合諸国も、第二次世界大戦に引きつづき、米ソの対立をめぐる世界不安の渦中にある。しかしともかく一度は、平和到来にホッと一息つき、平常生活にかえることが出来た。しかるにオランダは、終戦のその日に新発足し、英豪軍の引上げにかわり、軍事行動を起し、独立共和国との闘争を始めなければならなくなった。しかも形勢は日に日に非。列国は原住民側に同情し、国際連合は幾度も、オランダ抑制の決議をくりかえす。

前年十二月中旬、突如起した第二次武力発動は、初めの一、二カ月は成功のように見え、共和国は潰滅されたかに考えられた。が、人間の数と、その敵愾心の気迫というものは、ジャワ、スマトラの五千五百万という絶対多数に物をいわせ、近代武器を持たない青年部隊は竹やりによるゲリラで随所に隠見出没し、重要都市間の交通は断たれ、オランダ人企業の農園をはじめ、すべての工場は破壊され放火され、一日一日の蘭人の死傷は目だたないようだが、十日にくくり、一カ月に合計すると軽視し得ない数になっている。なかんずく、終戦以来、原住民衆は税金を納めないし、反対に蘭印の軍事費は日々三百万ギルダー（日本戦後の一カ月、三百八十億円）に達し、これを本国、一千万民族の税負担とすることは、それでなくても大きな戦禍をこうむり、本国自身の復興にも手がつかず、赤字財政で、四苦八苦している国にとっては思いもよらぬことである。さりとて今、無条件で、共和国の独立を認め、これから手を引いてしまったのでは、それこそ三百年にわたり搾取しつづけてきた、全収入の道を断たれ、わが九州ぐらいの小面積内で農業経営で生きるほか、策はなく、右にも行けず、左にも行けず、ただぬかるみに立ちすくんでいるというのが、オランダ民族の、このときの姿なのである。

敗戦の憂き目に遭い、小さい島に、八千万の大衆が、おしこめられ、食うや食わずにひしめきあっている日本民族には、このオランダの苦悩はひとごとならず同情される。従って〝こんな境遇にオランダを陥れたのは、日本の起した戦争、ジャワ占領のおかげである〟といちずに思いこみ、のろいつづけることは無理のないこと、現に共和国軍ゲリラの指導者の多くは、終戦のとき、降服を肯《がえん》ぜずに、共和軍内に脱走し、原住民を導いている日本将兵であり、テロ団の投げる手榴弾《てりゅうだん》も、ジョクジャカルタで日本人によって製造されているものであるから、オランダ人が不倶戴天《ふぐたいてん》の敵として、われわれをさばこうとする気持ちは、了としなければならぬ。また、更に立場をかえて考えてやり、日本とオランダとが反対の地位に立ち、日本本土がオランダ軍に占領されたとし、他の連合軍の力により終戦後、これを引きさげしめることは出来たが、樺太、朝鮮、台湾が独立の息吹きで日本から離れ、戦いは勝ったが、民族はやはり小島に縮こまるより仕方がなくなったとしたら、われわれのオランダ人に対する敵愾心は、あるいは彼らのもの以上であるかも知れない。かように考えると、オランダの行なったところは、裁判の名と形とのもとに復讐《ふくしゅう》している、不正義のものであることは疑いないが、彼らもやはり不完全な人間である以上、神のごとき正義を求めることはなし得ない。しょせんは、かくのごとき立場のものにさばかれた人々の、不幸の宿命とうけとるよりほか仕方がないのである。——幾多の戦友が不正義に対し、悲憤の涙をもって、慷慨《こうがい》している心情に同情し同感していながらも……。だが、かく諦観《ていかん》するからと言い、これをそのままに見過ごし、問題にしないということは、これは人類将来の平和と正義のため、不当のことである。われわれは力をあわせ、世界の良心に呼びかけ、今度の終戦後行われた軍事裁判の不正、不合理を訴え、戦争犯罪に関する国際法規の制定と軍事裁判の改善に努力すべきであることはもちろんである。がこれをオランダ人各個人の上にかける呪《のろ》いとしてはならない。彼らも日本人同様、本当に困りぬいている民族であるから……。それはともかく、一千何百万の全オランダ民族の鬱憤のはけ口を、日本軍の最高指揮官であった私に向けることは、当然の心理だったと言わなければならぬ。右のような情勢下にありながら、デ・フロート氏は、私の軍司令官時代に行われたという戦争犯罪の下手人が、一人もあげられていなかったのに、犯罪の代表者として私を罪することが、いかにも抽象的であり、ことに具体的証拠が整っていない事犯で処刑することは、合法的ではないと信じたのであろうが、氏の周囲は裁判長とは反対の思想で燃えたち、渦巻いていたのだ。こんな絶対的反対感情の強圧をうけながら、その職と地位と、名声とを犠牲にして、法の権威を全うしようとした氏の勇気に対しては、私は大きく感慨を覚えると同時に、やっぱり日本人同胞としての友情から、私どもの救いに懸命の努力をされた、松本、松浦、森田の三氏には、とうていことばでは表わし得ない感謝をいだいている。

第三部　マヌス島回想録

昭和二十五年三月から昭和二十八年五月まで

第一章　マヌス島豪海軍刑務所

故国《くに》よりの音信《たより》すくなく絶海の孤島の獄に友ら寂《さび》しげ
マヌス島あかつき清《すが》し内海《うちうみ》の珊瑚礁《リーフ》の椰子《やし》の夢のごと浮く

巣鴨からマヌス島へ

私は、昭和二十四年のクリスマスの前日、オランダ軍軍事裁判により、無罪を宣告された。

その半年ばかりまえ、マヌス島の豪海軍刑務所に服役中の畠山国登《はたけやまくにと》君（海軍大学出の中佐参謀）が、私の在東京の留守宅へ手紙をよせられ、それが国際赤十字社の手を経て、ジャワの蘭印刑務所の私のところへ送られてきた。その手紙の中に小さな字による私書がはいっており、それによると、

「今村大将が、ラバウルの豪軍刑務所から蘭印刑務所にうつされた直後、われわれラバウル刑務所の全員四百人は、マヌス島の刑務所へうつされました。マヌス島というのは、東ニューギニアの北方赤道近くの島、高温多湿、気候不順な土地で、みんな非常に難儀をしています。また、どういうわけか、いままでよかった刑務所長の取りあつかいが非常に悪

くなり、一日、八時間であった労働時間が九時間になり、食物は極端に粗悪、こんな悪条件のもとに、毎日働かされていては、われわれ四百人のうち、半分は日本へ帰れないようになってしまいましょう」

との意味の文が書かれてあった。

これは、私の家内が日本赤十字社に参り、蘭印のほうへ輸送することを依頼したところ、それが家の手紙といっしょに国際赤十字社の手をへて輸送されてきたのである。

四百人の同囚戦犯者中、百人以上は、私のもともとの部下だった人たちであり、その人々がそんなに苦しんでいるのを見すてておくわけにはいかない。生命のある限り彼らと行動をともにするのが、私の義務であり運命であると思っていた。

それで昭和二十四年のクリスマスの前日の朝に無罪の宣告を下されたとき、オランダ軍当局に、

「私だけは、豪軍のマヌス島に送りかえしてくれ」と申しいれたのだが、軍当局は、

「今村を東京の巣鴨刑務所へ送ることは、米・英・豪・蘭、四軍当局の協議により決定されたものであり、そういうことは許されない」と言い、私を日本人同囚七百人といっしょにオランダ船に乗せ、日本に送り返すことにした。

日本に到着したのは、昭和二十五年一月の二十二日のことだった。

かようにして、アメリカ軍管理の刑務所に入れられたが、私自身は、オランダ軍軍事裁

判では無罪となったものの、豪州軍軍事裁判で十年の禁錮刑をうけている以上、マヌス島で部下といっしょに服役するのが当然であるとの決心は変らず、アメリカ軍の巣鴨刑務所長に対し何度となく、マヌス島に転送方を依頼してみたが、どうしても応諾しない。

そのうち家内が巣鴨に面会に来、その話により東京のマッカーサー司令部内には各国軍の連絡班が存在し、その中には豪州班もあることがわかったので、私は、家内に依頼し、GHQの豪州班に行かしめ、

「私の主人は、アメリカ軍に対する戦犯者ではなく、オーストラリア軍に対しての戦犯者であり、マヌス島で服役するよう念願しておる。なんとかして同島に送って欲しい」

と三回続けて請願を行わしめたところ、豪軍連絡班は、

「オーストラリア軍の一存では決定は出来ない、米軍と協議のうえでなければならないことだ」

と言い、マッカーサー司令部の法務部長カーペンター氏と協議したのち、

「本人がマヌス島に行きたいと志願するのなら、二月になれば更にオーストラリア軍関係の戦犯容疑者約八十人を、横浜からマヌス島に送るので、そのとき、いっしょに今村も乗せてやることにしよう」という連絡が家内にいたされた。

二月二十一日、私は、米軍巣鴨刑務所からジープで横浜に送られ、かつての日本陸、海軍人約八十人の戦犯容疑者といっしょに横浜を出港することが出来た。

昭和二十五年三月四日、マヌス島に上陸し、直ちにジープで豪海軍刑務所にはいったところ、私を待っていた四百人の戦犯者たちは、声をあげて迎えてくれ、その夜はまよなかまで語りあかした。

マヌス島は東ニューギニアの北方赤道に間近い小さな島。第二次世界大戦中、アメリカ軍が巨大な費用をかけ海軍基地として使用していたところ。飛行場も設備され、小さいながら大変良い港があり、これを終戦後オーストラリア軍が無償でゆずりうけ、豪海軍基地として使用しているところ、約六十平方キロの孤島。気候不順、高温多湿の地である。

マヌス島刑務所

このようにして、私はマヌス島の刑務所生活にはいり得るようになった。

ラバウル以来私は〝幽閉生活の中では野菜が大きく不足する〟と承知していたので、日本を出発するまえ家内に依頼し、いろんな野菜の種を買わしめ、マヌス島へ持って行った。その中には日本ネギの一種、ワケギの種《たね》やトマトの種なども含まれてあった。

私は、刑務所長に対し、五十歳以上の戦犯者、私をふくめた六人には野菜をつくらせてくれとたのんでみた。その結果、刑務所から五百メートルくらいはなれた良い土質のところに畑を作ることが許された。高温多湿のため野菜は、年に三、四回収穫されることになり、六人が、ひとり五反歩ぐらいずつを受持ち農作に従事した。私の分担の畑には、日本

から持ってきたワケギとトマトの種をまいてみた。それは、かつての畠山国登中佐の手紙中に、

〝豪洲軍から支給される穀物は家畜の食うような下等の米であるが、それで一週二回はメリケン粉の配給があるので、日本人たちは、それをうどんにして食べている〟と知らされてあったので、うどんにはネギが必要だと考え、ワケギの種も持ってきたのだが、気候が野菜のためには非常に良いので、すぐ発芽して収穫が多かった。

そのうち、豪海軍の将校や下士官が、毎土曜日になると、私の畑地にやって来、ワケギをくれと言いだした。どうしてワケギが必要なのかと問うと、

「進駐軍として日本に行ったときに覚えました。〝すき焼〟ぐらいうまい物はどこにもない。すき焼には、玉ネギではだめです。あなたのネギをわけてください」と言う。私は

「よろしい、持って行きなさい」と言うと、みんな適当に数株をぬいて行き、お礼のしるしだと言い、スリーキャッスルという巻きたばこをひとカンずつおいて行く。私はたばこをのまないので「いらない」と言ったのだが、いっしょに畑仕事をやっている五人の戦友が「あなたはのまんでも私たちがのみます」と言うので、それ以後はもらっておくことにした。

幾月かのうちに、ふと疑問に思ったのは、私以外の五人がサツマイモを作りはじめたことである。どうしてサツマイモなどを作るのかなと思っていると、ドラム缶《かん》などで実に上

手にイモ焼酎《しょうちゅう》をつくりはじめた。なんの楽しみもない絶海の孤島での唯一の楽しみにしようとしたのである。すると、土人の看守たちが、手に手に小瓶《びん》をもってきて、「トアン、どうか一杯」とせがみ、焼酎をわけてやると大喜びし、その後は、たびたびやってきて焼酎の製造を催促し、しかも、焼酎を作るときになると、いつもは私たちを監視するために中を向いている土人看守たちは、五百メートル四方ぐらいの畑の四隅に立ち外をむき、豪洲人たちの来るのを見張っていた。またトマトも、土質上早くりっぱに紅にみのり、私のトマト畑には、よく土人の子どもらがやって来て、トマトをせがむ。あたえてやると、お礼に畑のはしに生えているヤシの木にのぼり、その実をとって来てくれたりする。

数カ月後になると、海軍司令官の官舎で給仕勤務に当てられていた同囚戦犯者の一人が、「昨晩司令官舎の会食で、豪洲から送られていたメロンが数個食用に供され、種子はすべて捨てるように申されましたが畑にまいてみてはどうですか」と言う。芽がはえるかどうか確信はなかったが、翌日多くの種をまいてみたところ、三カ月ぐらい後には五十個ほどの大きな実をむすぶことになり、爾来《じらい》ずっとこれをつづけ、メロンだけは皆同囚戦友たちの医務室内患者用に使用した。

第二章　望郷の歌（マヌス島の南東四百キロにある、ラバウル時代の回想）

つばくろよ海越えゆけば吾が郷《さと》の軒端《のきば》に巣くえ人やさしきぞ
寄り来《きた》る若人《わこうど》なだめいつとなく乙《おのれ》もなごむ言《こと》かたりあう

つばくろ

赤道に近いニューブリテン島の東端にある豪軍ラバウル戦犯者収容所は、われわれに作らせた野営式のバラックであり、工場施設はごく小規模にされて、大部分の日常作業は所外の道路、埠頭、飛行場の補修、豪軍糧秣倉庫への出し入れなど、炎天下の仕事が多い。が、私のような老人は、日中八時間、所内で農耕をやっていた。

午後四時半の夕食時から消灯の九時半までの五時間は、午後六時に行う点呼整列以外は、自由にされてい、約五割の者は、囚舎のうしろの大電灯下の芝生のうえに小机を持ちだし、八つの講座で熱心に勉強し、ほかの三割の者は、所内で碁、将棋、麻雀、読書。残りの二割は、囚舎前の芝生に寝ころびながら談笑にふける。

ラバウルの夕べは、そよ風があり日中の酷暑が消え、日本内地では味わいえない快適な気温となる。ここは三面海にかこまれた小島のような半島であり、逃亡の懸念が少ないため、収容所の外周と各囚舎の周囲に、一重の鉄条網をめぐらし、その入口だけに鍵をかけ、舎とその中の各室はとざされていない。

私は、たいてい夕刻から一、二時間は星の光をあおぎながら、近よって来る若人《わこうど》たちと語りあうのを常とした。

総じて人間は、みんな小鳥が好きなようだ。かごに入れ、身辺に飼うまでのことはしなくても小枝にさえずる鳴き声をこころよく耳にしないものはまれであろう。案山子《かかし》までもうけ、実った稲を保護することに苦心するお百姓でも、ホーホーと声をかけ、これを追いはしても、にくにくしくスズメをのろったりはしないらしい。小さいものに対する人間のもつ憐憫《れんびん》性のいたすところかと思う。

それがツバメに対しては、日本人は昔から大きな親しみをよせ、絵にかき和歌にし唱歌にして、今日では急行列車に〝つばめ号〟などの名をつけたりしている。西洋人もあの颯《さっ》爽《そう》たる容姿に型どり、燕尾《えんび》服というものを作り、正式の夜会用と定めたりしている。

ツバメが人間を恐れず、軒端《のきば》や庇《ひさし》に巣をかけ、ひとつがいの雌雄が、実にむつまじい夫婦愛をみせ、ともに勤労し、交尾し、雛《ひな》を育てる情味は、たしかに人の心をなごやかにする。ところによっては、これに巣をかけられる家には幸運がまいこむと縁起をかつぐ地方もあるとのことだ。ウグイスとかカナリアとかホオジロなどは、その美声のゆえに愛されるのであるが、どちらかといえば、イヌに対するネコのような女性的愛玩《あいがん》の気持ちであっかわれている。が、ツバメに対しては市丸歌手の歌う〝甲斐なき恋の濡れツバメ〟では女性として歌われているが、多くは男性的に思われているらしく、昔のやくざ渡世の旅人《たびにん》が〝渡り鳥かよ、おいらの旅は……〟と、道中時雨《しぐれ》に濡れながらながめ、また〝旅のツバクロ寂しかないか、おれも寂しいサーカスぐらし〟とか。この一座の人々は、同じように渡りあるくこの小鳥に、同情し、同感し、男性的の感懐をもらしている。

鳥類のことを書いてある本を読むと、ツバメには三種類あるとのこと。そのうち最も多いのは、どこの国でも見かける渡り鳥の家ツバメ、そのつぎは南洋に多くいる岩ツバメであるそうだ。

岩ツバメは、海岸近くの岩石に、海草をくわえてきては、特有の粘着力を有する唾液とともに岩の間に塗りつけて巣をいとなむ。これは渡り鳥ではない。支那料理には、たいていの場合〝燕巣〟と記されている羹汁《あつもの》がだされる。高価なものであるため、近ごろは、ゼラチンで模造した代用品を使い、よほど上等の料理にならないと本物は用いられないとのこと。これは岩ツバメの巣をとってきて、その干《ほ》しかためられている海草をゆでて使用するもので、北部ボルネオがその最大の産地。ジャワではスラバヤの北方海岸に多いといわれる。家ツバメは地球の各地が緯度の南北で温暖の季節を異にし、従って空中を浮遊する小虫の発生する時期を異にするので、その多く生ずる好適の土地と季節をもとめて渡りあるき、南より北に、また北より南に移る。日本内地でのツバメは、軒端や庇《ひさし》に、ドロを唾液と一緒に、木材の側面に塗りつけ巣を作り、そこに卵を産み、これをかえす。人間の住むところに近く巣をいとなむのは、これが最も外敵の侵入に対し、安全であると見こんでのことであろうか。しかし、それでもときには、他の小鳥が、親ツバメの餌をあさっている留守をねらい、侵入して雛《ひな》をつつき落とし、多くがやって来て、追いはらい、巣を占領することがある。そんなときは、それを発見したツバメは、ただちに仲間に通報し、それでも退去しないときは、みんなが泥をくわえて来、巣の入口の穴をふさぐ。幾百のツバメが敏速に幾度となく、行き来し、この動作をくりかえすので、多くの時間を要せずに、穴はふさがれ、敵は窒息せしめられるとのことである。卵をあたためること及び、雛の飼養は、雌雄が交互にこれを行う。雛に相当の飛ぶ力がつくころになるとその土地の小虫の発生がすくなくなるので、南のあたたかい地方に渡らなければならなくなる。

付近の仲間のうちに、指導者がいるものとみえ〝渡り〟の前には、適当な大きな木に、全部のツバメが相会し、移動大旅行の日時を決定するのだそうで、各一族一族ごとに、飛行経路は毎年同じで、途中休憩する小島なども同じであるとのこと。伝書バトのように、空の経路に対する霊感をもつものと伝えられ、翌年は、おのれの生まれた巣にかえって来、そこでまた卵を産み雛を育てる。

ツバメが小虫を追い、町通りの上空を飛んでいるようすをながめたのでは、いかにも軽快、なんの苦もなさそうに見えるが、大海洋を越えての飛行は楽なものではなく、発育不十分の子ツバメや、老ツバメは、途中で翼の力がつき、海上におち、溺死《できし》の悲運に遭うものが少なくないとのこと。すなわち〝渡り鳥飛行〟は、夫婦、親子、兄弟の死別になることがあるのである。

私は、毎夕、この可憐な小鳥を目にしながら、〝これなどのどれかの組は、日本にも渡るであろうが、一年中気温が同じで、小虫の発生が平均につづく熱帯にだけ住んでいれば、そんな遠く隔たったほかの土地に渡り飛び、死別の苦難などにあわんですませそうなものだのに〟と、不審に思うたことが、しばしばであった。他国の、春さきから夏にかけての小虫がうまいためなのかそれとも造化の絶対力は、ツバメのあの変転自在な霊妙な飛行力を養成させる手段として〝渡り〟の習性を、本能的に付与しているものかの、いずれだろうと想像してみた。私の読んだフランスの生物学者の著書の訳本には、この点については、なんの解説も書いてなかった。日本の昔の〝旅人、渡世者〟の渡り鳥観は、簡単な〝渡り〟の事実だけを、おのれの境遇にくらべてのことで、当時の自然科学の知識では、ガン、カモ、ツバメなどの〝渡り〟が、死別をさえともなう大冒険であることなどを知ってのことではなかったろう。が、上州からのがれ、赤城山を越え、甲州に渡りそこで死んだ国定忠治が、ツバメの〝渡り〟の運命を知っていたなら、心からこの小鳥の境遇と、おのれの身の上とをくらべ、感懐を深くしたに違いないだろうなどと連想し、いつか〝旅のツバクロ寂しかないか〟の歌を口にしたこともあった。

悠久の愛

山中少佐は、ニューギニア方面に行動した安達中将の部下として、第十八軍内で戦った、三十をこえた青年である。

夕食後、よく、囚舎前の青芝草の上にあおむきながら、ツバメを見つめ、やがて星をながめたりする私のそばによって来て、やはり寝そべりながら話しかけ、私に話をせがんだ。

「このへんのツバメは、日本にも渡りますか」

「南半球のツバメは、北半球に渡らないとは聞かないし、本にも、そう書いてないようだ。赤道を越えて日本にも飛びますよ」

「それで、私はツバメのように翼があればなと、ときどき思うのです」

「きみたち若い人の気持ちはよくわかる。それにつけても健康が第一だ。きみのからだは、りっぱだからいいが、やはり注意しなければならん」

「私はあすから一週間、伐木班入りを刑務所長から申しつけられました」

「そりゃご苦労。伐木班も牽引車《けんいんしゃ》を使うようになってからは労力ははぶけるそうだが、先週は後藤金坊が、ワイヤロープのはねかえりで、あぶなく怪我《けが》をしかけたそうだ。みんなに注意し、怪我をさせないようにしてくれたまえ」

「よく注意させます。ときに、この前、話の途中で、他人がはいって来、半分でやめてしまった質問をつづけてよいですか」

「なんの話だったかね」

「恋愛の真義についてでした」

「あの話か。あれなら若い人たちの間でしたまえ。六十過ぎた者の話題にはならない」

「若い者たちは、すぐ性欲のことだけにしてしまい、純な恋愛について申しても相手にしません。先日〝出家とその弟子〟の中の若僧唯円《ゆいえん》と祇園《ぎおん》の半玉との間の愛について、親鸞聖人の教訓のことを語りました。ところが昨晩若い者たちが〝それはあの本の創作者倉田百三氏が、もっともらしく高尚に書いているので、聖人自身幾人もの女性と関係している。だから恋愛を神聖らしくいったって、結局は本能の作用だ〟というのです」

「聖人と女性との関係について調べたことも、とくに聞いたこともない。京都に本妻をのこして流され越後でも、常陸でも世話してくれる女人と夫婦のようにしていたことはあるようだが、いままで、それが少しも聖人の徳望に影響していないことから考え、単に本能だけの作用であったとは思えない。深い精神愛に、すっかりつつまれたものだったように思うね」

「でも、高僧の多くは、たいてい独身で、性欲のけがれからぬけきっていたのではないですか」

「親鸞聖人以前の高僧はそうだったが、人間の自然は両性に分れてい、その間の愛を通して、本当の人間性が理解され、子や孫をもってこそ、真の愛情、人間のうるおいというものが芽ばえるのではあるまいか。親鸞聖人の教えが、いかにも人間的うるおいの強いのは、普通の人の歩む通りを歩んだからのもののように私は思う。なんだって、きみは、このごろ二、三度恋愛のことを話題にするのかね。君も家庭をもっていて……」

「私は、恋愛というものは、いわゆる人間の本能だけのものではなく、もっと深い心理によるもののように思われてならないからです」

こんなことを話しているとき、他の二、三人が仲にはいって来たので、話題を変えてしまった。

その翌日の午後、私がうけもっている農園でやっていると、伐木班の一人が飛びこんで来た。

「山中少佐がたいへんなことになりました。いま医務室に運びましたが、一時間ほど前、トラックの上で命をおとしてしまいました」

私の驚きは非常のものだった。

「すぐ医務室へ行くが、どうしたことだったのかね」

「きょうから全員新手にかわり、少佐は班長として、みんなに怪我しないように言い、昼食時まではとても元気で冗談などを口にしていました。午後になり、木を倒す方向を見さだめ、ずっと離れて指揮していたのですが、上の横枝が思ったより長くのびていて、それが相当太く、木が倒れるとき、その枝が少佐の頭をはね頭蓋骨《ずがいこつ》を割ったのです。いくらか息がありましたので、すぐ医務室へ運びましたが、クラナクネーの三差路辺ですっかり息をひきとり、なんの遺言もなかったのです。あんなに元気だった人なので、みんなが、とてもがっかりしています」

まぶたを、しばたきながらかように言う。

医務室へ行ってみた。頭部はすっかり包帯してあり、顔は青ざめている。刑務所長も見えた。

「りっぱな軍人と、敬意をもっていた山中少佐の不幸を心から残念に思います」

こう弔辞を述べ、この夜の通夜には、特別の便宜をはかってくれた。

翌日の午後、日本人墓地に埋葬し、ニューギニア部隊の人たちの間で、いっさいの後始末をし、遺族に送るものをまとめ、近く満刑となり帰還する人に託することにした。

また、夕刻、芝生の上に寝そべってツバメを見ていると、ニューギニア部隊のひとりが私のそばにやって来た。

「山中少佐の後始末は、すっかり終りました。ほんとうに残念なことでした」

「わたしは、あの日の前の晩、ここで話しあったので、まるで夢のようだ」

「山中少佐は、よく日記をつけていました。その最後のほうに、奥さんとの間の感想がつづられていました」

「前の晩の話で思いあたるのだが、どんなことが書かれていたか知ら。もっとも故人に都合のわるいことは、お互いに言うことはつつしまなければならんが……」

「そうです。見ることは遠慮しなければなりませんが、ああいう事故で遺言はなし、なにか、ご本人の気持ちを知ることが書かれてはいまいかと思い、うしろの部分を少し見たわけです」

「なにか変ったことが書いてあったかね」

「格別のことはありません。奥さんからの手紙をいかにも喜んで読んだらしく〝二人の愛情は、あのときのまま少しも変っていない〟とか〝自分は本当に恵まれたものだ〟とかの感想がこまかく書かれてありました」

　私は、それ以上のことを根掘り葉掘り聞くことは、つつしむべきことだと思い、聞くことはしなかった。

　が、死の前夜の会話から連想し、山中少佐夫妻の間がらは、深い愛情でつながっており、戦犯となり、身ははるかに隔離された境遇にあっても、心はいつも初恋のような恋情で慰められており、それで、あんなにも恋愛観を話題にしたのではあるまいかと推測した。

　もしも、そうなら、それは不幸な死ではあったが、霊はしっかり愛につつまれながら昇天したのだろうなどと、いくらかは安心の気持ちを覚えたものの、それと同時に、日本で愛人山中少佐の不慮の死を知った夫人の悲しみを思いやり、それこそなんとも言いようのない同情にうたれた。

第三章　獄内の戦友愛

絶海の離れ小島の日は暮れて南十字の星見えはじむ
椰子の実を抱えし童《わらべ》畑に来て紅きトマトと換《か》え呉れという

重病の戦友

マヌス島の刑務所に、加藤忠生君という青年がいた。眉目《びもく》秀麗な台湾生れの青年である。この青年がある日多量の血を吐き、やがて一日に四、五回吐くようになった。戦犯者中のかつての日本軍の軍医が診断したところ、重症の肺結核であることがわかった。

加藤君は、七、八十人いる台湾青年中、最も日本語がうまく、皆から好かれておった。そこで私は、豪海軍刑務所長のところに行き、豪海軍の軍医によく調べさせ〝出来ることなら日本に送り帰してくれまいか、日本に帰ればその両親に会うこともできようから〟と願い出た。豪海軍の軍医二人がレントゲン写真で加藤君を診察し、これは極度に重い結核だと判断し、当局は日本に帰ることを諒解してくれ、二週間ほど後、広島付近に進駐している豪州軍のため宇品へ行く船がここに来るから、それに乗せ、帰還せしめようということになった。

加藤君は悪質の病気の性質上、みんなから隔離され、だれも面会が許されず、ただ私だけが老人だというわけで、伝染する心配が少なかろうと見舞の自由を与えられていた。

ある日、加藤君の所へ行くと、ぽろぽろ涙を流して泣いている。

「加藤君、どうしたのか」と聞いてみると、

「私は若いとき不品行をやっていたので神様に見捨てられたのです」と答え、私の質問に対し次のようなことを言う。

「私は四歳のとき生母に死なれ、まもなく、父は後妻をもらい、すぐに弟が生まれました。そのときから継母は大きく自分を虐待しはじめましたので、どこかに出て行きたいと思い、台中駅で大人《おとな》の乗客の間にはさまり列車に乗込みました。台北に着きましても行く所がなく、駅で泣いておりましたところ、いっしょに乗車していた台北のお寺の坊さんにひろいとられ、そこで二、三年お経を教えられていました。そのうち、台湾総督府の役所から、学齢期の子どもは皆学校に行かなければならないとの命令が出ましたので、入学のため、台中に送り返され、学校にはいりましたが、継母のいじ悪はいぜんとして変らず、私は、ただ学校の本を読むことだけに一生懸命になり、小学校は一番で卒業し、すぐに小僧に出され、はじめは小さな百貨店で働きましたが、みんなにこき使われて苦しくなり、そのうち、小僧を求める料理店の広告を見、そこに行くことにしました。ところがそこは表向きは料理店ですが、その実は売春宿であり、女が四、五人おり、主として客や店の女たちの

食い物を外から買ってくることに使われていました。
当時私は十三、四歳のころでありましたが、その売春婦たちは、客のないときは、よく私をおもちゃにしましたので、自然と性欲を覚えさせられてしまいました。なんとかして、この境地から足を洗わなければならないと考え、十七歳のとき、日本軍の兵員募集に応じ、南方戦線の捕虜収容所の看守となり、そのため、終戦後戦犯になりました。私が病気になったのは、少年のころ女からうつされたものと思います。みんな私が悪かったからです」
とこの青年は心から私にざんげした。

私は本人に対し、自暴自棄にならず信仰の道にはいって心のなぐさめを得た方がよいのだとすすめ、収容所内のみんなが持ちよって作った文庫の中から、キリスト教の〝新約聖書〟と、唯円大徳の記した親鸞聖人の〝歎異抄〟の二冊を取り出し、この二冊のどちらでもよく読めば、心の慰めがえられると言い与えた。

やがて船が豪州からマヌスに立寄り、加藤君は、同囚の人たちにタンカで運ばれて乗船したが、豪州海軍の医者も、日本人の医者も、彼の命は日本に着くまでもつまい、おそらく船の中で死ぬに違いないと、言いあっていたほど、彼の病気は重かった。

彼を見送った後、二年間はお互いなんの音信もなく過ごした。

再会

昭和二十八年の八月、豪州軍は、マヌス島の刑務所を閉鎖することにしたため、私たちは巣鴨の拘置所（当時日本は独立しており、アメリカの刑務所は日本政府に管理権がうつされていた）に移され、見舞人と面会を許されるようになって間もなく、加藤君が、元気ならだで、巣鴨拘置所にはいって来た。もっとも私は家内から、広島の国立病院に入院中の加藤君から手紙があり、医者をやってる私の次男に対し、〝肺病にきく薬があったら送ってくれ〟と申して来たことが数度あったことは聞き知ってはいたが、あの、あすをも知れなかった重病の青年が、どうしてこんなに元気に回復したのかと思い、かつよろこんで彼を迎えた。

新たに巣鴨にやって来た加藤君は、次のように語る。

「私はマヌス島を離れて汽船に乗ったとき以来、とくに、病院にいたときはずっと〝聖書〟を離さず読みつづけ、〝神様！　どうか私を死なせてください。が、どうか地獄には落さないでください〟と毎日、お祈りばかりしているうち、なんだかからだに変調をおぼえ、いつの間にか寝汗はかかなくなり、熱もなくなり、だんだん食欲がすすむようになってしまいました。これは神様のお救いだろうと思いましたが、教会に行ったことはなし、牧師先生におしえられたこともないので、どこに神様がおられるのかわからず、神様への御礼のためと思い、同じ部屋にいる結核患者二十人ほどの寝汗でぬれたねまきをせんたくしたり、あんまをしてあげたりしていました。

同じ病舎に、禅宗の坊さんが結核で入院しており、六十歳をこえておりましたが、この方は妙に肩がこる質《たち》だったとみえ、いつも肩のこりで苦しんでいました。そんなときはいつもあんましてあげていました。やがて、その坊さんは、余命いくばくもないと思い、広島近くのいなかのお寺に帰ってしまいましたが、二カ月ほどの後、その御住職の夫人が病院にまいり〝主人はついに世を去りました。死にますとき、自分は生れてから、あんなに親切を受けたことがない。どうかあの青年に何かお礼をやっておいてくれ、と言いのこしました〟と言い、数千円を私にくださって病院から帰りました。

またある日、その結核病舎の中に入院している警察官の所に、広島の警察署長さんがお見舞に来まして、もう全快近い警官から私のことを聞いたとかで、帰りぎわに病院長をたずね、加藤の病気は全くなおっているのだが、豪州軍の戦犯者なので、病院を出すと、豪州に送らなければならないのでそのままにしている、と言われたそうで、その機会に署長さんは、私を広島の大きなお店に世話をしてくだされ、働くようになり、住み込みで九千円ほどもらっておりましたが、暇のときは、〝聖書〟ばかりを読んでおりました。

それで毎月末いただく月給の中から、八千円を、いつも広島の原爆孤児院に寄付しておりました。ところが孤児院長は、私が台湾人の戦犯者だということを知り、これを地元の中国新聞の記者に話したため、新聞記事となり、やがて、それが放送局により放送され、進駐の豪州軍にわかり、豪軍は、日本政府に抗議し〝戦犯者で病気がなおってしまったのなら、豪州に帰すなり、日本の刑務所に入れるなりするのがあたり前だ〟と申し出ましたので、私は巣鴨拘置所にはいることになったものです」と、言っていた。

更生の道

中国新聞に載った記事を読んだ広島の教会の牧師さんたちは、加藤という青年をなんとか助けようと、東京のＹＭＣＡを通じ、救済にのり出し、ＹＭＣＡは拘置所と交渉のうえ、日曜日は、都内各地の教会にこの青年をまねき、昼食をふるまったのち、多くの信者の前で〝どうして、キリスト教の信者になったかを、話して聞かせよ〟との要求が多くなった。

ある日、東京で発行している〝クリスト教新聞〟中に〝クリスチャン加藤青年と、今村元大将〟という記事が載せられ、その中に、加藤君をキリスト教に導いたのは今村である、と書いてあるので驚いた。加藤青年の申した何かを誤解したもので、真実は、前述の通りで、私はただ加藤青年に〝聖書〟と〝歎異抄〟とを与えただけだったのに、日本全国のあちこちから獄中の私に見舞状が寄せられ、

〝クリスチャンであるあなたが、どうしてそんな所にはいっているのです〟との手紙を受けたことも幾度かあった。私はクリスチャンではなく、万教帰一の信念をもつ者であるこ

とを記して、返礼状だけは送った。

加藤忠生君は、やがて満刑になり、出所すると今度は、困っている人の子どもを世話しようと考え〝緑会〟という会を作り、広島の警察や、官公署の後援をうけ、市内で小さな空家にはいることが出来、ここで商売をはじめ、主として〝緑会〟の人々の便宜をはかり、利益をあげることは考えずに商品の売買をやっているうち、次第に店が大きくなり、今は相当の雑貨屋をやってゆけているようで、過般の手紙では、嫁さんをむかえ、子ども出来たとのことを知らせてよこした。

深夜の銃声

加藤君をマヌス島の刑務所から、日本に送り出してから、二、三カ月たったある夜のこと。われわれが作った六むねの舎屋（一むねに七十人ぐらいずつはいっており、私は最年長者というわけで、真中のバラックに入れられていた）に、午前二時ごろ突然、バババンと機関銃の発射音がした。刑務所の四つかどには、おのおの高いやぐらが立てられており、夜間はそこに土人看守が立哨している。それが撃ったものと思っていると、やがて、ラッパが鳴り出し、二十人ほどの豪海兵が兵器を持ち囚舎内にはいって来、全員を舎内の広場に集合せしめ、刑務所の全職員は、各囚舎の各人の寝台をひっくりかえし、やがて所長である現役の海軍少佐が、私に所長室に来れと言い、つれ込んだ。大きな部屋に六尺机が四つおいてあり、その上に、ビール、ウイスキー、ブランデー、歯みがき粉、せっけん、たばこなどが山と積まれている。

所長は、私に向かい「これは何ですか」と質問した。そこで私は「これはウイスキー、これはブランデー」と一々答えたところ「そうではありません。どうしてこんなものが、ここにあるのですか」と言う。そこで私は逆に「こんなにたくさん番人がいて、午後六時以後は、一歩も戦犯者を外に出すことを許さないところに、どうして、こんなに酒類などが日本人により入れられるものですか。これは、あなたの部下の土人看守によって入れられたものです。われわれの規則違反をとがめ、四百人を処分するのは結構ですが、私も、あなたの部下の土人看守どものやってることを、すべて、マヌスの海軍基地司令官に報告します」と、反ばくした。

あとでわかったことだが、先ほどの機関銃の発射は、私たち四百人中に含まれる約九十人の台湾青年中の三人が、夜分建物のかげでウイスキーを飲んでいるうちによっぱらい、けんかを始め、それが、少し大げさだったので、何かの変事だろうと土人看守が機関銃をうち始めたものである。

さて、ウイスキー、ビール、ブランデーなどが、どうして戦犯者の手にはいるのかと言えば……。豪州海軍軍人は、非常に気候の悪いマヌスに赴任して来ると、一年ないし一年半ぐらいの駐在で皆、交代帰還となる。そのうえ、気候条件が悪いことから、給料は豪州内地の二倍ぐらいをもらうとのこと。しかし、マヌスには一軒も商店がなく、帰国にあたり、家庭にみやげを持って帰ろうと思っても、それを買う店がない。が、彼らは土人看守から聞き、日本人はいろいろの細工物を夜間電灯の下で作っていることを知り、それをみやげ物にしようとする気分が生じ、兵営内で売っている酒保の品を持たせ、土人看守に申しつけて戦犯者に細工物を作らせ、お礼のつもりで、夜間こっそり酒類などを舎内に持ちこませる。

現に、今日、横浜でりっぱに成功している鈴木康正君という青年の作るものは、最も多くの豪軍将校から希望されていた。

私が少年時代、よく目にした仕込《しこみ》杖（ステッキの中に刀をし込むもの）これが多くの豪軍将兵に好まれ、注文が多かったようだ。木のステッキはともかく、その中に入れる刀身には空ドラムかんを細く切った鉄片を、みがき上げる。その手なみは実にたくみであり、そのほか、宝石箱、たばこセットなどもよく注文されていた。土人看守は、心得たもので、だれは何がうまい、かれは何がうまいと豪軍人たちに話し、間にはいってさやをとり、もうけておった。

戦犯者たちは、こうしてかせいでみても、お金をもらうわけにはゆかず、土人看守にたのみ、相当額の品物を、海軍の酒保《しゅほ》で買わせ、夜陰に乗じ、刑務所内に運ばせていたものである。

とにかく、鈴木君の作る二万円以上の宝石箱から、他の者のつくる千円ないし五百円ぐらいの仕込杖まで、すべてが何かの品物としてたまるばかり、自然皆がたばこにも、酒にも不自由なしでいたようだ。私がたばこも酒も飲まぬことを知っている同囚の若い人たちは、現在の森永チョコレートの倍ほど厚い、うまいチョコレートを持って来ては、よく私にくれたものである。

このことを刑務所長に説明したところ、所長は、不快の顔をし、「どうしても処罰しなければならん。四百人近い多くの人が、何かかにかを寝台の中にかくしてあることがわかった以上は」と言う。それで私は、「処罰以外に反則をやめさせる道はないでしょう。しかし、貴軍基地の海軍将校や下士官などが、戦犯者に注文して作らせることをやめない限り、再びこういうことが起らないとは言えません。ですから、私は基地司令官に訴え、一切の注文を申し出ないようにすることを告訴します」と主張したところ、ついに、所長は、怒ることをやめてしまい、「あなたは最長老でありますから、今後十分に注意し、反則させないよう皆に言っておいてください」とだけ言い、この朝の騒ぎは、午前二時から五時までかかったが、ついに一人の処罰者もなしで終ってしまった。

私は日本人が、いかにすぐれた技術的素質をもっているかを、心から感心させられた。総じて、刑務所内という異常社会では、階級は役に立たず、その人の持っている技術だけが価値の基準となることを私は悟った。

マヌスの豪海軍当局は、日本人戦犯者たちに、教会や、集会所や、映画館などを作らせたり、波止場なども修繕させ、これらが皆うまく出来るので、次第に、日本人たちに、親愛の情を示すようになり、やがて、マヌスの刑務所を閉鎖のうえ、昭和二十八年八月八日横浜に送りつけ、巣鴨の日本拘置所に移管する処置をとった。

第四章　反省録

常夏に十年《ととせ》を過ししみじみと四季の移ろう故国《くに》のしたわる
赤道の南の島の獄舎《ひとや》にて北斗をめぐる七つ星見る

私は、マヌス島の戦犯収容所において、満洲事変以降、大東亜戦争（第二次世界大戦）までのことを、一省、二省、三省してみた。

以下は、私の反省録である。

敗戦の大原因

(イ)一省（満洲・支那（日華）事変の過失）

なんと言うても、満洲事変はあせり過ぎた。踏むべき順序、取るべき手段を尽くさずして、やってしまった。

満洲での、わが利権が、また、わが民族の平和的発展が、いかに、蔣、張二政権の対内政策上の便宜から、条約を無視し、不法に圧迫され、阻害《そがい》されているかの実状……。そして、これに対し、わが政府、とくに外交機関が、どのように手をつくし、平和的交渉に努力して来たかの経緯を、もっと十分に国民同胞に、また世界に認識させ、日本の行動が真にやむを得ないものであることを納得させ得るまでは、いかに彼（中国）から挑戦されても、隠忍しているべきものであった。

その手順を踏まず、政府の腰もきまらぬうちに、関東軍は堪忍袋の緒を切ってしまい、非が彼にあったにもかかわらず、世界は、最初に泣き声を張りあげた支那（中国）に同情し、いっさい、日本の言うことには耳をかさないことになってしまった。が、この満洲事変については、自分も大きな責任を持つ一人である。

支那（日華）事変も、またそうである。排日、排貨のあらしは強かったが、また蔣政権の北支に対する兵力の増強があったにしても、日本としては、どこまでも十分に満洲を育てあげ、世界をして、なるほど、満洲建国は、領土侵略ではなく、在満三千万民衆の福祉増進に意義あるものであったと認識させ、これに対する蔣政権の報復的排日行為は、東洋平和のためによろしくないとの判断を得しめたあとで、対応策をとるべきであり、それまでは、なんとしても隠忍をつづけるべきであった。

いわんや、北支に生じた紛争を、中支の長江方面、やがて南支にまで波及させることは、世界政策上絶対に避けなければならぬことであった。

中、南支の飛び火に馳せつけることにしたのが、支那（日華）事変を収拾のつかない、泥田の中での仕事にしてしまった。

支那事変に対する、アメリカの対日干渉が、資金凍結、経済封鎖までに進んでは、これはたしかに日本民族死活の問題で、こうなっては、取るべき道は、二つの中のどちらかである。対米戦争か、または支那（中国）からの総撤兵で、満洲だけに力を集中し、理想的建設をすみやかならしめるかである。

そして、そのいずれによるとしても、こんな大きな真に国家を賭《か》けるような決断は、もっと国民の総意をたしかめてからあとに決すべきで、ここでも手順を省《はぶ》きすぎたと思う。この支那（日華）事変についても、私は責任を負わなければならぬ一人である。

(ロ)二省（日本民族の宿命）

私が、昭和十六年十二月、南支那から呼びもどされ、蘭印方面派遣軍司令官を拝命したときは、武者ぶるいというのか、身体の全筋肉が細かくふるえるように覚えた。

民族の興廃を決する、また東亜十億の民族を解放する、このような聖戦に、最重要な一方面の最高指揮官に当てられることは、なんとした光栄のことであろう。また、なんという大きな責任を負わされたものであろうとの感激で、緊張したためである。

私は、第一次世界大戦当時、欧洲にいて、つぶさにベルサイユ平和会議の経緯を知り、そのとき以来、わが民族がこうむって来た、米英からの迫害というものを心にし、とうとう大東亜戦争にまで追いこまれてしまったという、民族的宿命の観念をもっていたので、なんとしても戦いを勝ちぬかなければならないとの決意のもとに、ひざまずいて天の加護を祈った。

わが国は、第一次世界大戦のときは、勝ったほうの連合国に加担し、犬馬の労をとった。そして平和会議のとき報いられたものは、総面積伊豆半島よりも小さい、裏南洋の委任統治諸島だけで、わが海軍の守った独領ニューギニアではなかった。これでは、ふえてやまない民族の生存確保には、なんの足しにもならない。のみならず、わが国が、全有色民族衆望の上に、平和会議で提案した、たった一つの条件〝有色人種差別待遇の撤廃〟は、無残にも、ウィルソン、ロイド・ジョージ、クレマンソーの米、英、仏三巨頭により踏みつぶされ、次いで、太平洋をめぐるアメリカ、カナダ、オーストラリアにより、つぎつぎに日本人は、入国を拒否されてしまった。

一年に、百万、百五十万とふえてやまない日本民族は、どうすればよいのか。ただ、白人にまさる力をたくわえ、余地の残されているアジアのどこかに発展するより生きる道はないと考えられているとき、蔣政権は、支那（中国）統一の政策として、巧みに列国の対日圧迫の傾向に即応、排日排貨の一点張りに推進してきたものである。

私は満洲事変以来の戦争で、わが国は、取るべき、なすべき準備手段をやらなかったことを反省はするが、〝こうまでになったのは、民族の宿命であった〟という考え方が、どうしてもとりのけられんでいる。

(ハ)三省（大権の侵犯）

かように日本民族の宿命を感じたとしても、それは責任の所在や、将来の教訓を無視するつもりのものではない。私は、こんな宿命論は、おのれ一己の自慰的のものに過ぎないとさえ反省し、もっと理性的に敗戦の原因——とくに重大のもの——と信ずるところを卒直に披歴《ひれき》する義務があることを認め、次のように述べる。

敗戦の第一の大原因は、私を含めて軍の首脳部が、こんなに文化が進み、万事が科学的分科に進んでいる時期に、なおかつ、戦争は軍人のもの、軍部が行うもののような、近代戦争の性格にそぐわない思想で、戦争のことを考え、また進めた誤りによるものだ。

近代国家という大有機体は、人体のように、頭脳というひとつの統制のもとにではあるが、各専門の部分部分が、それ自体健全であり、相互に連鎖し、かつ調和を保ち、はじめて機能を発揮し得るものである。

しかるに、憂国の気持ちからではあっても、いつか、それが独善的に、軍人が、他の部門に干与し干渉し、各部各部の健全と調和とを害したことは否認出来ない。ことに、それが政治部門においてひどかった。

軍人の政治干与ということは、今日に始ったことではない。戦いに勝つということは、軍人の国家に負う最高の義務であり、これを果たせば、それに対し、国民多数が尊敬を払うことは自然である。

だから、世界のどこの国の歴史を見ても、戦勝後の軍人の発言権は大きくなる。

大ローマ帝国が、幾多軍人政治家の角逐の後、シーザーが、その基礎をたて、クロムウエルやウェリントンのような軍人が、英国の主権者や大宰相になり、支那歴代の王朝創始者が、周以降は、ことごとく戦勝軍人であり、民主主義の本場と自負するアメリカでさえも、戦勝直後、参謀総長だったマーシャル元帥を、国務長官の地位にすえ、アイゼンハワー元帥を大統領に選挙したことでも、右の傾向はうかがえる。

わが明治維新は、各藩青年武士の力で、徳川幕府を打倒した結果、成り立ったものであるため、明治政府が、これら武士、なかんずく最も多くこれに貢献した、薩、長二藩の武士出身者の発言を無視することができず、引きつづき日清、日露、日独戦の勝利が加重し、幾多の軍人出身者を首班とする内閣が構成され、この因縁は、その後にもあとをひき、今上陛下の昭和になってからの政府でも、終戦までの十九年間、政治家出身六人、陸軍出身五人、海軍出身三人の首相を見ている。

が、なんと言っても、政治は軍人の本務ではない。軍人は、ただ戦いに勝つだけの研究と、創意と練兵とに精進してきたものであり、また精進すべきものと信ずる。

だから、時の情勢で、軍人が組閣を命ぜられたとしても、その人一人が、そのほうの知識者と相寄り、相助け、政治に任ずべきであり、軍人幕僚を、その渦中に入らしめてはならない。しかるに、いつもいくらかの軍人が、その渦中に明躍したり、暗躍したりする。そして、その傾向は、陸軍がはなはだしく、ついには、陛下の命ぜられた組閣者を道に擁し、これが断念を強要したような、大権侵犯の罪悪をもあえてしている。

陸海軍の対立

敗戦、第二の大原因は、陸海軍の対立、拮抗《きっこう》であろう。

陸海軍の対立ということは、わが国だけの特産ではない。アメリカのごときでも相当強く張り合っていると伝えられる。

しかし、わが国のような程度になっていたところは、他にはないのではあるまいか。

列国は、みんな、陸海軍の上に、これを統制する、実質的な国家の権力——国防大臣とか、首相とか、議会とか、大統領とか——を持っている。

わが国では、陸海軍を統制して、陛下を輔弼《ほひつ》し奉る機関がなく、陸、海おのおの独立し、憲法上、政治的には無責任の地位にあらせられる天皇に直隷《ちょくれい》し、相互に協議し合ってはいたが、その相談は、常にいかにして、同格同等の権威と資格とを並行させるかの思想と見地とで行われ、国家の他の機関とのつりあいを、どうするかではない。政治に関連を持つ職にある陸海軍人が、その職に熱心になればなるほど、陸軍第一主義の頭になったり、海軍が主、陸軍が従の思想になったりする。

しかも世間体上、不一致を暴露せず、協力を仮装するためには、いきおい両者の同権同量で糊塗《こと》することと以外に策はなく、いっぽうが作戦上ある施設の予算を要することになると、かならず他のいっぽうも、なんらかの理由をつけ、同額に近い費用を国庫に要求する。はじめは主として予算面にとどまっていたが、後には、地位も資材も政治的事柄に際してさえ、同格でなければならぬことになり、甲地の総督が海軍軍人ならば、乙地の総督は陸軍の者でなければならぬと言い陸軍がどれだけの飛行資材を持つなら、海軍も同量を持たなければならないなどと主張し、もちろん、仮想敵国の軍備を対象として画策するのではあるが、同時に国内的には、陸海互いに他を見計らって競っていたのである。

これが国家全体の資材と費用に、どんなに大きな支障を及ぼし、また不経済の使用に堕したかは計り知れない。陸海軍人中にも、これを嘆息する人たちは多かったのだが、並行して流れる同速度の水の勢いは、どうしてもせきとめることは出来なかった。これは陸海軍が、ともによくなかったのだが、本質的には制度の罪、すなわち陸海軍の上に、これを統御して大権を輔弼する機関がなかったことに原因する。

将来、もし国家が再軍備を必要とするなら、陸・海・空の三部門は、かならず国防省のような一機関のもとに、統制されなければならないと思う。

作戦可能の限度

敗戦、第三の大原因は、作戦可能の限度を越えて戦争をやったことである。

人間が一番よけいに注意しなければならないのは、好況の際である。調子がよい間は、つい調子につられ、うぬぼれとなり、足もとに注意しないようになりがちだ。

今から二千三百年以前に、史上有名なアレキサンダー大王という青年が、バルカン半島をふりだしに、エジプトから東の方およびヨーロッパなど、いたるところを席巻《せっけん》し、ついにインドにまで進み、そこでも戦いに勝つには勝ったが、マラリアと将兵の厭戦《えんせん》気分とで、兵を回さなければならなくなり、その後百年ぐらいして、これも戦史に名高いハンニバルという武将が、アフリカ北岸のカルタゴから出征し、スペインに上陸のうえ、いたるところでローマ軍を撃破し、アルプスを越え、イタリアに侵入し、有名なカンネの大殲滅《せんめつ》戦で、さんざん敵を破ったものの、本国よりの補給可能の限度を越えた作戦は、そんなに長つづきすることは出来ず、勝ちながら、引きあげざるを得なくなり、カルタゴに押しよせてきたローマ軍にザマで破れ、戦争犯罪に問われ、小アジアに逃げ、そこで毒を仰いで死んでいる。

また、ジンギスカンの蒙古軍は、遠征して欧洲の半分以上を占領したが、その末は、現在見るような影のうすい民族になりさがり、ナポレオンもヒトラーも、長駆モスクワに迫りながら、ともに敗れた。

みな、すべて、その国、その軍の戦力と補給力とがまかない得る、作戦可能の限度を越えて戦いを進めたからである。

大東亜戦争にしても、兵を止《とど》めるべき限度、防護すべき区域はあったはずだ。

どんなことがあっても、トラック島とジャワの線、または、トラック島とシンガポールの線を越えてはならず、すみやかに、その線と、その内部に堅固な防空的要塞を建設すべきであるのにビルマ進攻といい、ニューカレドニアだととなえ、軍隊は弾丸を送らぬでも戦うことが出来、食料はなくても生きて行かれる人間の集団でもあるかのような戦争をやったものである。

幾十万の将兵は、ビルマで、比島で、ニューギニアやガダルカナルで、兵火によるものではなく飢餓のために、むなしく倒れるような悲惨な運命に追いこまれてしまった。

精神主義の偏重

敗戦の第四の大きな原因は、物資と科学を軽視した、精神主義の偏重である。

〝健全なる精神は、健全なる肉体に宿る〟と言われるように、精神と肉体とは、並行して養われなければならぬことは、だれでも常識でわかることである。もちろん、精神力が肉体を鼓舞し、これを活動せしめる。が、これには限度がある。横綱に二週間絶食させ、腹の満ちている、ずっと下っぱの力士と相撲させれば、一目明瞭《めいりょう》であろう。

しかるに私自身も、師団長のときまでは、多分に、この精神偏重の思想を持っていた。

しかし二カ月以上も草根のほか食い得ないでいたガダルカナルの部下を目にしたとき、痛切に、この限度を越えた作戦が、どんなにみじめなものかを、心のどん底まで悟らせられた。富が人の道徳性を消摩するより、もっともっと強く、飢えは人間を無反省ならしめる。いな、心はいかに正しく励ましても、肉体は、それについていけないようになってしまう。

終戦直後の内地の状態が、端的に、これを証明しているのではあるまいか。

戦いも同様である。劣悪の装備をもって、肉弾よく敵を撃破し得るのは、幾度かであって常ではない。なぜなら肉弾は、弾丸のように、すぐなん度でも補充し得るものではないからである。近代戦争では、最高度の科学を利用するための肉弾でなければならず、昔のような体力だけを主とする争いの肉弾では、決して勝利を導くものでないことを銘記しなければならない。

戦陣訓の反省

第五の大きな原因は、軍隊の慈悲心欠如である。

私の二十歳前後、今から四十年も前の、わが国学生界の運動競技の中心は、各高等学校にあって、今日のような大学にはなかった。

そのうちでも、向が丘の第一高等学校が、最も盛んで、各高等学校間の対校競技でも、優秀回数が一番多かった。

私は、そのころ、一高のバンカラ気分と、寮歌とに引きつけられており、幾度も、その試合を見物にいった。

そのころの一高の試合のときの合いことばは、〝勝ったが好い〟と言うものであった。試合最中の彼らの騒々しさは、ひと通りのものではない。ブリキかんやバケツをたたき、太鼓や鐘をならし、極端に粗暴なやじをとばし、試合しているのか、学校間の争議なのかわからぬぐらいのもの。一部からは、スポーツマンシップに欠けるものとして非難されていたものであるが〝なんとしたって勝つのだ〟という勝利に対する、ひたむきの気迫は、十分納得されたものである。

軍人になり、戦争というものを研究すればするほど、世にこんな重大な容易ならぬ勤務が、またとあろうかと考えさせられた。

陛下の赤子《せきし》、国民父老の愛児の生命を用いて敵に当る。人間が人間の命を手段として、ある任務を達成する。他の、どこにこれに類する厳粛な事実があり得ようか。あだやおろそかに、むだないくさをしたり、敵に負けるようなことがあってはならない。部下将兵の生命を、勝ち得ない戦いに失うぐらい大きな犯罪は、またと世にあり得ようか。

なんとしても勝たなければならぬ。一高生の口にする〝勝ったが好い〟は真理である。しかり、軍人の国家に負う最高の義務は、戦勝を獲得する一事であり、武将が、どんなに人格を修養し、りっぱな善行を重ねても、戦いに負けるようでは、それは罪悪である。

従って、戦勝を得るための悪行《あくぎょう》は、すべて許さるべきではないのかという、心のうちの疑問のささやきは、長い間聞かれたものであった。

それが、支那（日華）事変になり、右の認識は、やはり誤りであったことを痛切に悟った。

歴史を読むと、アレキサンダー大王は、ペルシャ（イラン）占領のなかごろまで、またナポレオンは、アルプスを越えイタリアを攻撃したときまでは、戦勝を得るための悪行、――略奪、強姦《かん》、捕虜及び無辜《むこ》の市民の虐待または奴隷《どれい》化――は、公然これを許し、この悪行は、戦勝獲得の必要手段とさえ考えていたようであるが、その後は、厳禁している。なぜであろうか。どうも人道的見地から、そうしたとは本には見えていない。

しかるに、支那（日華）事変では、悪行《あくぎょう》厳禁の必要が、はっきりと分明した。日清戦争、北清事変、日露戦争、日独戦争、シベリア事変までの歴代戦争指導者は、皇軍は王師であり、聖師でなければならぬとして、戦陣道徳の恪《かく》守を厳重に監督してきた。従って、皇軍の向かうところ、草の風になびくように迎えられ、風《ふう》を聞いて投降するものがあいつぎ、敵情は、手にとるようにわかり、大きな犠牲なしに、すみやかに戦勝を得るようになった。

しかるに時代がかわり、支那（日華）事変当初の指導者は、入城一番乗りをきそわしめたりしたため、各部隊は、手間がとれ足手まといになる捕虜や市民のあつかいをいいかげんにし、ただ入城だけをあせったため、いつでも、敵の軍隊そのものは逸してしまい、のみならず支那兵をして捕虜になることは戦死と同様のことだと観念させ、また荒らされた市民の恨みを買い、敵兵の抗戦意識と後方の兵站線《へいたんせん》の不安とを大きくし、進むことは進み得るが、いつまでたっても敵は手をあげず、ついに長期戦にしてしまった。

すなわち、知る！　戦陣道徳。敵対する敵軍以外の者には、慈悲心をもって接することが、迂遠《うえん》のようで、じつは戦勝獲得の近道であることを……。

私は、昭和十六年九月発行の〝祖国〟という雑誌で、北昤吉氏の「中支戦跡視察記」中で〝X軍の行くところ、村落草木、悉く廃墟、残されたものは唯人民呪詛《じゆそ》の声〟との長文の記述を読み〝これを聖戦の姿であると言うなら、日本全国民は、悉く之《これ》を否定し、憤激するであろう〟との結論に、完全に同感したものである。

私は、東条陸軍大臣の依嘱で〝戦陣訓〟の起稿を主宰した。

このときは、軍隊の戦闘行動以外の慈悲行為が、戦勝獲得の必須の業であるとの思想を汲み入れたものである。

あとで、私が第一線の軍司令官になり、戦陣で読みなおしてみると、あの〝戦陣訓〟は抽象に過ぎ、完全に過ぎ、また名文に過ぎてしまって、ぴんと将兵の頭にひびかず、失敗であったことを自認した。

もっと簡単平易に、具体的に、数項の重点のみを掲げ、むしろ師団長以上の高級指揮官のみに対し、その戦陣道徳の指導監督を強要し、それに不熱心の者は、どしどし内地に召還するくらいの英断でのぞんだほうが、はるかに有効であったと猛省されたものである。

第五章　スカルノ大統領の回想

九年ぶり離れ小島に君が代をラジオに聴《き》きて頬を濡《ぬ》らしつ
つぎつぎに回《まわ》り燈籠《どうろう》の絵のごとく思いめぐらし夜を明かしけり

インドネシアの独立

スカルノ氏は、工学を専攻した人。ジャワのバンドン工科大学教授をやっていた二十七歳の少壮時から、インドネシア民族の独立を企図し、その後十数年、この運動のみに懸命な努力をささげ、幾度かジャワやニューギニアやスマトラの監獄に入れられ、あらゆる辛苦をなめた人。私がジャワに上陸した時分は、スマトラのベンクーレン牢獄に入れられており、四十歳を越したばかりのように言われていた。

攻略作戦が一段落すると、ジャワの学生その他の青年層からひんぴんと軍政部あてに、次のような趣旨の嘆願書が送られた。

「どうかインドネシア民族にとり崇拝の的である、スカルノ先生をスマトラの監獄から救い出してください」

軍政部の宣伝班は、スカルノ氏の協力を得ることが、軍政上有利の処置だとの考慮から、刑務所に指令のうえ、氏の出獄を取りはからい、やがて、ジャワに到着したスカルノ氏を班員の一人、清水斉氏がこれを迎え、いっしょにバタビヤにつれて来たことが中山寧人参謀から告げられた。

当時、まだ仏印のサイゴンに位置していた南方総軍司令部の首脳部は、

「スカルノ氏のような熱狂的独立主義者を、ジャワに引き取ったりし、今村軍はきっとあとで手を焼くだろう」

と批判の声をあげたが、私は意に介しないでいた。

五月のある日。スカルノ氏が中山大佐を通じ、ジャワ帰還の御礼かたがたあいさつのため会いたいと申し入れて来た。ことわる筋のものでなし、それを受け入れた。

熱狂人などとは見えない温厚上品な顔つき、平静なことばつきである。しかし、さすがに長い牢獄生活にさいなまれた苦しみの額のしわは、どこかにこの志士の闘志をあらわしている。

話をこわばらせないため、応接間ではなく書斎に案内させ、まん中に机などは置かず、向かいあい、イスをすすめた。

司令部には幾人もの通訳がいる。そのうちに正源司氏の子息二人が加えられていた。正源司氏は、福岡で新聞記者をやっている間に海外の活動を思いたち、支那、シンガポール、次いで蘭印に移り、スラバヤ、とくに南部ボルネオで発展し、ヤシ、ゴムの植林、ダイヤ

モンドの採掘事業などに着手して成功し、同地域の野村商事会社をはじめ、日本人の事業はたいてい同氏の世話を受けている。オランダ人、インドネシア人双方の信望を博しており、開戦と同時に海軍に徴用され、南ボルネオの首都パンジェルマシンの市長に任命され、現地で生れてオランダ人小、中学校で学んだ長男の寛ちゃん（十八歳）は私の軍の参謀部通訳、次男の禎《てい》ちゃん（十六歳）は、私の宿舎付きの通訳にあてられていた。兄の方は、もうしっかりした顔つきになっているが、弟の方は、いかにもあどけない子どもっぽい顔をしている。

「田中副官！　あの子ども二人は、あれで通訳なんか出来るのかね。いかにも子どもっぽい顔をしているが……」

「大丈夫です。参謀部でも少しこみ入った話の通訳は、あれの兄の方にさせています。顔で通訳するのではなく、ことばでやるのですから」

そう言い、田中実大尉は、他の大人の通訳官と代えようとはしなかった。

スカルノ氏は、前後六、七回、私の宿舎に見え、人を交じえず語りあったが、いつも正源司少年の通訳をよろこび、

「この少年の通訳なら、どんなこみ入った話でも出来ます」

などと言っていた。

第一回の会見のとき、中山寧人大佐が同席した。まず、ジャワに帰ったあいさつから話

がはじめられた。

「スカルノさん！　私はジャワに関する本や、上陸以来多くの人の話から、あなたがどういう思想を持ち、どんな行動を続け、そのためにどのような辛苦をなめ通されたかをよく承知しております。ですから、あなたに〝このようにせよ〟などとは言いません。申したとてあなたの思想に合わないものは、やらないことがわかっていますから……。

この大東亜戦争の終結したとき、あなたの念願である完全なインドネシア独立国が生れるか、日本との同盟または連邦式独立国となるか、あるいは高度の自治国となり、防衛は日本が担当するか、などとは何も言えません。これらは日本政府が直接インドネシアの指導階級と協議決定するもので、私には、そのようなことに容喙《ようかい》するなんらの権限が与えられていません。私が今、インドネシア六千万民衆に公然お約束出来るたった一つのことがらは、私の行う軍政により、蘭印政権時代の政治よりも、より良く広い政治介入と、福祉の招来とだけです。ですから、あなたが私の軍に協力するか、中立的立場をとり何もしないで形勢を観望しているか、どちらでも随意です。後者の場合でも、軍はあなたの生命財産と名誉とを、完全に保護いたします。

ただ、もしあなたが日本軍の作戦行動なり、軍政なりを、言論なり行動なりで、妨害するようなら、戦争の終結までは自由の行動を許しません。この場合でもオランダ官憲のやったような牢獄収容などは、いたさないつもりです。

別に急ぐ必要はありません。よく同志の人々とご相談のうえ、はっきりした態度をご決定になり、中山大佐を介し、私に知らせてください」

「軍司令官の言われた趣旨は、はっきりわかりました。よく考え、いずれ、決意をご返事いたします」

こんな話し合いだったが、通訳を介してなので一時間以上をついやし、スカルノ氏は辞し去った。

四日ほどたち、中山大佐を通し返事してきた。

「日本軍政が和蘭政権時代よりか、インドネシアの福祉増進を約束されたので、これを信用し、私と同志とは日本軍政に協力致します。しかし、この戦争の終った後に自分がどんな行動にでるかの意志の自由は捨てないでいることを、はっきり言明致しておきます」

右の話し合いがきっかけとなり、中山大佐と、スカルノ氏の間の協議で、日本軍政への協力を具体化するため一機関を設け、それに必要な事務所、事務員、自動車の設置、その活動に要する費用などに対し、軍は絶対の援助を提供することを約束したため、同氏の私への訪問は多くなった。

諮詢院の設置

ある日のこと、

「最初、私がスカルノさんにお約束したインドネシア民衆の福祉の増進については、まず第一に、従来オランダ人が占めていた官公吏の地位を、大部分インドネシアの有能人に置きかえようと思っています。

が、日本政府は、近く、州長官大都市市長などの地位に、幾十人かの司政長官、司政官などの行政官を日本から派遣すると通知してまいりました。これはジャワだけでなく、全作戦地の占領地域に対してのもので、敵の奪回作戦に備えるため、軍の行動と民政の調和とを考慮することが必要だからであります。

私は、どこまでも民政の実質は、原住民官公吏を通じてやって行くつもりでいますので、なるべく早く県長以下はそれらの人を以て当て、やがて、州の政治にも当り得る人材が輩出しましたなら、逐次《ちくじ》に、日本人と入れかえることもやるつもりにしています。

第二の点として、私が考えていますのは行政諮詢《しじゅん》院の設置です。戦争状態の今日、全民族に投票させて議員を選挙し議会を開くことなどは出来ません。それで、民衆の声を聞く機関として諮詢院を設け、議長には、スカルノさん、あなたと児玉伯爵とが交互にあたり、日本人五、六人、インドネシア側十人ぐらいを議員とし、事務的のことは中山大佐と、もう一人あなたの推薦する人にやらせ、民衆は今何を欲しており、何に困っているかなどを知ることに努め、軍政を実情に適合させるよう協力していただきたいと思っています。日本人側の政治顧問三人はこの考えに同意していますが、あなたはどうお考えでしょう」

「そのような機関の設置は結構です。成立を希望します」

「では、インドネシア側十人はあなたに推薦していただきます。物質上の損害は絶対にかけず、調査に必要な旅費その他の入費も迷惑をかけないつもりです。では、あすから、中山大佐とで相談になり、諮詢院の具体策を作っていただきましょう」

一カ月以内で案がまとまり、双方の議員の人名がきまり（日本側は、政治顧問三人と参謀長、同副長の五人、インドネシア側は、今日の大統領、副大統領、独立当時の閣僚の大部）私のジャワ在任中は三、四回総会を開いており、良い意見を出して来、軍政部はそれを実行に移していた。この諮詢院は大東亜戦争の終るまで続けられたと聞いている。

肖像画のこと

ある日曜日、スカルノ氏は、私の副官田中実大尉に電話をかけ、

「全くの私用で、宿舎におたずねしたいが、軍司令官の都合を聞いてもらいたい」とのことであり、応諾したところ三十歳ぐらいの青年を連れて来た。やっぱり正源司禎二君の通訳で話しあった。

「この青年は、私の甥バスキン・アブドラですが、インドネシア中では第一の洋画家です。軍司令官の肖像を描いて見たいから、お願いしてくれとせがみます。いかがでしょう……」

「私の顔なんか、芸術の対象にはなりません。ですが、稽古《けいこ》台に使おうというのならかまいません。ただ、長い時間、じっとモデルになって動かんでいるのではかないませんね」

「いや、私を相手に雑談をしていてくだされば、よいとのことです」
二、三日おきに四回ほど二人づれでやって来たが、最後のとき、町田中佐（宣伝班長）と清水斎氏が、スカルノ氏とアブドラ君、それにハッタ氏（後の副大統領）とを伴い、私の宿舎に見え、りっぱな額ぶちに入れたものをスカルノ氏から、私への贈り物だと言った。「その青年から買うことにしたい」と言ったが聞きいれない。受けることを強くことわることは〝画がまずいから……〟という意味に解されそうで、つい受けることにはしたが、礼を欠くことのない程度の返礼を画家アブドラ君の家に届けさせた。あとでわかったことだが、この画のことは、清水君の思いつきで、私とスカルノ氏との会談を多くしたいとの考慮によったものとのこと。こんなことから、スカルノ氏と親しくなったことはしあわせだった。

スカルノ氏の熱弁

スカルノ氏に対するインドネシア青年層の信頼は絶対であり、この人の下で、民族の独立に全心身をささげようとしている者は、ほとんど全部といってよいほどである。従って、この人の日本軍への協力は、大きな貢献を致している。

氏の雄弁は、たいしたものとのこと。私はその演説を聞いたことがなく〝こんな温厚の顔をしている人が……〟とむしろ不審に思っていた。ある日、政治顧問の林久二郎氏（元駐ブラジル大使）と座談中、氏は、

「この間、町に出かけ、ある広場にさしかかると、たいへんな人だかりで通れない。それで車からおり、聞いてみると、スカルノ氏の民衆への呼びかけだというので、群衆の中に混って聞いてみました。ジャワ語の演説ですから内容はわかりませんが、その声の調子、ことに熱は、すばらしいもので、群衆はすっかり氏に魅《み》せられ、その調子通りに熱狂のあらしを起こす。〝なるほど評判通りたいしたものだ〟と感心させられました。オランダ官憲が、ことごとく氏を忌避《きひ》し、幾度も遠いところの刑務所に監禁し、民衆から離しておいたのは、この人による独立機運の醞醸《うんじょう》をおそれたのだと、はっきりわかったことです」。

こんなふうに私に言って聞かせた。

司令官を奪取せよ

この時から七年目、私は戦争犯罪人として、バタビヤのチビナン監獄に入れられ、軍事裁判前の未決中は、比較的起居の楽な政治犯囚舎の一室に収容され、午前、午後二、三時間鍵をはずし獄庭を散歩したり、他の囚房にはいりこみ、トランプ遊びや、雑談をすることを認められていた。

政治犯囚は百二、三十人いた。もちろんそのうちの幾分は独立運動に活躍した者だが、半分以上は普通犯人であり、その人の家族が刑務所当局に贈賄《ぞうわい》し、政治犯同様の取扱いにしてもらっているとのことであった。

政治犯囚のうち、二人の独立軍将校がいた。

ジョクジャカルタにある独立軍士官学校の中隊長である大尉と、小隊長の少尉とであり、大尉の方は散歩中私と会うと、ていねいに敬礼するが、私の房には一度もはいってこなかった。が、少尉の方は、日本人同様の顔つき、二十二歳と言っており、家は貴族筋のものとか言っていた。戦争中、日本軍の指導した青年訓練所にはいり、いくらかの日本語を口にし、よく私の房にやってきては不完全の日本語と英語をちゃんぽんにして話しかけていた。

一日、二人がそろって私の房にやって来た。そして大尉の方が、英語で次のようなことを言う。

「きょうは、大事のお話をするのです。私たちの英語では十分話せません。前の房における山崎さんの通訳を願い、聞いていただきたいと思います」

山崎氏に列席してもらった。氏はインドネシア語がとてもうまく、多くの原住民に慕われていた。山崎君は刑務所当局の指令により、日本人戦犯七百人の世話役に当てられ、当局との連絡係りの一人となっていた。そのため特別待遇の意味あいで政治犯なみに取扱われていたので、山崎君に声をかけたところ、直ぐやってきてくれた。同君の通訳により独立軍の二青年将校と会話をかわした。

「ご承知のように、ここの監獄の原住民出身看守及び助手の半数以上は、独立共和国政府に気脈を合わせている者たちで、この政治犯囚舎係りの看守にも三、四人、しっかりした共和国側のスパイがおり、これがここに入れられているわれわれと政府との連絡係りをやっております。きょうその一人が、私たち二人に政府の指令を伝えてきました」と、きりだした。

中部ジャワの都市ジョクジャカルタに位置している共和国の独立政府の主班は、スカルノ氏である。

「その指令と私とに何の関係があるのです」

「それは将軍！　あなたについてのことです。軍事裁判があなたの部下だった丸山師団長と、東海林支隊長とに、死刑を求刑していることからみて、共和国政府のスパイのさぐったところでは、今村大将も同様にされることを探知しました。それで、裁判長がどう判決するかはまだわかりませんが、もし、丸山、東海林の二人の死刑が実行されれば、きっと、あなたもそうなるだろうとの見込みから、執行日を内偵し、その日死刑場に行く途中、あなたを奪回する計画を立てています。ついてはそのとき、あなたは少しも躊躇《ちゅうちょ》されず共和軍側の自動車に飛び移るようにされたい。このことをお伝えしておけと指令して来ました」

私は、このようなことを言うその中隊長の人物を知っていない。が、いっしょに来た少尉の顔つきから見て、いいかげんのことを言っているとは思われなかった。が、全面的に信用はされず看守の中には共和国のスパイもいるが、同時にオランダ側から買収され、そっちのスパイもやっている者もいると聞いていたので、うっかりしたことは言えないし、とくにそんな奪回に遭うことなどは、不愉快とするところなので、次のように答え、山崎君に通訳してもらった。

「きみらにそれを伝えたスパイの看守を通じ、独立政府に、次のように返事してほしい。〝日本の武士道では、そんな奪回に遭い生き延びることは不名誉のことにしている。まして私を救うための兵力と、オランダ兵との間に銃火が交えられ、双方に犠牲者を生じさせることなどは絶対に避けたい。が、私の死刑執行以前に、今やっている独立戦闘の結果このチビナン監獄が独立軍の手におちるようなことがあり、そのとき、この場所からどこかに連れて行かれる場合には、拒否などはしない。スカルノ政府の厚意には大いに感謝はするが、奪回には応じないことを諒承してください〟かように伝えてください」

ふたりの士官学校の将校は、ちょっとには私の拒否の意向が納得されないように見えた。が、山崎氏のくりかえし説いたことばに、不審そうな顔つきはしていたが、「そうスパイの看守に伝える」と言い、辞して去った。

（追記）意外にも私に対する死刑求刑は、裁判長により否認され、けっきょく、蘭印総督の干渉で無罪を宣告され、従って、右の刑場に引かれて行く途中の奪回計画はその必要がなくなってよかった。が、私一個人としてはスカルノ氏の厚意を多とした。

間もなく、日本弁護団の松本清法学士（現在大阪に健在）が、私に次のことを伝言した。

「バタビヤ駐在印度総領事が、突然私たち弁護団事務所にやってまいり、次のようなことを申しました。『私は数日前、用務でジョクジャカルタにまいり、スカルノ氏（もうこのときは国際連合の仲介により、インドネシア共和国の独立が認められ、スカルノ氏が第一代大統領に決定されていた）に面謁しましたところ〝公式の独立日は十二月二十七日になっており、その以前には、オランダの監獄にいる日本人にことばをかけ得ない。インドの総領事館と日本弁護団事務所とは間近の場所なので、あなたはバタビヤに帰られたなら、日本の弁護団をたずね、スカルノは、今村大将が無罪となられたことを心から喜んでおり、八年前与えられた厚意は忘れていないことを、同大将に伝えてほしいと申してくださらんか〟そう依頼されました』。スカルノ氏から、インド総領事を通してのことですが、今それをお伝えします」

かように松本氏は、私に語った。

第六章　戦争裁判の概観（あとがき）

・一九四二年一月十三日ドイツ軍によってその領土を占領されたヨーロッパ九カ国はロンドンに会議を開いて、被占領国でのドイツの恐怖政治は政治犯罪で、これらの犯罪に有罪で有責な者を処罰することを主要な戦争目的のうちに入れることを決議した。これがセントジェームス宮殿の宣言であり、日本のことには触れていない。もっともこの原則は、中国政府によっても受諾された。

・一九四三年十一月一日ルーズベルト大統領、チャーチル首相およびスターリン首相によって署名された残虐行為に関する声明書が発表された。このモスクワ宣言で、虐殺に関与したドイツ人は、自己の犯罪の現場に送還される。すなわち、戦争犯罪はその犯行地で、被害国民から裁判されることが定められ、また、その犯罪が特定の地理的制限を有せず、かつ連合国諸政府の共同決定で処罰される重大犯罪人、すなわちいわゆるA級戦争犯罪人の裁判があることを明らかにしたが、その対象は、ヒトラー一派であって、日本については触れていない。

・一九四四年三月二十四日ルーズベルト大統領が声明書を発表した中に、〝ヨーロッパの大部分とアジアのある部分では、ナチと日本人による一般人民に対する組織的な拷問と殺害が続いている。ワルソー、リデイス、カルコフおよび南京の虐殺――一般人民のみならず、わが勇敢な米軍人と飛行士に対する日本人の残忍な拷問と殺害〟と述べて、日本人の戦争犯罪に触れている。

・連合国が日本の降伏条件を示したポツダム宣言第十条の中に「われわれの俘虜を虐待した者を含む一切の戦争犯罪人に対しては、厳密な処罰が加えられるべきものとする……」と述べている。

これを要するに、ドイツ軍なかんずくヒトラー一派のナチによる戦争犯罪および人道に対する犯罪を処罰しようとする声が、ヨーロッパに起って、戦後処理として日本人に対しても、この種犯罪を連合国で追及することとなった。そして第一次大戦後においてドイツ戦争犯罪人に対する裁判が失敗に終ったと考えた連合国は、大がかりの戦争犯罪人の捜査と、裁判を実施することとなった。

右の各声明でもわかるとおり、日本人の戦争犯罪を採り上げたことについては、主として日本軍と決戦を交えた米軍が、主導的役割を果したと見るべきであろう。

日本人に対する各国ごとの戦争犯罪は、米、英、豪、蘭、仏、中、比国の七カ国のほか、ソ連および独立後の中共によって行われた。そのうちソ連の行なった戦争裁判の全貌は明らかでない。対日平和条約第十一条に示された「日本国内および国外の他の連合国戦争犯罪法廷の裁判」とは、前述七カ国の裁判をいうのである。

・裁判は、五十余カ所で行われた。その最初は、比島方面日本軍最高指揮官山下奉文大将に対する裁判で二十年十月八日からマニラで南西太平洋陸軍司令官の任命した軍事委員会によって行われた。

なお、戦時中、間諜行為や戦時重罪で行刑された日本軍人や一般邦人が、グアムや比島にあるが、その状況は遺憾ながら明らかでない。

山下裁判の弁護人が、米軍将校（法務官）であったから、米最高裁判所に請願等をしたため、この裁判に関して行われたいろいろの議論が、その後の裁判に引用されることとなった。

・日本陸軍で死刑になった軍司令官以上の者は、米国関係で山下大将のほか、比島攻略時の最高指揮官本間雅晴中将、日本本土を無差別爆撃したB二九搭乗員の処刑事件で、東海軍司令官岡田資中将がある。その他豪州関係ではボルネオ軍司令官馬場正郎中将がラバウルにて、またジャワ最高指揮官原田熊吉中将が、豪軍の飛行士殺害事件でシンガポールにて、スマトラの最高指揮官田辺盛武中将がオランダ・メダン裁判でいずれも処刑され、中国関係では、広東軍司令官田中久一中将が、広東裁判で処刑された。A級裁判で処刑された南京事件当時の最高指揮官松井石根大将は、有罪の訴因が南京事件だけであったから、南京裁判で刑死された谷寿夫中将と二人で、この事件の責任を負わされたことになる。

・海軍では、根拠地隊司令官たりし大杉守一、鎌田道章、醍醐忠重、原鼎三、森国造、阿部孝壮各中将および岡田為次少将が処刑された。これは根拠地隊が、占領地の行政と捕虜を取扱っていた関係である。なお、戦隊司令官左近允尚正中将は香港で処刑されたが、艦隊長官以上で刑死した者はない。連合国戦争犯罪法廷の裁判は、二十六年四月九日豪州マヌス島において終了した。

・七カ国で起訴された総人員は五四八七人、有罪四三七〇人、無罪起訴却下未決死等一一一七人で有罪の内訳は死刑九三七人、終身刑三三五人、有期刑三〇九八人である。

そのほかソ連政府は二十五年四月二十二日タス通信を通じて、残留戦犯または取調中の者一四八七人、中共に引渡さるべき戦犯容疑者九六九人と発表した。中共では山西軍に参加した日本人約七〇〇人も戦犯容疑者として収容された。

・七カ国の裁判既決者の内地への出発場所で、おもな拘禁箇所であったところは左の通り。

米　上海、マニラ、グアム
中国　上海
蘭　チビナン
仏　サイゴン、プロコンドル

英
豪州｝香港、ラングーン、シンガポール、（北ボルネオを含む）
比　モンテンルパ
豪州　ラバウル、後にマヌス
中国関係既決者は、日華平和条約の議定書によって、その運命は、まったく日本政府にまかされ、二十八年八月五日同条約の発効とともに全員釈放された。
その他の六カ国については、逐次、釈放減刑され、昭和三十三年五月三十日、米国関係既決者が最後に釈放され、終身刑などで仮釈放中の者もその年の十二月二十日を終期とする刑に軽減された。
（全国戦争犠牲者援護会調べ）

及第した陸軍大将——今村均は死刑を免かれた——

伊藤正徳《いとうまさのり》

一人の大将

盧溝橋から長崎まで——満八ヵ年に亙った戦争を通じて、戦史に其名を留める陸軍大将は誰か？　少ないとは言っても一人くらいは居るであろう、というのが編集長の説である。何とか捜し出して書いて呉れという注文だ。が、それは甚だ難かしい。

私はいま軍閥興亡の跡を調べて居り、丁度その注文の付近を彷徨しているわけだが、失敗をした司令官、下手な戦さをした将軍というなら見当らぬことはない。しかし、相当の手柄を挙げて、日本にも斯んな陸軍大将が居たのだ、と東西の史家に記憶されるような、良い意味の大将は、発見が仲々困難なのである。

例えば日露戦争に於ける大山・児玉の統帥とか、遼陽会戦中の太子河戦闘に於ける黒木・藤井の名作戦——タンネンベルヒ殲滅戦の先祖——とか、旅順戦の乃木希典とかいうような、輝く武将の名は見当らない。しかしながら、大将二一名、中将二五五名を列ねた大陸軍の八ヵ年の戦闘に、幾分でも勲功を謳われて然るべき将軍が絶無ということはあるまい。素より敗け戦さに赫々たる武勲の主人公を求め得る筈はない。けれども、この程度の大将なら、日本人の人間を代表する一個の武人として記録されてよかろうと思われる両三名の中から、一人の大将を選出し、彼れの戦績を解剖して、最後は読者の判定に任せるということなら可能である。その候補者は陸軍大将今村均である。

彼れの名は私の知己のリストにはない。名前だけは四十年前にロンドンで聞いたことを漠然と憶えている。彼れが大使館の武官補佐官として来任したとき（大尉であったろう）、珍田大使から、若い陸軍の青年が来たから一緒に食事でもしようと言われたことがあった。その頃の新聞社の特派員は気位が高く、陸軍大尉なぞノー・カウントであったから、それッきり会う機会もなしに過ぎて了った。問題の南寧作戦（日支戦争中の最大の苦戦）の時も、第五師団長としての今村の名は聞いていたが、特に注意を惹かれることもなかった。それが、急に彼の名に関心を持って、其人物を調べる気になったのは、昭和二十八年夏、彼れが部下の戦犯二百何十人かを連れて、ラバウルの監獄から巣鴨に引揚げて来た時であった。その時、陸軍にも斯んな大将が居たのかと感心したのが起因である。

和蘭の裁判長

昭和二十五年の二月に、今村は東京巣鴨の監獄から、ラバウル近海の孤島マヌスの監獄に移ることを志願し、単身そこに赴いて、二百五十名の旧部下と辛苦を共にし、二ヵ年余りの後に、一同を連れて帰って来たのだ。これは仲々出来ないことである。戦争が済んで既に五年を過ぎていた。その時になっても、部下がマヌス島の監獄で虐待されていることを聞き、元司令官としての責任感から炎熱の孤島に渡り、その旧部下を庇おうとした統帥の心掛けは、敗戦陸軍の物語中では出色の明るさを持つものと感じたのであった。当時の新聞にも物語の一端は紹介されたと記憶するが、これは、我が陸軍に斯うした軍司令官があったという一つの記録として正確に知られておいて宜いことである。

ラバウルの濠洲裁判（陸軍管轄）は、今村を十年刑に処し、他の将兵二百五十名が略ぼ同程度の罰を受けたが、待遇は、濠洲軍の乱暴に似合わず極めて良好であった。それは、今村が緒戦に蘭印攻略軍の司令官として乗込み、簡単に征服した後の善政（?）が、当時連合軍の一翼を成していた濠洲軍八千の口伝によって裁判官に記憶されていた為か、また今村が曲りなりにも英語を話し得た為か、或は彼れの好人物的風貌が敵対観を中和した為か、いずれにしても服役者の全部が意外とするほどの待遇であった。

暫らくして、和蘭は、蘭印を占領した軍司令官今村を引渡すことを濠洲に要請した。が濠洲は容易に応じないで交渉応酬に約一ヵ年を費やし、結局総司令部の裁定で和蘭の裁判を受けることになった。今村は昭和二十三年四月、ラバウルの獄舎を後にしてジャバの刑務所に移された。ジャバの軍事裁判が今村に予定したものは言うまでもなく「絞首刑」であった。ところが、弁護人は勿論だが、参考人として出頭した凡ての和蘭人は、戦闘に於ても、占領中に於ても、何等不法なる行為のなかったことを証言した。特に裁判長デ・フロートは、開戦時に法務官として徴用されて俘虜となり、四年近く獄舎生活を送った体験から、検事の求刑――死刑――を不当として服せず、法廷の論争八ヵ月に及んで決せず、最後に和蘭の軍司令官は遂にデ・フロートを罷免して了った。

今村の首は愈々危い。が馘になった裁判長は、文明国和蘭の名誉のために、検事求刑の不当なる所以を綿々と論じた意見書を総督に提出してジャバを去って行った。一般感情としては憎んで余りある日本軍の、その一大将を救うために、職を賭して争った一人の裁判官があったことは、それ自体がオランダの名誉であるが、そうさせた今村の存在も亦、日本の小さい名誉に値するものであった。

自ら監獄行志願

裁判長の意見書は総督を動かすのに力があったが、一方に於て、軍司令官自身の立場が、和蘭本国の軍人責任裁判に於て今村と同様の地位におかれ、今村を罰する理由は即ち自分自身を罪する理由に合致することになった。

当時の和蘭は、日本で野坂参三が凱旋将軍のように迎えられ、徳田球一が政界に雄飛したのと同じような共産党の急激な抬頭時代で、蘭印軍司令官は其共産党から戦犯を問われたのであったが、詳述の必要はなく、要するに、彼れは我身の無罪を主張して、声明書を発表したが、其一文が、理論上今村の無罪を証明する文章と同義語になって了ったのである。

昭和二十四年クリスマスの朝、今村は突然「無罪」を言い渡されて驚いた。それよりも驚いたのは、二日後に出帆する船で、約七百名の戦犯を連れて巣鴨に帰れ、という命令であった。彼れはラバウル移送を願い出たが許されず、翌二十五年一月末に巣鴨に着いた。同じく暗い獄屋でも、東京にいる方がいいに決まっているが、今村の良心は巣鴨滞在を許さなかった。というのは、ラバウルにいた部下の戦犯二百数十名が、マヌス島の刑務所に移され、そこで苦役に呻吟している窮状が、畠山参謀（海軍中佐）の手紙で細々と報告されていたからである。畠山は戦犯囚を代表し、今村が去った後の虐待振りを訴えた手紙を東京の今村邸に送り、それが、ジャバの刑務所に転送されて彼れの心のしこりになっていたものである。

巣鴨に着くや否や、彼れはマヌス刑務所行を奔走し、和蘭代表からマックアーサー司令部と嘆願を重ねた結果、許されて三月三日にマヌス島の刑務所に到達した。二百五十名の旧部下は目頭をあつくして大将を迎え、曽てラバウルにあった当時の、一家の主人の采配を期待して息を吹きかえした。今村がジャバに去った二十四年の夏から、ラバウルの刑務所はマヌス島に移り、管轄も陸軍から海軍に変って、待遇は極楽から地獄へと転落して了った。というのは、炎天下に連日十時間の重労働を強いられ、精魂尽きる疲憊状態に陥ったからである。

重労働の由来は、マヌス島に新たに海軍根拠地を建設する土工の全部を割当てられ、その上に濠洲人の宿舎の建築をも命じられ、日本人戦犯の二割が病床に臥し、残りは悉く足を引き摺りながら漸く働くという状態に追い込まれたのであった。しかも彼等は、日本人の意気地を奮い起して、倒れるまで過重労働と闘い続けたのであった。

為に待遇一変す

今村は、自分が戦犯の筆頭として此地で働くべく志願して来島したが、服役の実状は文明国の恥とする人間虐待の極である旨を抗議し、また平和既に成って日濠の国交も親善を加えつつある情勢に鑑み、この一辺境の虐待事件は意外なる悪影響を残すことを憂慮する次第を訴えた。折しも就任間もない新司令官は、未経験の上に、その人物の純良なる故もあって、気持よく今村の説を容れ、日本人が肉体的及び精神的に不満なく働き得る限度と方向とに於て、今村を労務司令官の格式で適当に指揮按配するよう命令するに至った。

茲に於て彼れは一切の重労働を廃し、中・少佐級には知能勤務の領分を与える一方、日本人の食事が米と野菜である点から、山野を開墾して日本流の食事を摂る工夫を講じ、二百五十名の不平も自ら解消して、それからの二ヵ年をマヌス基地の建設に送り、昭和二十八年八月に、一同打揃って東京に帰って来たのであった。

米と野菜作りは、既に戦争の後半、彼れの自慢の芸として知られた所であった。最南端の基地ラバウルを守備した陸海将兵約七万人は、昭和十八年以降は、自分で米を作って十分に自活し、何年でも其島に頑張って敵の上陸を破砕する陣営を築いたので有名であった。米は年に三作で結実は二倍に近い。それを、千年の堆肥を持つ原野六千町歩を拓いて作ったのが成功して、将兵は丸々と肥って終戦を迎えた。だから、マヌス島で二百五十人を養うなぞは、庭先で胡瓜を作るような手軽さで、異境無聊の手慰みに過ぎなかったろう。

序ながら今村をして米作将軍の異名を受けしめた由来も一顧には値しよう。彼は昭和十七年末に、ガダルカナル奪回戦を指揮すべく、第六方面軍の司令官としてラバウルに赴任したが、着任した時（昭和十八年一月初旬）は、大本営は既にガ島放棄に決定しており、今村は退却収容を指揮する外はなかった。ガダルカナル撤退戦の悲劇を書いては居られないが、要するに、この島で一万五千人の将兵が餓死したのである。更に頑張っていたら他の一万三千名が餓死したに決まっている。

その一万三千名を、小柳少将指揮の駆逐艦隊二十隻が三回に亘って救出してボーゲンビル島に運んだ。運ばれた一万三千名中で、早や足で歩ける者は一人もなかった。顔は蒼く膨れ、首筋は腕くらいの太さで、股と脚には肉がなかった。皆な餓死寸前の姿である。これを見て今村は驚倒し、大東亜戦争は食糧の戦であることを痛感し、戦略の基本を米作と決定し、鋭意それを実現したのであった。

ジャバ軍政論争

それでは転じて問題の「ジャバ軍政」の真相を見よう。それは、戦勝の連合国が、一種のバランス、或はお付合いのように、その植民地を占領した日本の軍司令官を死刑に処したのに、独り今村だけが助かったという前述の裁判の根底をなす問題である。アメリカが山下奉文と本間雅晴を、イギリスが原田熊吉を絞首刑に処したのに同調し、オランダは今村均を殺す方針で、彼は初めから死刑囚房に入れられ、検事は勿論そう求刑したのであった。

ところが、彼れのジャバ軍政が、マレイやフィリッピンと全然内容を異にし、前者が武威を駆って過酷なる行政を施行したのに反し、温情を以て人心を収攬する平和行政を徹底した其実績が、衆論を背景として裁判の上に反映し、在蘭華僑だけが虚構の証言を企てたけれども効果なく、幸いに無罪となった次第であるが、その軍政が昭和十七年春から初夏にかけて、軍部の一大問題となり、今村罷免の一歩手前まで紛糾した興味深い記録を残すのである。

今村が第十六軍を率いて蘭印攻略に出征するとき、東条陸相から手交された「占領地統治要綱」には、軍政官の心得が細々と書いてあった。その中で「戦略物資の確保」は軍司令官の第一の心掛けとして特筆されていた。そのためには、住民の協力を得る為の善政の要訣も述べられてあり、また俘虜に対しては国際公法の条章を厳守し、苟しくも大東亜共栄圏の盟主としての体面を汚すような行為を慎しむべき旨が立派に書かれてあった。

今村はそれを至当の訓令として大切に懐ろに収め、僅々八日間で敵を降伏させた後は、歓び勇んで「占領地統治要綱」の履行に立ち向った。占領と同時に押収した金は五億七千万ギルダー（十四億円強）の巨額――時価約五千億円――に上り、その一割は、今村が軍政の為に自由に使用していいという権限を与えられた。残る九割は、必要に応じ本国の許可を受けて使うが、約一億四千万円――時価約五百億円――は、勝手に使える身分となった。貧乏軍人は一代の成金になった、というより大きい個人資本家に跳ね上った。今村財閥はそれを何う使ったか。

この社長は、原価計算や金利の学問は皆無であり、岡崎参謀長や高島高級参謀の面々も、経済の方は無学であるから、五百億を抱いてむしろ心を悩ます有様であった。が、彼等は、サラリーマンがボーナスを貰った当日の購買心理にはなっていたとしても、その寛大なる支払いの数々は、大局から見て却て有効に使われたことを証明した。

スカルノ驚く

一、二の面白い例を挙げると、現大統領スカルノが全面協力を快諾した経緯の如きは其筆頭であろう。敵が降伏すると間もなく、今村は、スマトラの山奥の獄舎に繋がれていたスカルノを救け出し（独立運動の首謀者として投獄されていた）、船でジャバに連れ戻し、そうして、日本に協力するか、非協力か、或は中立か、今後の態度を正直に述べることを要求した。スカルノは流石に衆望を荷うだけの人物であった。「協力します。但し戦後は、インドネシアの政治的立場如何によって反抗せざるを得ないかも知れず、その時の約束は出来ません」と、ハッキリと言明し、さて軍政下に協力するに就いては、数軒の宿舎と、十台の自動車と、毎月二千ギルダーの運動資金交付を願いたいと申出た。

蘭印の物価は安く、土着民の生活水準は低かった。これだけの金で（時価毎月百八十万円前後）相当部下を使うことが出来たのであろう。一億二千万ギルダーを懐ろにしていた今村は気が大きかった。「それッぱかりでは足りんじゃろう。十倍差上げるから十分働いて呉れ。毎月二万ギルダーに決定する」と即座に話を決めた。スカルノは歓び且つ驚いて去り、由来よく住民の日本に対する好感を指導した。

戦勢一変し、ジャバを植民地にするくらいの気位で君臨していた今村は、六年後には囚人となって護送され、極刑を求刑されて死刑囚房に繋がれる身となった。死刑は十中の八九免かれないものと一般に信じられた。後になって判ったことだが、スカルノは其独立軍中の精鋭を以て決死隊を組織し、今村が獄舎から刑場に引かれる途中と、死刑施行の現場とに於て、二回に亘り今村を強奪する計画を完了していたのであった。無罪になって此世界的ニュース事件は起らずに済んだが、それはスカルノが昭和十七年の恩義を七年後も忘れていなかったことを語ると同時に、今村が占領地の人心を摑んでいたことを説明する一挿話でもある。

一方に、占領地統治要綱の筆頭に掲げられた戦略物資の確保に関しても、今村は相当の手柄を挙げた。それは、沈没船の引揚げと、製油所の復旧とに於て著しかった。ジャバ上陸戦は海上戦闘の真最中に行われたので、日本の輸送船団にも被害多く（今村の乗船も沈没した）彼我二十余隻が接岸して沈んでいた。今村は、この引揚げの緊急事を果そうとして、ボーナス約束で白人の労務を利用した。強制労働ではなく、普通の請負仕事としてやらせた。彼の在任中に（八ヵ月）何隻かの船が浮び揚がった。

製油所の復旧は意外の好成績を示した。連合軍の退却と同時に殆ど全部の製油施設は破壊された。それは当然に予想されたことで、その修理復興には一ヵ年を要するものと、大本営は計算して対策を決めていた。今村は、この仕事にもボーナス制度を適用して蘭人を使い、五ヵ月で殆ど大部分の工場が動くまでに復活させた。これは立派な手柄と称して異論のないものである。

東条の使者飛来

ところが、それらに関して、「今村のジャバ軍政は不当なり」という非難の声が東京に捲き起り、遂に軍務局長武藤章と、人事局長富永恭次の両名がジャバに飛来して今村と大喧嘩をするという場面まで展開したのである。

非難の理由を一言にして尽せば、「統治が寛大に失する」というのであった。白人が妻子を伴れて夕暮の街を散歩していた。ホロ酔の頬を海辺の風に当てながら転がっているのもいた。カッフェーで囁く若い白人の男女もあり、ダンスに興ずる連中も少なくなかった。正に平和の天地である。俘虜として繋がれ、少なくとも軟禁される筈の敗戦国民が、戦地で横行濶歩する有様は、国運を賭して生死の戦闘を戦いつつある日本人の眼から見れば、「取締りにだらしが無さ過ぎる」光景ではないか？　特に、普通の殺気立った軍人の眼から見れば、今村は「武将」の資格に欠けるように映った。

連合軍俘虜将校等の獄舎を見ても、労務は課せられず、定時散歩は許され、夜は明るい電灯を供され、食事は十分のカロリーを与えられ、怨敵を遇するという心構えは微塵もない。敵愾心万能の連中から見れば、今村の遣り方が癪に触るほどのものであった。その癪が積って、反今村の感情が東京の三宅坂に奔騰したという次第である。シンガポールやマニラの統治方式に比すれば、地獄と極楽の相違であって、我が軍政の統一を破ること甚だしいという批判であった。

武藤と富永は東条の両腕であった。電報では徹底しないから、直接に説得改心させよ、というので態々ジャバに飛来し、今村との間で連日激論を闘わした。今村は外柔内硬、議論も達者であり、武藤は有名な弁論の闘将であったから熱論は火を吐いて結局喧嘩別れになって了った。武藤の主張は、意想外なる緒戦の大成功に鑑み、開戦前策定の方針を改めて峻厳なる武断政治を施くべし、というのであった。今村の抵抗は、それと正反対であって、統治の成否はこれからの問題だ。敵将兵の俘虜に対しては日本武士道の真髄を示し、住民に対しては日本民族の温情を証すべきであって、武威はモウ沢山だ、第一、「占領地統治要綱」もその趣旨ではないか。国際公法の恪守と戦略物資の確保と人心収攬とが三大基調になっている。この、天皇陛下の允裁を経ている統治要綱を、大本営政府が正式に改訂して命令するならば兎に角、単に陸軍省の方針として押し付けても自分は服従しない。免職されても信念は変えぬ――と頑張り通して了ったのだ。

幕僚追随を拒む

激昂の余り、局長の一人が、参謀達を俘虜収容所に連れて行き、敵の将校数名を列べてビンタを喰わせ、「これが待遇の常道だ。見習えッ」と大喝した物語は、論争の景物として物語に残る実話であった。第十六軍の参謀達は、涙を流してこの乱暴を今村に訴え、爾後心を一にして恩誼の善政に励進することを誓い合うという悲喜劇を生んだ。

間もなく、児玉秀雄、林久次郎等が政治顧問として到来、東京に於ける不評を忠告したが、実情を視察して忽ち其不評の謂れなきを知り、また寺内総軍司令官も実地調査に飛来して平和的環境に驚くという始末であった。それよりも、統治法改訂を命令に来た武藤章自身も、帰京の途上で今村の理論と実績とが正しいことを認識し、東条陸相主宰の首脳会議に於て、「ジャバ軍政は適切である。改める要なし」と率直に発言したことは快事であった（武藤の良い一面でもあった）。中央の方針茲に改まり、十七年八月、東条は第十六軍の参謀長岡崎清三郎を東京に召致し、杉山総長と二人で「ジャバ軍政は改訂の要なし」と言い渡して、問題に終止符を打ったのであった。

もし今村が、武藤、富永の説を容れて、ジャバの統治を、寛容から峻厳に転換していたら、他の占領地の軍政長官が悉く死列に処せられたように、今村もスラバヤ刑場の露と消えていたに相違ない。今村が無罪となったこと、その軍政が、勝利に心驕った軍部の方針に同調しなかったことは少々長く書きすぎたかも知れないが、それを承知で書いたのは、茲に、幕僚の勧告を、道に合致しない故を以て敢然として排除した一人の将軍が、日本の陸軍に実在したことを証言し度かった為である。

国政上に於ける陸軍の領分を理解し、ミリタリズムの方向に逸脱することを不可とした将軍は他にもある。ただ、敢然それを闘う勇気の持主が暁星のように稀であったことが、軍閥亡国の禍因をなしたのだ。顧みるに、開戦までの十年の間に、陸相となった将軍は、殆ど幕僚に担がれる性質の人々であった。今村は、満洲事変の当時、参謀本部作戦課長の要職にあったが、飽くまで事変の不拡大を主張して上下から敬遠され、間もなく中央を追われて了った。最後は方面軍司令官という軍人の最高位には登ったが、軍政上の要職には、作戦課長以後は一回も就くことが出来なかった。中将になった後も、幕僚の言うことを聴かない性質の為に、遂に担がれずに了ったのである。

彼れは東条と同期の陸大出で優等生であり、本来なら東条の道を一足先きに歩いてもいい男であった。もし昭和十五、六年の危機に、東条陸相の居た所に今村を据えておいたら、日米戦争は起らなかったかも知れない。丁度、先輩で同じ性格の梅津美治郎が、一度は次官になったが、敬遠されて遂に軍政の主宰者になり得なかったのと遺憾を一つにするものである。

下村定や岡村寧次等も同じカテゴリーの将軍である。ただ、和蘭や濠洲やインドネシアの人々に、今でもゼネラル・イマムラと呼ばれて慕われている今村均を、六十三年の昔(日清戦争時)、桂太郎——当時中将、第三師団長——が敵国住民の間に「日本で一番偉い大将は桂太郎だ」と慕われた歴史を回想して、日本陸軍のいい面を代表する一人の将軍に推挙する私の小篇は、過賞に失するであろうか。

(「文藝春秋」一九五八年二月号)

関連写真

総督官邸にて。今村均（当時中将）は第十六軍司令官とともに、蘭印総督も兼任していた

降伏文書調印後の記念撮影の両軍首脳。中央が今村、右側一人おいて蘭印軍司令官ポールテン中将（昭和一七年三月九日）

蘭印軍降伏式にのぞむ日本軍最高首脳部の記念撮影。左より二人目が今村、右端は寺内寿一南方総軍司令官

敵の装甲車を捕獲して、バンザイを叫ぶ日本軍兵士（バダビヤ中央広場にて）

軍旗を奉じて進撃する日本軍（スラバヤ戦線にて）

（上）東京の巣鴨拘置所に服役する今村
（下）巣鴨拘置所内の今村の独房

宣伝ビラの散布。インドネシアで歓迎を受けた日本軍

インドネシアの千早塾で学童の歓呼に応える今村中将（当時）

ス島戦犯は語る

祖国への"幻滅"と"信頼"

今村元大将「再軍備は必要だ」

マヌス島にて服役中の今村の近況を伝える当時の新聞記事

昭和二九年一〇月一三日、十年の刑を終えた今村は、巣鴨拘置所から自宅に帰った

戦犯の仲間とともに収穫した甘藷を前に（左が今村）

晴耕雨読。淡々たる心境のうちに畑を耕す（巣鴨拘置所）

編集付記

一、本書は一九六六年に秋田書店から刊行された今村均『幽囚回顧録』を底本とした。
二、固有名詞を除き、新字・現代仮名遣いに改めた。
三、『我ら戦争犯罪人にあらず——復刊「幽囚回顧録」』（二〇一〇年　産経新聞出版）を参照し、明らかな誤字脱字は訂正した。
四、今日の人権意識または社会通念に照らして、差別的な用語・表現及び当時の地名の呼称があるが、時代背景と原著作者が故人であることを鑑み、そのままとした。
五、今回、中公文庫の収録にあたり、巻末に伊藤正徳氏の記事を掲載した。

中公文庫

幽囚《ゆうしゅう》回《かい》顧《こ》録《ろく》

2019年2月25日　初版発行
2020年7月5日　再版発行

著　者　今《いま》村《むら》　均《ひとし》

発行者　松田陽三

発行所　中央公論新社
〒100-8152　東京都千代田区大手町1-7-1
電話　販売 03-5299-1730　編集 03-5299-1890
URL http://www.chuko.co.jp/

DTP　平面惑星
印　刷　三晃印刷
製　本　小泉製本

Published by CHUOKORON-SHINSHA, INC.
Printed in Japan　ISBN978-4-12-206690-8 C1121

定価はカバーに表示してあります。落丁本・乱丁本はお手数ですが小社販売部宛お送り下さい。送料小社負担にてお取り替えいたします。

各書目の下段の数字はISBNコードです。978－4－12が省略してあります。

中公文庫既刊より

あ-89-1
海軍基本戦術
秋山真之
戸高一成 編
丁字戦法、乙字戦法の全容が明らかに！ 日本海海戦を勝利に導いた名参謀による幻の戦術論が甦る。本巻は同海戦の戦例を引いた最も名高い戦術論を収録。
206764-6

あ-89-2
海軍応用戦術／海軍戦務
秋山真之
戸高一成 編
海軍の近代化の基礎を築いた名参謀による組織論。巨大組織を効率的に運用するためのマニュアルが明らかに。前巻に続き「応用戦術」の他「海軍戦務」を収録。
206776-9

あ-1-1
アーロン収容所
会田雄次
ビルマ英軍収容所に強制労働の日々を送った歴史家の鋭利な観察と筆。西欧観を一変させ、今日の日本人論ブームを誘発させた名著。〈解説〉村上兵衛
200046-9

い-10-2
外交官の一生
石射猪太郎
日中戦争勃発時、東亜局長として軍部の専横に抗し、戦争終結への道を求め続けた著者が自らの日記をもとに綴った第一級の外交記録。〈解説〉加藤陽子
206160-6

い-13-5
生きている兵隊（伏字復元版）
石川達三
戦時の兵士のすがたと心理を生々しく描き、そのリアリティ故に伏字とされ発表された、戦争文学の傑作。伏字部分に傍線をつけた、完全復刻版。
203457-0

い-41-3
ある昭和史 自分史の試み
色川大吉
十五年戦争を主軸に、国民体験の重みをふまえつつ昭和という時代を鋭い視角から描き切り、「自分史」のさきがけとなった異色の同時代史。毎日出版文化賞受賞作。
205420-2

い-61-2
最終戦争論
石原莞爾
戦争術発達の極点に絶対平和が到来する。戦史研究と日蓮信仰を背景にした石原莞爾の特異な予見は、日本を満州事変へと駆り立てた。〈解説〉松本健一
203898-1

い-61-3
戦争史大観 石原莞爾
使命感過多なナショナリストの魂と冷徹なリアリストの眼をもつ石原莞爾。真骨頂を示す軍事学論・戦争史観・思索史的自叙伝を収録。〈解説〉佐高 信
204013-7

い-103-1
ぼくもいくさに征くのだけれど 竹内浩三の詩と死 稲泉 連
映画監督を夢見つつ23歳で戦死した若者が残した詩は、戦後に蘇り、人々の胸を打った。25歳の著者が、戦場で死ぬことの意味を見つめた大宅壮一ノンフィクション賞受賞作。
204886-7

い-122-1
プロパガンダ戦史 池田徳眞
両大戦時、熾烈に展開されたプロパガンダ作戦は各国でどのような特徴があったか。外務省で最前線にあった著者による今日に通じる分析。〈解説〉佐藤 優
206144-6

い-131-1
真珠湾までの経緯 海軍軍務局大佐が語る開戦の真相 石川信吾
太平洋戦争へのシナリオを描いたとされる海軍軍人が語る日米開戦秘話。日独伊三国同盟を支持し対米強硬を貫いた背景を検証。初文庫化。〈解説〉戸高一成
206795-0

う-9-7
東京焼盡《しょうじん》 内田百閒
空襲に明け暮れる太平洋戦争末期の日々を、文学の目と現実の目をないまぜつつ綴る日録。詩精神あふれる稀有の東京空襲体験記。
204340-4

う-9-12
百鬼園戦後日記Ⅰ 内田百閒
『東京焼盡』の翌日、昭和二十年八月二十二日から二十一年十二月三十一日までを収録。掘立て小屋の暮しを飄然と綴る。〈巻末エッセイ〉谷中安規（全三巻）
206677-9

う-9-13
百鬼園戦後日記Ⅱ 内田百閒
念願の新居完成。焼き出されて以来、三年にわたる小屋暮しは終わる。昭和二十二年一月一日から二十三年五月三十一日までを収録。〈巻末エッセイ〉高原四郎
206691-5

う-9-14
百鬼園戦後日記Ⅲ 内田百閒
自宅へ客を招き九晩かけて還暦を祝う。昭和二十三年六月一日から二十四年十二月三十一日まで。索引付。〈巻末エッセイ〉平山三郎・中村武志〈解説〉佐伯泰英
206704-2

各書目の下段の数字はISBNコードです。978－4－12が省略してあります。

お-2-11
ミンドロ島ふたたび　大岡昇平
自らの生と死との彷徨の跡。亡き戦友への追慕と鎮魂の情をこめて、詩情ゆたかに戦場の島を描く。『俘虜記』の舞台、ミンドロ、レイテへの旅。〈解説〉湯川　豊
206272-6

お-2-13
レイテ戦記（一）　大岡昇平
太平洋戦争の天王山・レイテ島での死闘を再現した戦記文学の金字塔。巻末に講演「『レイテ戦記』の意図」を付す。毎日芸術賞受賞。〈解説〉大江健三郎
206576-5

お-2-14
レイテ戦記（二）　大岡昇平
リモン峠で戦った第一師団の歩兵は、日本の歴史自身と戦っていたのである――インタビュー「『レイテ戦記』を語る」を収録。〈解説〉加賀乙彦
206580-2

お-2-15
レイテ戦記（三）　大岡昇平
マッカーサー大将がレイテ戦終結を宣言後も、徹底抗戦を続ける日本軍。大西巨人との対談「戦争・文学・人間」を巻末に新収録。〈解説〉菅野昭正
206595-6

お-2-16
レイテ戦記（四）　大岡昇平
太平洋戦争最悪の戦場を鎮魂の祈りを込め描く著者渾身の巨篇。巻末に「連載後記」、エッセイ「『レイテ戦記』を直す」を新たに付す。〈解説〉加藤陽子
206610-6

お-19-2
岡田啓介回顧録　岡田啓介／岡田貞寛 編
日清・日露戦争に従軍し、条約派として軍縮を推進、二・二六事件で襲撃され、戦争末期に和平工作に従事した海軍高官が語る大日本帝国の興亡。〈解説〉戸高一成
206074-6

お-47-3
復興亜細亜の諸問題・新亜細亜小論　大川周明
チベット、中央アジア、中東。今なお紛争の火種となっている地域を「東亜の論客」が第一次世界大戦後の〈復興〉という視点から分析、提言する。〈解説〉大塚健洋
206250-4

か-80-1
兵器と戦術の世界史　金子常規
古今東西の陸上戦の勝敗を決めた「兵器と戦術」の役割と発展を、豊富な図解・注解と詳細なデータにより検証する名著を初文庫化。〈解説〉惠谷　治
205857-6

か-80-2
兵器と戦術の日本史
金子常規
古代から現代までの戦争を殺傷力・移動力・防護力の三要素に分類して捉えた兵器の戦闘力と運用する戦略・戦術の観点から豊富な図解で分析。〈解説〉惠谷治
205927-6

か-80-3
図解詳説 幕末・戊辰戦争
金子常規
外国船との戦闘から長州征伐、鳥羽・伏見、奥羽・会津、五稜郭までの攻略陣形図を総覧、兵員・装備・軍制の観点から史上最大級の内乱を軍事学的に分析。
206388-4

き-13-2
秘録 東京裁判
清瀬一郎
弁護団の中心人物であった著者が、文明の名のもとに行われた戦争裁判の実態を活写する迫真のドキュメント。ポツダム宣言と玉音放送の全文を収録。
204062-5

き-42-1
日本改造法案大綱
北一輝
軍部のクーデター、そして戒厳令下での国家改造シナリオを提示し、二・二六事件を起こした青年将校たちの理論的支柱となった危険な書。〈解説〉嘉戸一将
206044-9

き-45-1
側近日誌 侍従次長が見た終戦直後の天皇
木下道雄
高橋紘 編
敗戦という未曽有の非常事態に直面し、日本人の行く末と皇室生き残りを念じて、自ら行動した昭和天皇の「肉声」を綴った侍従次長の貴重な記録。
206368-6

く-16-4
われ巣鴨に出頭せず 近衛文麿と天皇
工藤美代子
戦犯法廷を拒んで自決した悲劇の宰相・近衛文麿が命を賭して守ったものとは？ 膨大な史料を駆使し、新たな近衛文麿像に迫る傑作ノンフィクション。〈解説〉田久保忠衛
205178-2

さ-4-2
回顧七十年
斎藤隆夫
陸軍を中心とする革新派が台頭する昭和十年代、「粛軍演説」等で「現状維持」を訴え、除名されても信念を曲げなかった議会政治家の自伝。〈解説〉伊藤 隆
206013-5

さ-27-3
妻たちの二・二六事件 新装版
澤地久枝
〝至誠〟に殉じた二・二六事件の若き将校たち。彼らへの愛を秘めて激動の昭和を生きた妻たちの三十五年をたどる、感動のドキュメント。〈解説〉中田整一
206499-7

各書目の下段の数字はISBNコードです。978－4－12が省略してあります。

さ-72-1
肉弾　旅順実戦記
櫻井忠温
日露戦争の最大の激戦を一将校が描く実戦記。各国で翻訳され世界的ベストセラーとなった名著を百余年を経て新字新仮名で初文庫化。〈解説〉長山靖生
206220-7

し-10-5
新編 特攻体験と戦後
島尾敏雄
吉田満
戦艦大和からの生還、震洋特攻隊隊長という極限の実体験とそれぞれの思いを二人の作家が語り合う。関連するエッセイを加えた新編増補版。〈解説〉加藤典洋
205984-9

し-10-6
妻への祈り　島尾敏雄作品集
島尾敏雄
梯久美子編
加計呂麻島での運命の出会いから、二人はどのようにして『死の棘』に至ったのか。島尾敏雄の諸作品から妻ミホの姿を浮かび上がらせる、文庫オリジナル編集。
206303-7

し-31-5
海軍随筆
獅子文六
海軍兵学校や予科練などを訪れ、生徒や士官の人柄に触れ、共感をこめて歴史を繙く「海軍」秘話の数々。小説『海軍』につづく渾身の随筆集。〈解説〉川村　湊
206000-5

し-45-1
外交回想録
重光葵
駐ソ・駐英大使等として第二次大戦への日本参戦を阻止するべく心血を注ぐが果たせず。日米開戦直前まで約三十年の貴重な日本外交の記録。〈解説〉筒井清忠
205515-5

し-45-2
昭和の動乱（上）
重光葵
重光葵元外相が巣鴨獄中で書いた、貴重な昭和の外交記録である。上巻は満州事変から宇垣内閣が流産するまでの経緯を世界的視野に立って描く。
203918-6

し-45-3
昭和の動乱（下）
重光葵
重光葵元外相は巣鴨に於いて新たに取材をし、この記録を書いた。下巻は終戦工作からポツダム宣言受諾、降伏文書調印に至るまでを描く。〈解説〉牛村　圭
203919-3

す-26-1
私の昭和史（上）　二・二六事件異聞
末松太平
陸軍「青年将校グループ」の中心人物であった著者が、実体験のみを客観的に綴った貴重な記録。上巻は大岸頼好との出会いから相沢事件の直前までを収録。
205761-6

す-26-2
私の昭和史(下) 二・二六事件異聞
末松太平
二・二六事件の、結果だけでなく全過程を把握する手だてとなる昭和史第一級資料。下巻は相沢事件前後から裁判の判決、大岸頼好との別れまでを収録。
205762-3

た-7-2
敗戦日記
高見順
〝最後の文士〟として昭和という時代を見つめ続けた著者の戦時中の記録。日記文学の最高峰であり昭和史の一級資料。昭和二十年の元日から大晦日までを収録。
204560-6

た-73-1
沖縄の島守 内務官僚かく戦えり
田村洋三
四人に一人が死んだ沖縄戦。県民の犠牲を最小限に止めるべく命がけで戦い殉職し、今もなお「島守の神」として尊敬される二人の官僚がいた。〈解説〉湯川豊
204714-3

と-28-1
夢声戦争日記 抄 敗戦の記
徳川夢声
活動写真弁士を皮切りに漫談家、俳優としてテレビ・ラジオで活躍したマルチ人間、徳川夢声が太平洋戦争中に綴った貴重な日録。〈解説〉水木しげる
203921-6

と-28-2
夢声戦中日記
徳川夢声
花形弁士から映画俳優に転じ、子役時代の高峰秀子らと共演した名優が、真珠湾攻撃から東京大空襲に到る三年半の日々を克明に綴った記録。〈解説〉濱田研吾
206154-5

と-31-1
大本営発表の真相史 元報道部員の証言
冨永謙吾
「虚報」の代名詞として使われ、非難と嘲笑を受け続ける大本営発表。その舞台裏を、当事者だった著者が関係資料を駆使して分析する。〈解説〉辻田真佐憲
206410-2

と-32-1
最後の帝国海軍 軍令部総長の証言
豊田副《そえ》武《む》
山本五十六戦死後に連合艦隊司令長官をつとめ、最後の軍令部総長として沖縄作戦を命令した海軍大将が残した手記、67年ぶりの復刊。〈解説〉戸高一成
206436-2

と-35-1
開戦と終戦 帝国海軍作戦部長の手記
富岡定俊
作戦課長として対米開戦に立ち会い、作戦部長として戦艦大和水上特攻に関わった軍人が、日本海軍の作戦立案や組織の有り様を語る。〈解説〉戸高一成
206613-7

各書目の下段の数字はISBNコードです。978-4-12が省略してあります。

の-16-1
慟哭の海 戦艦大和死闘の記録
能村次郎
世界最強を誇った帝国海軍の軍艦は、太平洋戦争を通じてわずか二度目の出撃で轟沈した。生還した大和副長が生々しく綴った手記。〈解説〉戸高一成
206400-3

は-57-3
神やぶれたまはず 昭和二十年八月十五日正午
長谷川三千子
玉音放送を拝したラジオの前の人びとは、一瞬の静寂のうちに、何を聞きとったのだろうか。忘却された奇蹟を掘り起こす精神史の試み。〈解説〉桶谷秀昭
206266-5

は-68-1
大東亜戦争肯定論
林房雄
戦争を賛美する暴論か？ 敗戦恐怖症を克服する叡智の書か？「中央公論」誌上発表から半世紀、当時の論壇を震撼させた禁断の論考の真価を問う。〈解説〉保阪正康
206040-1

ほ-1-1
陸軍省軍務局と日米開戦
保阪正康
選択は一つ——大陸撤兵か対米英戦争か。東条内閣成立から開戦に至る二カ月間を、陸軍の政治的中枢である軍務局首脳の動向を通して克明に追求する。
201625-5

ほ-1-18
昭和史の大河を往く5 最強師団の宿命
保阪正康
屯田兵を母体とし、日露戦争から太平洋戦争まで、常に危険な地域へ派兵されてきた旭川第七師団の歴史を俯瞰し、大本営参謀本部の戦略の欠如を明らかにする。
205994-8

や-59-1
沖縄決戦 高級参謀の手記
八原博通
戦没者は軍人・民間人合わせて約20万人。壮絶な沖縄戦の全貌を、第三十二軍司令部唯一の生き残りである著者が余さず綴った渾身の記録。〈解説〉戸部良一
206118-7

よ-38-1
検証 戦争責任（上）
読売新聞戦争責任検証委員会
誰が、いつ、どのように誤ったのか。あの戦争を日本人自らの手で検証し、次世代へつなげる試みに記者たちが挑む。上巻では、さまざまな要因をテーマ別に検証する。
205161-4

よ-38-2
検証 戦争責任（下）
読売新聞戦争責任検証委員会
無謀な戦線拡大を続けた日中戦争から、戦後の東京裁判まで、時系列にそって戦争を検証。上巻のテーマ別検証もふまえて最終総括を行う。日本人は何を学んだか。
205177-5